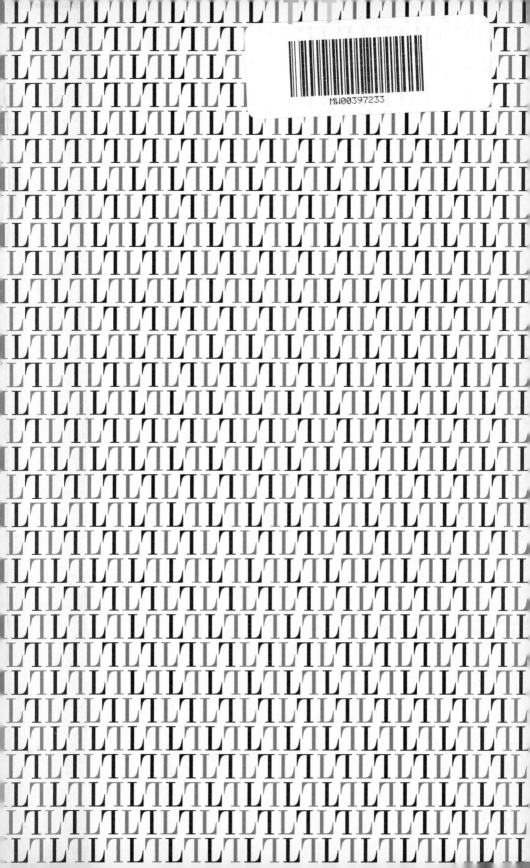

El quinteto de Nagasaki

El quinteto de Nagasaki

Aki Shimazaki

Traducido del francés por
Alan Pauls

Lumen

narrativa

Papel certificado por el Forest Stewardship Council®

MIXTO
Papel procedente de
fuentes responsables
FSC® C117695
www.fsc.org

Título original: *Le Poids des secrets* (*Tsubaki, Hamaguri, Tsubame, Wasurenagusa y Hotaru*)

Primera edición: junio de 2018

Tsubaki © 1999, Leméac Éditeur
Hamaguri © 2000, Leméac Éditeur
Tsubame © 2001, Leméac Éditeur
Wasuneragusa © 2003, Leméac Éditeur
Hotaru © 2004, Leméac Éditeur
(Montreal, Canadá)
© 2018, Penguin Random House Grupo Editorial, S.A.U.
Travessera de Gràcia, 47-49. 08021 Barcelona
© 2018, Alan Pauls, por la traducción

Printed in Spain – Impreso en España

ISBN: 978-84-264-0559-3
Depósito legal: B-6560-2018

Compuesto en La Nueva Edimac, S. L.
Impreso en Egedsa
Sabadell (Barcelona)

H 4 0 5 5 9 3

Penguin
Random House
Grupo Editorial

Tsubaki

Llueve desde la muerte de mi madre. Estoy sentada junto a la ventana que da a la calle. Espero al abogado de mi madre en su oficina, donde trabaja una sola secretaria. Estoy aquí para firmar todos los papeles de la herencia: el dinero, la casa y la tienda de flores de la que se ocupaba desde el deceso de mi padre, muerto de un cáncer de estómago hace siete años. Soy la única hija de la familia, y la única heredera declarada.

Mi madre le tenía cariño a la casa. Es una vieja casa rodeada de una cerca de arbustos. Atrás, un jardín con un pequeño estanque redondo y una huerta. En un rincón, algunos árboles. Entre los árboles, mis padres habían plantado camelias poco después de comprar la casa. Las camelias le gustaban a mi madre.

El rojo de las camelias es tan vivo como el verde de las hojas. Las flores caen al final de la estación, una por una, sin perder su forma: corola, estambres y pistilo permanecen siempre juntos. Mi madre recogía las flores del suelo, todavía frescas, y las arrojaba al estanque. Las flores rojas de corazón amarillo flotaban en el agua unos días.

Una mañana le dijo a mi hijo: «Me gustaría morir como una *tsubaki*. *Tsubaki* es el nombre japonés de la camelia».

Ahora, como era su deseo, sus cenizas están dispersas en la tierra alrededor de las camelias, y su lápida está junto a la de mi padre en el cementerio.

Aunque solo anduviera por los sesenta, decía que ya había vivido lo suficiente en este mundo. Tenía una grave enfermedad pulmonar. Era una sobreviviente de la bomba atómica que había caído en Nagasaki tres días después de Hiroshima. Esta segunda bomba causó ochenta mil víctimas en un instante e hizo que Japón capitulara. Allí también murió su propio padre, mi abuelo.

Nacido en Japón, mi padre partió después de la guerra rumbo a este país, donde su tío le había ofrecido trabajar en su pequeña empresa. Era un taller de ropa de algodón inspirada en la forma del kimono, recta y simple. Antes de irse, mi padre quería casarse. Una pareja de su familia organizó un *miai* con mi madre: se trata de un encuentro convenido con vistas al matrimonio. Mi madre era hija única, su madre había muerto también, de leucemia, cinco años después de la bomba atómica. Como se había quedado sola, mi madre decidió aceptar casarse con mi padre.

Con él trabajó sin descanso para desarrollar la empresa; luego, cuando se jubilaron, dedicó mucho tiempo a la tienda de flores que abrieron juntos. Asistió a mi padre hasta el último momento. En el funeral me dijeron que debía de haber sido feliz con una mujer tan dedicada como mi madre.

Solo después de la muerte de mi padre pudo llevar una vida más tranquila y discreta en compañía de una empleada doméstica extranjera, la señora S. Esta dama no entendía japonés ni la lengua oficial del lugar. Solo necesitaba dinero y una habitación, y mi madre necesitaba a alguien que pudiera ocuparse de ella en la casa. A mi madre no le gustaba la idea de vivir conmigo o en un asilo, menos aún en una clínica. En caso de necesidad, hacía llamar a su médico por la señora S., que apenas podía decirle por teléfono: «Venga a casa de la señora K.».

Mi madre, además, confiaba en la señora S. «Nos arreglamos», le contestó a mi hijo cuando le preguntó cómo se comunicaban entre ellas. «Me siento bien sin hablar. La señora S. es una persona discreta. Me ayuda y no me molesta en absoluto. No es una persona instruida. No me importa. Lo que cuenta para mí son sus modales.»

En cuanto a la guerra y la bomba atómica que cayó en Nagasaki, mi madre se negaba a hablar del asunto. Más aún, me prohibía decir en público que era una sobreviviente de la bomba. Pese a toda la curiosidad que yo había sentido desde niña, tenía la obligación de dejarla en paz. Me parecía que seguía sufriendo la pérdida de su padre, a quien la carnicería se había llevado.

Fue mi hijo, sin embargo, quien en su primera adolescencia empezó a hacerle las mismas preguntas que siempre me habían preocupado. Cuando se ponía demasiado insistente, mi madre le gritaba que volviera a su casa.

En sus tres últimas semanas nos decía que le costaba dormir. Le pidió somníferos a su médico. Fue en ese período cuando, de pronto, se puso a hablar de la guerra hasta por los codos. Mi hijo y yo íbamos a verla casi todas las tardes. Mi madre siguió hablándole del asunto incluso la víspera de su muerte.

Estaba sentada en un sillón de la sala, frente a la cocina, donde yo leía un libro. Podía verlos y oírlos a los dos.

Mi hijo le preguntó:

—Abuela, ¿por qué los norteamericanos tiraron dos bombas atómicas en Japón?

—Porque en ese momento solo tenían dos —dijo ella con franqueza.

La miré. Me pareció que bromeaba, pero su rostro estaba serio. Asombrado, mi hijo dijo:

—¿Quiere decir que si hubieran tenido tres habrían tirado la tercera en otra ciudad de Japón?

—Sí, creo que hubiera sido posible.

Mi hijo hizo una pausa y dijo:

—Pero los norteamericanos ya habían destruido la mayoría de las ciudades antes de tirar las bombas, ¿no es cierto?

—Sí, en los meses de marzo, abril y mayo, cerca de cien ciudades habían sido destruidas por los B-29.

—De modo que para ellos era evidente que Japón no estaba en condiciones de seguir combatiendo.

—Sí. Por otro lado, los dirigentes norteamericanos sabían que, en junio, Japón, por intermedio de Rusia, intentaba emprender negociaciones de paz con los norteamericanos. Japón también temía ser invadido por los rusos.

—Entonces ¿por qué lanzaron de todos modos esas dos bombas, abuela? La mayoría de las víctimas eran civiles inocentes. ¡Mataron a más de doscientas mil personas en unas semanas! ¿Qué diferencia hay con el Holocausto de los nazis? ¡Es un crimen!

—Así es la guerra. Solo se piensa en ganar —dijo ella.

—Pero ¡si ya habían ganado la guerra! ¿Para qué hacían falta las bombas? A mi bisabuelo lo mató una bomba que, en mi opinión, era totalmente inútil.

—No eran inútiles para ellos. Una acción siempre tiene razones y ventajas.

—Entonces dígame, abuela, ¿qué ganaron lanzando esas dos bombas atómicas?

—Amenazar a un enemigo más grande, Rusia.

—¿Amenazar a Rusia? Entonces ¿por qué no era suficiente con una sola bomba atómica?

—¡Buena pregunta, nieto mío! Creo que los dirigentes norteamericanos querían mostrar a los rusos que tenían más de una bomba atómica. Tal vez también quisieran ver qué efecto producía cada bomba, sobre todo la segunda, pues eran dos bombas distintas: la que cayó en Hiroshima había sido fabricada con uranio; la de Nagasaki, con plutonio. Gastaron en secreto muchísimo dinero en esas bombas. El norteamericano común no sabía de su existencia. Ni siquiera Truman, el vicepresidente de la nación, había sido informado. Puede que se vieran obligados a usarlas antes de que la guerra terminara.

Mi hijo no se conformó con esa respuesta. Siguió interrogándola:

—Si las bombas eran para amenazar a Rusia o para probar nuevas armas, ¿por qué lo hicieron con Japón, donde ya no quedaba nada por destruir? ¿Por qué no en Alemania?

—¡Ah, otra pregunta curiosa! Alemania ya había renunciado oficialmente a la guerra. Incluso de no ser así, los norteamericanos no se habrían atrevido a tirar bombas atómicas en el centro de Europa. Son descendientes de europeos, después de todo. Los norteamericanos consideraban que todos los japoneses, civiles o militares, eran sus enemigos, pues no eran *hakujin*

—¿Incluso los cristianos? —preguntó.

—Por supuesto —contestó ella sin vacilar—. Cuando vivía en Nagasaki conocí a gente católica. Nagasaki es famosa por sus creyentes. Un día, una muchacha católica de mi escuela me dijo muy seria: «Los norteamericanos son cristianos. Si ven cruces en nuestra ciudad, pasarán de largo sin arrojar las bombas». Le dije enseguida: «Para ellos, los japoneses son japoneses». Y la bomba atómica cayó frente a una iglesia.

Mi hijo estaba callado. En realidad, la mitad de su ascendencia es europea. Sus bisabuelos eran alemanes. Su abuelo, nacido también en Alemania, pero criado en Estados Unidos, llegó a ser pastor y trabajó en Japón después de la guerra. El padre de mi hijo, mi exmarido, nació en Japón y habla bien japonés, casi tan bien como su lengua materna. Lo conocí en Estados Unidos y me casé con él. Hace años que estamos separados. Ahora mi hijo y yo vivimos en este país, donde nací yo, mientras que su padre sigue en Estados Unidos.

Mi madre prosiguió:

—En realidad, los norteamericanos querían destruir Japón por completo y apoderarse del país antes de que lo invadieran los rusos. El 8 de agosto, la víspera del lanzamiento de la bomba atómica en Nagasaki, los rusos iniciaron un ataque contra los japoneses en Manchuria, que en ese momento era colonia japonesa.

Yo los escuchaba fingiendo leer un libro del que nunca pasaba las páginas. En un momento dado se quedaron en silencio. Después, mi madre le pidió agua. Él vino a la cocina.

Me susurró:

—Hoy la abuela está hablando mucho.

—No la canses. No paras de hacerle preguntas.

—Es ella la que quiere hablar.

Estaba contento. Le dije a mi madre desde la cocina:

—Debes de estar agotada con todo este bombardeo de preguntas. Es la primera vez que te oigo hablar tanto.

Sonrió.

—Espero que también sea la última.

Mientras le llevaba el vaso de agua, mi hijo le dijo a mi madre:

—Mi padre decía que los dirigentes norteamericanos sabían que Japón iba a atacar Pearl Harbor.

—Sí —prosiguió ella—, los expertos de los servicios de espionaje habían descifrado los códigos japoneses y leído la información *top secret*.

—Según mi padre, hicieron todo lo posible para lograr que los norteamericanos de a pie detestaran a los japoneses. De esa manera les fue más fácil iniciar la guerra.

—Como un juego. Es una estrategia para ganar. En realidad, obligaron a Japón a atacar.

—¿Cómo?

—Los norteamericanos habían impuesto un embargo sobre las exportaciones a Japón, principalmente las de petróleo.

—¿Por qué?

—Japón había empezado a reunir tropas en Asia. Los norteamericanos estaban preocupados por la expansión japonesa.

—Entonces, abuela, los norteamericanos fueron los primeros en llevar a Japón a la guerra.

—No importa quién atacó primero. La guerra entre ellos ya había empezado desde la guerra ruso-japonesa, ese conflicto entre Japón y Rusia a raíz del reparto de Manchuria y Corea. Japón ganó gracias a la ayuda de Estados Unidos y de Inglaterra, que no querían que Rusia o Japón controlaran Asia.

—¿Cuándo sucedió?

—En 1904. En realidad, Japón estaba tan debilitado económicamente que no hubiera podido seguir combatiendo. En Rusia había problemas graves por entonces. No solo económicos, también sociales, es decir: el movimiento de la revolución. Y Rusia reconoció la victoria de Japón. El presidente norteamericano se ofreció a mediar y así pudo controlar la paz entre los dos países.

—La guerra ruso-japonesa le dio una buena oportunidad a Estados Unidos para invadir Asia, ¿verdad?

—Sí. De modo que la guerra del Pacífico ya había empezado antes del ataque a Pearl Harbor.

—¿Por qué no pueden dejar a los demás en paz? ¿Por qué no detienen la guerra?

—El imperialismo lleva a la guerra.

—Pero lo que mi padre no aceptaba era la justificación de los norteamericanos: cuando se trata de guerra, siempre tienen razón.

—Se justifican para defenderse de las acusaciones.

—Entonces ¿la justicia no tiene importancia?

—La justicia no existe. Solo existe la verdad.

Mi madre bebía a sorbitos el agua de su vaso.

—Sin embargo —prosiguió—, es evidente que después de la guerra los norteamericanos llevaron la democracia a Japón. Y los japoneses piensan que era preferible que Japón fuera derrotado por los norteamericanos antes que por los rusos: de otro modo lo habrían dividido en dos países, como Corea o Alemania.

—¿Al precio de las bombas atómicas?

—Eres un cínico —dijo—. En realidad, en la Conferencia de Potsdam, antes de esas bombas, Truman y los demás aliados habían prometido que democratizarían Japón.

Mi hijo la interrumpió:

—Pero lo que los norteamericanos querían era colonizar Japón, ¿verdad? Usted sabe muy bien que después de la guerra el padre de mi padre trabajaba en Japón como pastor. Él mismo lo decía.

Mi madre cerró los ojos, las manos cruzadas. Mi hijo se levantó para correr la cortina de la ventana. Era de noche. Volvió a sentarse junto a mi madre.

Dijo:

—¿No está enfadada con los norteamericanos? Usted y su familia fueron víctimas de la bomba atómica. Me da la impresión de que los defiende. No lo entiendo.

Ella no contestó. Miraba hacia la pared con aire ausente.

—¿Sabes —dijo— cómo se comportaban algunos militares japoneses en las colonias de los países asiáticos? «Violentos, crueles, brutales, inhumanos, sádicos, salvajes...» Esas eran las palabras que usaban sus víctimas. Quizá habría sido más aterrador que Japón triunfara. Mucha gente debía de estar contenta con la derrota del Imperio japonés. Te recuerdo que los japoneses masacraron a más de trescientas mil personas antes de ocupar Nankín, en China. Mataron no solo a soldados y a sus prisioneros, sino también a gente común, civiles desarmados. Violaron a mujeres y luego las mataron. Entre sus víctimas hubo incluso niños de siete y ocho años.

—¡Dios mío! Es espantoso.

Mi hijo estaba impactado. Se sujetó la cabeza con las dos manos, largamente.

—Sin embargo —prosiguió él—, nada de eso justifica el uso de bombas atómicas. Realmente no hacía falta. Los norteamericanos habrían podido evitar esa catástrofe.

Mi madre se calló. Sonó el teléfono en la pared de la cocina. Contesté. Era el abogado de mi madre. La avisé y fue lentamente hasta el aparato. Escuchó unos instantes y se limitó a decir: «Perfecto. Gracias». Colgó. Le dije:

—Te prepararé un té de menta. Luego nos iremos.

—Gracias, Namiko. Esta noche me dormiré con facilidad, sin somníferos —dijo, sonriendo un poco.

Volvió a su sillón y se puso a hablar otra vez con mi hijo. Más tarde le llevé una taza de té. Mi hijo seguía haciéndole preguntas sobre la guerra y ella trataba de contestarle con paciencia.

Mi hijo le dijo:

—¿Qué tienen en la cabeza los que nos llevan a semejantes catástrofes? Debe de ser el odio, o el racismo, o la venganza.

Hubo un largo silencio entre ellos. Se oía el tictac de los dos relojes. Un ritmo *moderato*.

Luego mi madre dijo:

—Hay cosas que no se pueden evitar, desgraciadamente.

—¿Cree usted en el destino, abuela?

—Sí —dijo—, morimos según nuestro destino.

—¿Según nuestro destino? ¿Incluso en el caso de mi bisabuelo?

Mi madre no le contestó. En cambio, dijo:

—Estoy cansada. Esta noche me acostaré temprano.

Se levantó del sillón para ir al baño. Habíamos oído a la señora S. entrando en la casa. Cerré el libro, cuyo contenido no conseguía entender. Lo guardé en el bolso y le dije a mi hijo:

—Vamos.

En el momento en que nos íbamos, mi madre dijo mientras se acostaba:

—Hay crueldades que no se olvidan nunca. En mi caso, no es la guerra ni la bomba atómica.

Eché una ojeada a su rostro. «Pues bien, ¿de qué tipo de crueldades quieres hablar, mamá?» Deseaba preguntárselo, pero me contuve. Mi hijo le acomodó la manta a su abuela. Ya no le hizo más preguntas y se despidió: «Buenas noches, abuela». Ella tendió la mano para acariciarle la cabeza y le deseó «buenas noches» con una sonrisa débil.

A la mañana siguiente estaba muerta. Su médico y la señora S. ya estaban allí cuando mi hijo y yo llegamos. Aunque tuvo una muerte repentina, había calma y dulzura en su rostro.

—Se fue en paz, creo —dijo el médico.

La señora S. asintió con la cabeza.

—Por aquí, señora.

El abogado de mi madre me llama. Entro en su despacho, justo al lado de la sala de espera donde la secretaria escribe a máquina. Leo los papeles de la herencia y empiezo a firmarlos casi automáticamente, dado que mi madre ya me los había mostrado todos. Todo va bien hasta el momento en que me tiende dos sobres con dos nombres escritos. Veo el mío en el primero, que parece contener un libro. En el segundo, menos grueso, veo un nombre que no conozco en absoluto, y algunas palabras dirigidas a mí: «Cuando encuentres a mi hermano, dale este sobre en persona. Si no, asegúrate de quemarlo».

¿Mi tío? ¿Quién será? Mi madre decía que era hija única, como yo. ¿Dónde estará, pues? ¿Cómo puedo encontrarlo? ¿Por qué ahora? Qué extraño... Miro al abogado. Dudo que mi madre haya podido contarle nada sobre su hermano, cuando a su propia hija nunca se lo mencionó. ¿Por qué debería interrogar a un extraño sobre mi propia familia?

Vacilando, le pregunto:

—Pensé que no tenía hermanos ni hermanas.

—Lo siento. No tengo la menor idea. No dijo nada al respecto.

El abogado se encoge de hombros. Me callo, aliviada y un poco decepcionada. Mientras cierra el legajo, prosigue:

—Como usted sabe, tenía preparados los papeles para usted desde hace tres años. Salvo estos dos sobres.

—¿Salvo esos dos sobres?

—Sí. En realidad, los trajo ella misma hace poco.

—¿Hace poco? No entiendo. Estaba muy enferma y nunca salía de casa. No es posible...

—Espere un momento...

Abre otra vez el legajo y ojea los papeles:

—¡Ah! Aquí está —dice—. Tres semanas antes de su muerte, su madre vino hasta aquí en taxi, sin la señora S. Le dije que habría podido enviar a mi secretaria a su casa. Queda lejos. Pero me dijo que era tan importante que prefería venir personalmente.

Estoy confundida. Él agrega:

—Conozco a la señora K., su madre, desde hace algunos años. Esa vez tuve la impresión de que por primera vez estaba tranquila. Discúlpeme, es solo que me alegra que haya muerto en paz. En cuanto a usted, espero que le vaya bien. Para cualquier ayuda que pueda ofrecerle, con respecto a su tío, por ejemplo, no dude en llamarme por teléfono.

—Sí. Gracias, señor. Confío en usted, como lo hacía mi madre.

Recojo los dos sobres y los guardo en mi cartera. Salgo de la oficina del abogado. La lluvia vuelve a caer, más fuerte que antes. Miro el cielo gris. Hace frío. Paro un taxi y me voy con la cartera apretada entre mis brazos.

—Hemos llegado, señora. Señora, ¿se siente usted bien?

Ante la casa, el taxista ha tenido que interpelarme en voz alta.

En el salón, me siento en el diván. Dejo los sobres en la mesa. Dudo en abrir el mío inmediatamente. Me pregunto por qué mi madre quería que buscara a su hermano y por qué no lo hizo ella misma en vida. Miro fijamente el sobre dirigido a su hermano.

Yukio Takahashi. Así se llama. El nombre es casi igual al de mi madre: Yukiko. No lo había notado en la oficina del abogado. Pronuncio los dos nombres: Yu-ki-o y Yu-ki-ko. Puede que mis abuelos quisieran que fueran parecidos. Pero su nombre de soltera es Yukiko Horibe, no como el apellido de su hermano: Takahashi.

Mi padre decía que en Japón el hombre, cuando se casa, conserva su apellido. A menos que lo adopte la familia de su esposa, a efectos de mantener el apellido de la estirpe en caso de que no haya varones en la familia. Ese podría ser el caso de su hermano. O quizá uno de los padres de mi madre se casó dos veces, y Yukio podría ser hijo del primer matrimonio.

Lo que me perturba es que mi madre nunca me haya hablado de estas cosas, no solo de su hermano, sino tampoco de sus padres.

Cuando nací, mi madre quería llamarme Yuki, pero mi padre no estaba de acuerdo. Decía que elegir un nombre similar al de un miembro de la familia todavía vivo traería mala suerte. En general no era supersticioso. Pero esa vez se opuso firmemente a la idea de mi madre. Ella no insistió, y le permitió llamarme Namiko.

De haber tenido ese nombre, Yuki en vez de Namiko, ¿mi vida habría sido diferente, peor que ahora? ¿Quién podría saberlo? Buena o mala, ¿cómo comparar una vida con otra que no existe?

Tomo las tijeras, por fin. Abro mi sobre y extraigo un cuaderno. Contiene una carta de mi madre fechada tres semanas antes de su muerte.

«Namiko:

Acabo de escribirle una larga carta a mi hermano. Pronto descubrirás quién es mi hermano. Ahora, aunque me esté muriendo, me siento mucho mejor. Es raro, ¿no? Decir que uno se siente bien cuando la muerte se acerca... Sé que la hora de morir ha llegado por fin.

Confieso ahora la verdad. No fue la bomba atómica lo que mató a mi padre. Yo lo maté. Fue una coincidencia que la bomba atómica cayera el día de su muerte. Habría muerto ese día de cualquier manera. No tengo la menor intención de defenderme del crimen que he cometido. En esas circunstancias no tenía otra opción que la de matarlo, aunque fuera un padre ejemplar y no hubiera nada malo entre nosotros.

Yukio es hijo de mi padre y de su amante. Eso quiere decir que somos medio hermano y medio hermana. La madre de Yukio quiso a mi padre durante su juventud, pero él se casó con mi madre. Después de casarse, siguió manteniendo una relación con la madre de Yukio. Y mi medio hermano nació el mismo año que yo. Cuatro años más tarde, ella se casó con un hombre que quería adoptar a Yukio, pues creía que el padre de Yukio había desaparecido y ya no volvería. Y todos se fueron de Tokio y se instalaron en Nagasaki, dado que los padres del marido no aceptaban el matrimonio.

Yo tenía catorce años cuando nos fuimos también a Nagasaki. Yukio y yo nos enamoramos sin saber que teníamos el mismo padre. Un día descubrí lo que había pasado entre mi padre y la madre de Yukio. No podía decirle a Yukio la verdad; lo único que podía hacer era dejarlo para siempre.

Unos años después conocí a tu padre, que estaba a punto de irse a un país desconocido. Acepté casarme con él. Trabajaba a su lado con todas mis fuerzas para no tener tiempo de pensar "en eso". En el funeral de tu padre se decía que debía de haber sido feliz con una mujer devota como yo. ¿Lo recuerdas? Pero fui yo la que tuvo la suerte de haber vivido con un hombre sincero como él. Tu padre era terco, pero conmigo era honesto.

Me gustaba la vida sencilla y la gente en quien podía confiar, como ahora la señora S. Ya bastante complicado es vivir en este mundo. ¿Por qué buscarse otra complicación?»

Dios mío... Mi madre mató a su padre. Mi madre mató a mi abuelo en Nagasaki el día que cayó la bomba. ¿Cómo es posible?

Miro por la ventana. Ha dejado de llover. Veo a mi hijo en la calle, acercándose a la casa. Miro el reloj sobre la pared blanca. Ya son las cuatro. Guardo la carta de mi madre en el sobre y escondo los dos sobres juntos en el estante del aparador del salón.

—¡Mamá, tengo hambre!

Mi hijo entra al salón y arroja su mochila en el sillón.

—¿Qué sucede? Estás pálida como la muerte —dice, preocupado.

—Vengo del despacho del abogado. Hacía frío esta mañana, me empapé.

—A ver si vas a resfriarte. Puedo hacerte un té caliente.

—Gracias, qué amable.

Entramos en la cocina.

—¿Todo bien con el abogado?

—Sí, pero voy a tener que buscar a alguien a quien tu abuela no pudo encontrar y darle un sobre que me dejó para esa persona a través del abogado.

Le hablo mientras me pregunto si ella habrá intentado buscar a su hermano.

Mi hijo continúa:

—¿Quién es?

—No lo sé.

No me atrevo a decirle la verdad ahora. Es demasiado pronto.

—¿Un enamorado, quizá?

Sonríe. Le respondo débilmente:

—No, no creo que sea un enamorado. La abuela quería al abuelo, ¿no es cierto?

Él ignora mi pregunta. Tras un momento, dice:

—El amor es otra cosa.

No me mira. Pone la cacerola sobre el fuego de la cocina.

—¿Quién te ha dicho eso?

—La abuela —contesta.

—¿Acaso ella te habló de esa persona?

—No, pero supongo que podría ser alguien muy importante.

Me sirve una taza de té caliente. Come pan, queso y un plátano a toda prisa y se va a su cuarto a hacer sus deberes.

Me quedo allí un rato largo, inmóvil. El interior está oscuro. La calle permanece en penumbras por la niebla. Voy a la sala y recojo los dos sobres. Subo a mi cuarto, que está frente al de mi hijo. He olvidado el té que me había preparado. Bajo y me lo llevo a mi cuarto. Bebo el té ya frío. Tengo fiebre. Me tiro en la cama y me duermo enseguida.

A la mañana siguiente, hacia el mediodía, el timbre me despierta. Miro hacia abajo por la ventana: es la señora S. He olvidado que es el día de la limpieza.

Ella vive todavía en casa de mi madre, que me pidió que le permitiera quedarse el tiempo que quisiera. La señora S. sigue ocupándose de la casa. También hace jardinería: planta flores y cultiva verduras. La casa y el jardín siempre están limpios. Le pago lo mismo que mi madre. Por intermediación de su amiga, que entiende su lengua, la señora S. me ha dicho que el mismo salario era demasiado, pues hay menos trabajo. Le he dicho que mi madre lo había decidido así. En ese caso, dijo ella, quería limpiar también mi casa y hacerme la compra. He aceptado. Nos trae verduras frescas y, cuando es la época, camelias del jardín.

Para mí es una gran ayuda, dado que he conservado la tienda de flores que tenía mi madre y sigo enseñando matemáticas en una escuela.

La señora S. orilla los cincuenta. No tiene familia. No tengo la menor idea de cuál es su origen, ignoro su lugar de nacimiento. Mi madre no sabía nada de ella, pero era alguien en quien confiaba. Mientras bajo hacia la puerta, me pregunto si su pasado será tan complicado como el de mi madre.

—Buenos días, señora S. —digo tras abrir.

Entra en la casa. Hoy nos ha traído en su carrito berenjenas, pepinos, rabanitos y quingombós del jardín. Siento la frescura de las verduras. Le doy las gracias. Inmediatamente se pone a ordenar el comedor. Limpia todos los cuartos de la planta baja y el sótano. Jamás sube al piso donde están nuestras habitaciones. Entiende todo lo que le pido haciendo señas con la mano. Mi madre tenía razón sobre ella.

La dejo sola y vuelvo a subir a mi cuarto. Me instalo en la cama y leo de nuevo la carta.

«Ahora, Namiko, trataré de describir lo que a mi juicio sucedió en nuestra familia. Ocurrió hace más de cincuenta años. Pero el tiempo no ha debilitado mi memoria. Recuerdo todos los detalles.

Dos años antes de la bomba, nos instalamos en Nagasaki por el trabajo de mi padre, que era farmacólogo. Trabajaba en un laboratorio de una gran empresa en Tokio. Lo habían trasladado a una sucursal que la compañía tenía en Nagasaki. Se suponía que reemplazaría a un colega que pronto se iría a Manchuria.

Después de pasar tres meses en el centro de Nagasaki, mi padre nos dijo que había encontrado una casa nueva, mejor que la que teníamos. Estaba en un pequeño barrio del valle de Uragami, a tres kilómetros de donde vivíamos.

Mi madre dijo con tono de fastidio:

—¿Por qué mudarnos otra vez? Ya bastante duro fue irnos de Tokio a una ciudad pequeña. ¡Y ahora nos pides que vivamos en un pueblo!

Mi madre era de una familia burguesa muy conocida en Tokio. No soportaba vivir fuera de la capital. Para ella, la única razón aceptable para ir a Nagasaki era una prima lejana que vivía en el centro. El marido de esa prima era cirujano en el ejército.

Mi madre añadió:

—Además, seguimos siendo *yosomono*, ¿entiendes? ¿Quién te ha recomendado esa casa?

—Un amigo, que vive en ese edificio con su familia —contestó mi padre.

—¿A qué amigo te refieres?

—Lo conocí en la universidad, en Tokio. Estudiamos juntos.

—Es la primera vez que me lo dices.

—Me lo encontré el otro día por casualidad en el laboratorio.

—¿Es un cliente?

—No, también es farmacólogo.

Mi madre sonrió con aire feliz.

—¿Un colega, quieres decir?

—Sí, ahora es un colega.

—Debe de haber venido de Tokio como nosotros, ¿verdad?

—Sí, como nosotros.

—¿Tiene hijos?

—Sí, uno.

—¿Niño, niña?

—Niño.

—¿Qué edad tiene?

—Creo que tiene casi la misma que Yukiko.

La conversación parecía un interrogatorio policial: mi madre quería saber cada detalle, mientras que mi padre decía lo menos posible.

Él añadió:

—Es mejor que el centro para evitar los bombardeos.

Eso convenció a mi madre. Así que nos mudamos al valle de Uragami.

El laboratorio donde trabajaban mi padre y su colega estaba en el centro de Uragami. Yukio y yo frecuentábamos también las escuelas de ese barrio. Más tarde, al final de la guerra, trabajamos en la fábrica de armas. Irónicamente, fue en ese barrio donde cayó la bomba atómica.

El pequeño barrio en el que vivíamos fue destruido por la onda expansiva de la explosión. Todos los que se habían quedado allí esa mañana murieron en el acto, entre ellos mucha gente llegada de las ciudades vecinas para protegerse de los bombardeos, como nosotros.»

«Nos habíamos mudado a una casa doble que tenía el techo inclinado. La puerta de cada casa estaba en un extremo del edificio: la nuestra a la derecha, la otra a la izquierda. En el centro, una cerca hacía las veces de división.

En origen, solo había una casa. El antiguo propietario la había acondicionado para alquilarla. Las estructuras de las dos viviendas eran exactamente simétricas.

Nunca había visto un edificio tan viejo y tan sólido. Los postes esquineros eran gruesos y rectos como robles salvajes. Las vigas del techo no eran rectas: les habían dejado la forma original del árbol.

En un cuarto había una escalera plegable para subir al desván. Este era amplio, pues no tenía una pared que lo dividiera por el medio. La mitad del espacio estaba ya ocupada por las cosas de la otra familia. A través de las grietas que había entre algunas tablas se podían entrever partes de los cuartos de abajo.

Delante del edificio corría un arroyo estrecho, bordeado de sauces llorones, donde había babosas. Del otro lado había un bosque de bambúes con camelias. A veces paseaba por allí, sola o con Yukio.

El día de la mudanza, el tiempo era excepcionalmente frío y lluvioso para el principio del verano. Era la época de los *biwa*. Había frutos amarillos por todas partes. La familia del compañero de mi padre esperaba ante nuestra casa para ayudarnos. Cuando llegamos con el camión de la mudanza, el colega, el señor Takahashi, hizo las presentaciones. Era un hombre robusto con una voz fuerte.

—Esta es mi mujer y él es nuestro hijo.

Hablaba muy nítidamente, y su mujer nos saludó inclinándose un poco. El niño permanecía de pie detrás de su madre. Mi padre nos presentó de la misma manera.

—Todos tenemos nombre, ¿verdad?

Mi madre se burlaba de los hombres, y el señor Takahashi se rio. Tenía los dientes bien parejos, blancos, resplandecientes. Mi madre, con amabilidad, le preguntó al niño su nombre:

—Me llamo Yukio. Encantado —dijo él.

—¿Yukio? ¡Qué coincidencia! Nuestra hija se llama Yukiko. Salúdalos, Yukiko —dijo mi madre, con las manos sobre mis hombros.

—Encantada.

Me incliné ante la familia Takahashi. Empezamos a descargar el camión. Mi madre y el señor Takahashi hablaban sin parar. Los demás estábamos callados.

Mi madre dijo:

—Estoy feliz de tener vecinos de Tokio. Aquí no conozco a nadie, salvo a una prima lejana que vive en el centro de Nagasaki.

—Nosotros también estamos felices. Vivimos aquí desde hace diez años, pero seguimos siendo *yosomono*. Mi mujer se queda en casa y no quiere tener amigas de por aquí. Espero que se lleven bien. Por cierto, dentro de un mes debo viajar a Manchuria. Voy a trabajar en un hospital.

—¿A Manchuria? ¿De modo que es usted el que se va?

Se volvió hacia mi padre.

—No me lo habías dicho.

—¿Qué importancia tiene? No te incumbe —dijo mi padre secamente.

—¡Hombres! ¿Todos los hombres son como él, señor Takahashi? —le preguntó a nuestro vecino.

—Más o menos. En nuestro caso, soy yo el que hace las preguntas —dijo riéndose.

—¿Viajará usted también? —preguntó mi madre a la señora Takahashi, que llevaba unas cajas pequeñas.

—No, me quedaré con Yukio —dijo.

Mi madre volvió la cabeza hacia el señor Takahashi y le dijo:

—¿Cuánto tiempo deberá usted quedarse allí?

—Seis meses.

—Será duro para su mujer y Yukio. Por supuesto que los ayudaremos en todo lo que necesiten —declaró mi madre mirando a mi padre, que asintió con la cabeza.

El señor Takahashi dijo sonriendo:

—Gracias. Me hará más fácil la partida. El tiempo pasa rápido, seis meses no son nada. Imagínese: estudiamos en la misma universidad hace casi veinte años. Y aquí estamos ahora, como si fuera ayer.

El señor Takahashi se fue, pues, y después de su marcha la señora Takahashi se quedó con Yukio. Mi padre siempre estaba muy ocupado trabajando en el laboratorio. Mi madre frecuentaba a su prima o iba a visitar a la señora Takahashi con el pretexto de compartir las verduras que solía darnos su prima, que provenían de la huerta de sus suegros. Mi madre siempre necesitaba alguien con quien hablar y a quien hacerle preguntas. La señora Takahashi, en cambio, nunca venía a visitarnos. Al parecer, no le gustaba charlar.

A veces la señora Takahashi me parecía una mujer atractiva. Párpados un poco gruesos. Cejas muy largas. Labios rojos como el capullo de una flor. Su pelo, arreglado en trenzas, lucía muy negro sobre su rostro blanco. Era una mujer sensual. Pero tenía ojos melancólicos y nostálgicos.»

«Un día, durante la cena, mi madre le dijo a mi padre:

—¿Sabías que la señora Takahashi era huérfana? Se crio en un orfanato. Mi prima conoce a la familia del señor Takahashi. Yukio no es hijo de él. El señor Takahashi lo adoptó cuando se casó. Yukio no conoce a su verdadero padre. Los padres del señor Takahashi no aprobaban que su hijo se casara con una huérfana ni que adoptara a su hijo. Por eso el señor Takahashi se fue de Tokio con ellos.

—No me interesa en absoluto.

Hablaba como si no le incumbiera. Pese a todo, mi madre prosiguió:

—¿Cómo la conoció el señor Takahashi?

—¿Cómo? ¿Qué quieres decir?

—Quiero decir: ¿cómo pudo casarse con una mujer sin educación y sin familia?

—¿También la has interrogado sobre su educación? ¡Ya basta! —Parecía querer eludir el tema—. Es el segundo matrimonio de mi colega.

—¡Eso lo explica todo! El divorcio es una vergüenza.

La respuesta la había dejado satisfecha, pero continuó:

—¿Por qué se divorció de la primera? Nadie se divorcia sin una razón seria.

—La primera lo dejó porque su suegra le reprochaba que fuera estéril.

—¿Cómo sabían que ella era la estéril? Podría haber sido él. Una amiga de Tokio, que no tenía hijos, dejó a su marido porque su suegra, como la madre del señor Takahashi, la culpaba de su infertilidad. Luego volvió a casarse y ahora tiene tres hijos muy parecidos a su marido. Está feliz. ¿Y sabes qué ocurrió con su exmarido?

—¡Me importa un bledo!

—Volvió a casarse también, pero las cosas seguían sin funcionar. Entonces su madre se las ingenió para que su hijo mayor se acostara con esa segunda mujer, para que tuviera al menos un hijo. La mujer quedó embarazada. Su marido estaba muy contento: creía que el hijo era suyo. Pero su mujer y su hermano se enamoraron. Cuando su mujer dio a luz, se fue con su cuñado y su hijo. Antes le dijo la verdad a su marido. Él se volvió loco, intentó matar a su madre. Ahora está en un psiquiátrico. No hace falta una guerra para volverse loco.

—¡Ya basta!

—Son cosas que pasan. Cálmate.

—¡Te lo repito! Me importa un bledo si mi colega es estéril o no. Es farmacólogo, como yo. Tú sé discreta. No hace falta que le digas esas cosas a la señora Takahashi. Por lo pronto es una mujer. Razón suficiente para casarse con ella o con cualquier otra.

—Sí, eso basta para acostarse con ella, pero no para casarse —replicó mi madre.

Enfadado y exasperado, mi padre se retiró. Era tan infrecuente verlo enojarse con tanta facilidad que mi madre evitó tocar el tema por un tiempo.

A decir verdad, mi padre y mi madre no tenían nada en común. Casi no hablaban de cosas cotidianas. Mi padre detestaba su cotilleo. Para sustraerse, leía todo el tiempo cuando estaba en casa.

Las pocas ocasiones en que mi madre estaba contenta con mi padre eran cuando se ocupaba de Yukio en ausencia del señor Takahashi. Lo invitaba a menudo a casa, o lo llevaba al laboratorio para mostrarle las instalaciones. Mi madre creía que mi padre intentaba ayudar a su colega ausente. Sonriendo, decía: "Me pone contenta que te ocupes tanto de Yukio. El señor Takahashi debe de estar agradecido".

A mí, por mi parte, me interesaban los conocimientos de mi padre en ciencias, historia, música, lenguas extranjeras. En Tokio entretenía a los hijos de los vecinos montando experimentos científicos, tocando el violín y el piano. Yo estaba orgullosa de él.

Antes de la guerra había ido a Norteamérica y Europa a estudiar lenguas y música. Decía que había aprendido democracia en Norteamérica y filosofía en Europa. La mayor parte del tiempo tenía que permanecer en Alemania. Pero iba a menudo a Francia, donde pasaba todas sus vacaciones.

Me decía: "Considera la realidad como los científicos, reflexiona bien antes de actuar, sé realista, no mezcles una cosa con otra". Me encantaban esas ideas. Yo adoraba todo lo que mi padre hacía y decía.

Todas las noches me sentaba en sus rodillas y él me leía libros. Después del trabajo me llevaba al parque mientras mi madre preparaba la cena. Yo jugaba con otro niño en un arenero. Mi padre leía en un banco cerca de nosotros.

Siempre era el mismo niño. Yo creía que era el hijo de un vecino. Nos llevábamos bien. Las mujeres del barrio le decían a mi madre: "¡Qué afortunada es! Mi marido no dedica suficiente tiempo a los niños".

Mi padre siempre estaba limpio. No fumaba, tampoco bebía alcohol. Simplemente olía a medicamentos.»

«No conocía a nadie en mi nueva escuela. Seguía siendo una *yo-somono*. No entendía bien el dialecto. Todos procedían de aquella región. Las chicas a mi alrededor no eran crueles, pero se mantenían a distancia.

Paseaba por el bosque de bambúes. Había tanta tranquilidad... Siempre me sentaba en la misma piedra. El viento soplaba suavemente. Solo se oía el ruido de las hojas.

Un día vi a Yukio sentado en la piedra, leyendo un libro. Era la primera vez que nos encontrábamos así. Al verme, Yukio me saludó. Lo saludé también. No había nadie más que nosotros. Yo sentía que habían invadido mi territorio. Quizá él también lo sentía. No se lo pregunté. En cambio, le dije:

—Me gusta este lugar. Es tranquilo.

—Sí, a mí también.

Yukio tenía los ojos nostálgicos de su madre.

Me preguntó:

—¿Te acostumbras a la ciudad?

—No, todavía no. No tengo amigas aquí. ¿Y tú?

—Yo tampoco.

—Pero ¿cómo es posible? Llevas diez años viviendo aquí.

—Me acostumbré a estar solo desde pequeño: mi madre siempre cuidaba de mí en casa. Daba lo mismo adónde fuera yo o cuánto tiempo pasara en un mismo sitio.

Dije riéndome:

—¡Qué práctico!

No pensé que me hablaría con tanta franqueza. Me invitó a sentarme en la piedra. Me puse a su lado como si nos conociéramos desde hacía mucho.

Le pregunté:

—¿Qué lees?

—Una historia científica. Un libro que tu padre me dio el otro día.

Me lo mostró. Me sorprendió un poco, pero le dije:

—Mi padre quería tener un varón al que le gustaran las ciencias. A mí y a mi madre no nos gustan las ciencias. ¡Pobre padre!

—¿Qué cosas te gustan?

—Me gusta leer, pero novelas. Ahora está prohibido leer esa clase de historias. Todos los libros que me gustan desaparecieron por culpa de la guerra.

—Qué lástima. Mi madre conservó algunos. Se los pediré.

—¿Sí? ¡Gracias!

Así fue como hablamos por primera vez en el bosque de bambúes. Más adelante solíamos leer tranquilamente un libro sentados en la piedra, uno al lado del otro.

Para ir al bosque había dos puentes. Nuestro edificio estaba entre esos dos puentes. No cruzábamos por el mismo. Yo tomaba el de la derecha, y él, el de la izquierda. Nunca planeábamos encontrarnos allí. A veces yo iba sola y él a veces también. Poco a poco empezamos a sufrir la ausencia del otro.»

«Era el primer invierno en Nagasaki. Yukio recibió una carta de su padre en que le anunciaba que tendría que quedarse en Manchuria más de lo previsto. Yukio estaba decepcionado. Su madre esperaba a su marido sin quejarse. Nadie sabía por qué tenía que quedarse más tiempo allí, y mi padre no decía una palabra al respecto.

Una tarde salí para dar un paseo por el bosque, como de costumbre, deseando que Yukio estuviera allí. Me puso feliz verlo en el otro extremo del camino. Nos acercamos a la piedra y nos sentamos.

Dije:

—Siento mucho que tu padre no regrese todavía.

Él estaba callado. Yo temblaba de frío.

—¡No llevas más que un suéter! —gritó.

Él llevaba un grueso abrigo de su padre. Lo abrió para que yo pudiera entrar en calor. Aunque su gesto me sorprendió, me apoyé contra su pecho. El calor corría por mi cuerpo.

Cubierta por el abrigo, permanecí inmóvil. Escuchaba el viento soplando suavemente entre las hojas de los bambúes. Había tranquilidad y paz entre nosotros, alrededor de nosotros. El tiempo se detenía.

Veía capullos de camelias bien sostenidos por los cálices. Eran las camelias que florecían en invierno. Solía verlas en el campo cerca de Tokio, cuando nevaba, en el bosque de bambúes. El blanco de la nieve, el verde de las hojas de bambú y el rojo de las camelias. Era una belleza serena y solitaria.»

«Habían pasado dos años desde nuestra llegada a Nagasaki. Volvía la época de los frutos de *biwa*. Yukio no tenía noticias de su padre. No se sabía si seguía con vida.

Hitler se suicidó, Alemania renunció a la guerra. Se oía la palabra *gyokusai*: morir con valor, combatir hasta la muerte. En efecto, muchos soldados hacían ya *gyokusai* en el campo de batalla de las islas del Pacífico.

La mayoría de las ciudades japonesas fueron destruidas por las bombas de los B-29 norteamericanos. Mis abuelos maternos y paternos se habían refugiado en el campo, cerca de Tokio.

Ya no había clases. Teníamos que trabajar en una fábrica requisada por el ejército. El mismo trabajo todos los días. Nos sentábamos ante la cinta transportadora y montábamos pedazos de metal: partes de aviones de combate. Era un trabajo aburrido y extenuante.

Un día, en el bosque de bambúes, Yukio me dijo:

—La guerra terminará pronto. Es necesario. Ni siquiera obligando a los niños a trabajar podríamos ganarla. No hay libertad. Ninguna. No tenemos derecho a decir lo que pensamos. No es por la guerra. Es por una mentalidad peligrosa que tenemos aquí. Lo único que se busca es el poder. No se hace la guerra por la libertad.

Había un extraño nerviosismo en su voz. Arremangándose la camisa, me mostró su brazo izquierdo. Vi una marca lívida en su piel. Era la marca de un golpe. Me levanté y lo miré de frente. Muy preocupada, le pregunté:

—¿Quién te ha hecho eso?

—Un comandante que venía a la fábrica. Esta mañana vi a un joven trabajador azotando la espalda de un coreano hasta hacerlo sangrar. Lo acusaba de haber robado comida. Sujeté al joven trabajador de un brazo y le dije: "Todo el mundo tiene hambre. Perdónelo, por favor". El coreano protestó: "Siempre tengo hambre, pero no fui yo el que robó". Entonces le pregunté a ese joven trabajador, que parecía de mi misma edad: "¿Lo ha visto usted robando?". Muy furioso, me contestó: "No, pero ¡estaba allí! No había nadie más que este coreano. ¡Es prueba suficiente!" Insistí: "Eso no prueba nada, y de cualquier modo no hace falta azotar a nadie". Inmediatamente después, el trabajador se lo contó al comandante. Me ordenaron que fuera a verlo. Me dijo: "Debes obedecerle. Trabaja aquí desde hace más tiempo que tú, es mayor que tú y tú no eres más que un estudiante. Está claro. Peleamos contra los norteamericanos por la unidad y la paz en Asia. El orden es muy importante para la unidad, ¿lo entiendes?". Le dije: "Simplemente quería decir la verdad. Ese chico coreano decía que no había robado y el trabajador no lo había visto robando". En vez de dejarme terminar, el comandante me golpeó el brazo izquierdo con un bastón y añadió: "¡Sigues sin entender! No es momento de buscar la verdad. Lo que hay que buscar es la unidad. Para lograr la unidad hay que obedecer las órdenes. Cuando todo esté bien en orden y en regla, la paz llegará automáticamente. Por tanto, debes obedecer las órdenes. Es todo. ¡Vete!".

—¡Vaya lógica! —grité.

—Sí, vaya lógica. Estamos todos locos.

—Pero ¡ten cuidado! Peleando con locos te volverás loco tú también.

Por fin sonrió.

—Tuviste el valor de detener a ese trabajador —dije—. Estoy orgullosa de ti, Yukio. Yo tampoco soporto la violencia. Pero ¿quién fue el que robó?

—No lo sé. Ese no es el problema. ¡Tu padre tiene razón! Es una mentalidad cerrada.

Yukio me estrechó suavemente contra su pecho y posó su mentón sobre mi cabeza. Podía oír las palpitaciones de su corazón. En ese momento logré olvidar todo lo que sucedía a nuestro alrededor: la guerra, el trabajo en la fábrica, la soledad. Solo pensaba en nosotros.

Yukio me dijo:

—¡Cómo me gustaría que viviéramos solos en una isla que nadie conociera!

Le tomé las manos con fuerza. Esa era mi respuesta. Tras un largo silencio, me levanté y miré a Yukio. Las lágrimas afloraban a sus ojos. Me besó ligeramente en los labios. Mi cuerpo ardía.»

«Un día, en el bosque de bambúes, Yukio, asegurándome que era la primera a quien se lo contaba, me dijo:

—Fui adoptado cuando tenía cuatro años. Mi madre había querido antes a un hombre, pero el matrimonio no pudo realizarse. Los padres de ese hombre no la aceptaban. Mi madre era huérfana y no tenía suficiente educación. Tampoco dinero. Los padres del hombre temían que a mi madre solo le interesara el dinero. Me dio a luz fuera del matrimonio. El hombre se negó a reconocerme legalmente. Los hijos de los vecinos me llamaban *tetenashigo*. Me acuerdo de ese hombre, que jugaba conmigo cuando era pequeño. Siempre venía a vernos después del atardecer, pero no pasaba la noche con nosotros. Si mi madre cocinaba algo especial para la noche, quería decir que el hombre vendría a cenar con nosotros. Pero a menudo no aparecía. Nos quedábamos largo rato sentados con la cena servida, en vano. Mi madre estaba triste y lloraba. Él nunca salía con nosotros. Mi madre me llevaba al parque antes del atardecer. Él acudía también, con su hija. Ella lo llamaba "papá". Mi madre siempre se iba y decía que volvería al cabo de una hora. Yo jugaba con esa niña cerca de su padre. No podía entender en qué situación me encontraba. Yo lo llamaba *ojisan*. Debía de estar casado con otra persona. Yo tenía cuatro años cuando mi madre se casó con el que hoy es mi padre. Sus padres tampoco lo aprobaban, y mi padre adoptivo se vino con mi madre y conmigo a Nagasaki. Se cree que mi verdadero padre desapareció, porque eso es lo que dice mi madre. En realidad, debe de estar en alguna parte de Tokio con su mujer y su hija.

Yukio y yo caminábamos por el bosque de bambúes siempre de la mano. Era el único lugar donde podíamos comportarnos así.

Me preguntó:

—Si un día quisiéramos casarnos, ¿tus padres lo aceptarían?

Contesté:

—Mi padre estaría encantado, porque eres una persona inteligente. Para él, lo más importante es siempre el conocimiento. Además, te quiere mucho. En cuanto a mi madre, no lo sé. Lo único que le preocupa es la reputación de la familia. Pero ¡tu padre es valiente! Dejó a sus padres por vosotros, por ti y tu madre. No me gusta nada ese hombre que te abandonó por culpa de sus padres. Tu madre debió de sufrir mucho y sentirse muy sola. Y tú, ¿qué harías si mi madre nos dijera que no?

—¡Desaparecería contigo!

Los dos sonreímos.»

«En el trabajo solo hablaba con una chica que se sentaba a mi lado. Se llamaba Tamako. Era obrera. Había estudiantes de mi escuela que me despreciaban por hablar con ella. En realidad, salvo yo, nadie le dirigía la palabra. Al principio no sabía por qué. Era una chica normal y corriente. Después de unos meses, me dijo: "A mi hermano lo capturaron en Saipán y lo mataron los norteamericanos. Dicen que caer prisionero ya es bastante vergonzoso; pero la peor ofensa para un soldado es que te maten. Mi padre dice que no sabe cómo disculparse ante el emperador. Es algo que le afectó mucho. Dicen que mi hermano debió haberse suicidado antes de que lo capturaran. Pero yo quería a mi hermano, y lo sigo queriendo. Mi madre también está muy triste".

Un día, en la fábrica, durante una pausa, me quedé a la sombra de un árbol. Tamako vino a reunirse conmigo.

Me dijo:

—Quiero mostrarte algo.

Sacó una bolsita blanca de algodón que escondía bajo su camisa de verano. La miré con curiosidad. Dentro había dos envoltorios de papel blanco plegado. Le pregunté:

—¿Qué es?

Tamako desplegó uno de ellos. Era un polvo cristalino.

Volví a preguntar:

—¿Azúcar?

En esa época el azúcar era escaso y precioso. Tamako sacudió la cabeza. Me dijo:

—No, es cianuro de potasio.

—¿Cianuro de potasio? —dije, asombrada—. ¡Es veneno! ¿Por qué llevas algo tan peligroso?

Tamako me explicó en voz baja:

—Porque es un veneno mortal. Ahora, si me capturaran los norteamericanos, podría suicidarme. Puedo darte un poco, ya que eres buena conmigo.

Me ofreció uno de los envoltorios. Lo rechacé.

—¡No! No quiero matarme por ningún motivo.

Decepcionada, Tamako volvió a guardarlo en la bolsa.

Mi padre decía que el problema era la ignorancia de la gente. La falta de información. Si descreía por completo de la idea de que Japón colonizaría Asia, era por la mentalidad del ejército. "Es ridículo", decía. Yo le creía.»

«La comida escaseaba cada vez más. La prima de mi madre ya no podía abastecernos de verduras de la huerta. Sus suegros habían enfermado. Tenía que ocuparse de ellos. Y su marido, además, había sido enviado a Taiwán. Agotada, ella también había enfermado. Mi madre decidió ir a ayudarla. Se quedó con ella una semana. A mi padre y a mí no nos molestaba. Él seguía trabajando en el laboratorio y yo pasaba el día entero en la fábrica.

Una tarde, en ausencia de mi madre, tuve de golpe una fuerte fiebre mientras estaba trabajando. A regañadientes, el director de la fábrica me permitió volver a casa. Aunque no había nadie, era mejor que quedarse en la fábrica. Lo único que quería era acostarme lo antes posible.

Como de costumbre, abrí la puerta corrediza. Penetré en el pequeño ambiente donde nos quitábamos los zapatos antes de subir a los cuartos.

Encontré los zapatos que mi padre utilizaba cuando trabajaba. "¿Papá?", llamé. No obtuve respuesta. Probé en su cuarto. Nadie. Era extraño, dado que esa mañana se había ido de casa antes que yo.

Me acosté en los tatamis de mi cuarto. Todo estaba en perfecta calma. Sin embargo, podía oír susurros que venían del cuarto de Yukio.

"¿Habrá vuelto ya de la fábrica, Yukio? No, no es posible... ¿O es que el señor Takahashi ha regresado de Manchuria?", me pregunté. Escuché las voces con atención. ¡Eran las de mi padre y la señora Takahashi!

Me levanté. No entendía lo que ocurría. "¿Por qué estará en casa de ella a esta hora?" Volví a la entrada donde estaban los zapatos. Vi también sus sandalias. "¿Habrá ido descalzo a casa de la señora Takahashi?" Caminando de puntillas, entré en el cuarto de mi padre. La puerta corrediza del *oshiire* estaba abierta. Dentro había un estante donde iban los futones. Debajo del estante estaban las cajas que mi padre había dado orden de no mover. Había cuatro, y una de ellas ya no estaba en el *oshiire*.

Me arrodillé ante el *oshiire*, que estaba pegado a una pared medianera, y miré hacia dentro. En el fondo de la oscuridad había una tabla apoyada contra la pared. La quité fácilmente. Detrás vi una abertura por la que se podía cruzar. Del otro lado estaba el *oshiire* lindero de la habitación de los padres de Yukio. El interior estaba todo oscuro. Toqué algo duro, como un cofre de madera. No oía nada. Mi padre y la señora Takahashi debían de estar del otro lado de la pared de mi cuarto, en el cuarto de Yukio.

Recordé que la escalera plegable por la que se accedía al desván estaba en el pequeño cuarto de la esquina de la casa. Yo casi no entraba en ese cuarto, porque solo había cajas con kimonos y utensilios de cocina que habíamos dejado de usar durante la guerra, como también habíamos dejado de usar la escalera.

Me subí a una de las cajas, tiré de la cuerda de la escalera que colgaba del techo. La hice bajar, pero decidí volver a la entrada en busca de mis zapatos: era posible que mi padre regresara antes de que yo hubiese bajado otra vez. Por fin subí al desván con los zapatos en la mano. Y levanté la escalera.

Me iba olvidando de la fiebre.»

Dejo de leer la carta de mi madre. Suspiro. También yo me olvidaba de que tenía fiebre. La emoción del impacto que había sentido se atenuó un poco. Ahora tengo ganas de comer algo. Me levanto y bajo a la cocina limpia. La señora S. se ha ido. Mi hijo está en la escuela. La semana que viene empezaré a trabajar.

Ya es mediodía. Sin embargo, me preparo una comida matutina: arroz, sopa de *miso*, huevos y *nori*. Agrego a la sopa trozos de la berenjena que trajo la señora S. Este era el desayuno que mi madre tomaba todas las mañanas con mi padre.

De niña no me gustaba mucho esa comida: prefería comer pan con mermelada y leche. Pero no me atrevía a decirlo cuando oía a mi padre hablar de la mala calidad de la comida durante la guerra. Me decía que se comía cualquier cosa y que se robaba para sobrevivir. Desaparecían incluso las flores de ciertos árboles. Mi madre, por su parte, no hablaba del asunto. Su silencio era más convincente que lo que decía mi padre.

Después de todo, no era la guerra lo que la llevaba a callar. La razón de su silencio era el crimen que había cometido.

Me acuerdo de sus palabras la víspera de la noche de su muerte: «Hay crueldades que no se olvidan nunca. En mi caso, no es la guerra ni la bomba atómica». Vuelvo a preguntarme lo que quería decir con esas palabras.

Termino de comer y subo a mi cuarto para seguir leyendo su carta.

«El desván estaba oscuro. Fue por la tarde. Solo había dos ventanitas con barrotes de madera en el extremo de cada pared. La luz del sol entraba por entre los barrotes. Yo caminaba con sigilo. Llegué justo encima del cuarto donde mi padre y la señora Takahashi hablaban. "¿Qué será lo que sucede entre ellos?" Mi corazón palpitaba.

Buscaba las grietas entre las tablas que había visto la primera vez que habíamos subido. Encontré una y me arrodillé.

¿Qué? No podía creer lo que veía. Mi padre y la señora Takahashi estaban tumbados sobre los tatamis, completamente desnudos.

Mi mirada se concentraba en el cuerpo de la señora Takahashi: tenía pechos puntiagudos como los de una muchacha. La piel blanca como la nieve. El pelo negro, despeinado, le caía sobre los hombros redondeados.

Tendido de espaldas, mi padre había posado una mano en la cadera de la señora Takahashi, que tenía el rostro vuelto hacia la pared. Su mano la acariciaba desde la cintura hasta las nalgas. Podía ver los ojos de mi padre. Eran los ojos de un hombre desconocido.

Él le dijo:

—¡Qué hermoso y suave es tu cuerpo! ¿Comprendes lo mucho que te extrañaba?

Ella callaba. Tras un largo silencio, le dijo algo, pero con una voz tan débil que no pude oír más que algunas palabras: «... no está bien... no se hace...». Pegué la oreja contra las tablas. De ese modo podía escuchar mejor su voz.

—¿Por qué no me dejas en paz? Mi marido adoptó a Yukio hace mucho tiempo. Es un buen padre. Yukio lo quiere mucho.

Mi padre dijo:

—Pero yo soy el padre. Es natural que quiera saber qué es de la vida de mi hijo. Quiero estar cerca de él todo lo que pueda.

"¿Mi padre es el padre de Yukio? ¿Yukio es mi medio hermano? ¡No puede ser!" Me rechinaban los dientes. Poco a poco me invadía una sensación en la que se mezclaban la confusión y la ira. Quería gritar. Contenía mis brazos temblorosos para no hacer ruido. Pese a todo, quería saber la verdad. Tenía que escucharlos.

La señora Takahashi dijo:

—Ahora mi familia son mi marido y Yukio.

Mi padre seguía acariciando su cuerpo y le dijo suavemente:

—¿A qué te refieres con "ahora", después de estos dos años? Piensa en nosotros, en nuestros cuerpos. Cuando hacemos esto nos complementamos a la perfección. Nuestros cuerpos forman una unidad muy fuerte. Incluso diez años después de habernos separado. Mi matrimonio con mi mujer y tu matrimonio con tu marido no cambian nada en la relación que tenemos. Dices que no está bien seguir adelante con esto, pero yo sé que tú me esperas siempre, y yo también.

Acostado detrás de ella, la estrechó entre sus brazos. La besó en la nuca. Le acarició los pechos. Y lentamente bajó la mano hacia su sexo. La señora Takahashi gimió un poco, abriendo la boca. Tenía los ojos cerrados. Pero cuando él le besó el sexo, con las manos sobre sus pechos, ella se puso a gritar: "¡Basta! ¡Basta!". Agarró la cabeza de mi padre. Él entró en ella.

Yo ya no podía verlos. Permanecí inmóvil en la oscuridad hasta que los gemidos cesaron.

A partir de entonces dejé de ir al bosque. Evitaba incluso mirar a Yukio. ¿Cómo podía revelarle que éramos medio hermanos y que su madre y mi padre mantenían una relación? Ni el señor Takahashi ni mi madre estaban al tanto de lo que sucedía.

Me encerraba en mi cuarto. Hablaba lo menos posible. Me había enterado de algo que superaba mi entendimiento.»

«Una tarde caminaba a lo largo del río. Me sentía pesada. Me senté en la orilla. Vi a un adolescente que hacía cabrillas con piedras. Me hizo acordarme de un juego al que mi padre jugaba conmigo en Tokio, cuando era pequeña. En el dique, nos mostraba a mí y a un niño de mi edad cómo lanzar pequeñas piedras chatas sobre el agua. El niño las lanzaba muy bien, mientras que yo las lanzaba muy mal, pero él no se burlaba de mí. Recogía piedras y las compartía conmigo. No hablaba mucho. Un día le pregunté: "¿Dónde está tu padre?". Ya no recordaba su respuesta, tampoco su rostro ni su nombre.

El adolescente dejó de hacer cabrillas. Recogió su bolsa del suelo y se fue. Yo lo miraba alejarse.

Y de golpe comprendí que el que jugaba conmigo aquellas veces era Yukio. Yo era la niña de la que Yukio se acordaba, esa niña que estaba con su padre en un parque de Tokio. Jugábamos juntos sin saber que éramos medio hermana y medio hermano.

Yukio aún no sabía la verdad.»

«Antes de que mi madre regresara de casa de su prima, una noche muy clara, me despertó un ruido débil que provenía del cuarto de mi padre. Era él, sin duda, que se escabullía como un ratón por el agujero de la pared del *oshiire*.

Me levanté. Subí al desván del mismo modo. La luz de la luna me ayudaba a repetir los pasos que había dado la otra vez. Primero, como aquel día, fui y me detuve encima del cuarto de Yukio. No había nadie. Tampoco Yukio. "¿Dónde estará?", me pregunté.

Decidí instalarme encima del cuarto de sus padres. Busqué el lugar apropiado. Allí, a través de los intersticios, pude verlos.

La luz de la luna penetraba en la habitación por la ventana. Podía verlos claramente, estaban desnudos. La señora Takahashi estaba sentada a caballo sobre el vientre de mi padre, las piernas flexionadas sobre los tatamis. Se miraban. Él le acarició suavemente los pezones y el perfil de los pechos. Ella volvió la cabeza hacia el techo, los ojos cerrados, la boca un poco abierta. Mi padre se incorporó haciéndola deslizarse sobre él. La besó en la cara, en la boca, en el cuello, alrededor de los pechos. Posó la mano sobre el sexo de la señora Takahashi. "¡Basta!", gritó ella. Él entró en ella. Ahora era él el que gemía, sacudiendo con fuerza las nalgas. Después se tumbaron de espaldas a la luz de la luna.

Mi padre dijo:

—Mi mujer regresará dentro de dos días. Ya no puedo soportar tu ausencia. Tenemos que buscar un lugar para encontrarnos.

Indecisa, la señora Takahashi le dijo:

—Déjame pensar. Estoy confundida.

—¿Pensar qué? ¿Confundida sobre qué? ¡No seas tan seria! Nadie lo sabrá nunca. Regresaré mañana por la noche. Yukio dormirá una noche más en casa de mi colega, que opina que nuestro hijo es muy inteligente y tiene un gran espíritu científico. Estoy muy orgulloso de él.

Mi padre abandonó la habitación por el agujero de la pared. Tras unos segundos oí llorar a la señora Takahashi.

Eran las tres de la mañana cuando me acosté.

Al día siguiente me levanté a las ocho. Era la hora en que se suponía que debía llegar a la fábrica. Mi padre ya se había ido a trabajar. Me apresuré en ir a la fábrica. Mi supervisor me gritó:

—¿Cómo te atreves a llegar tan tarde? ¡Piensa en los soldados que pelean por Asia, por nuestro país, por nosotros y por ti!

Me pegó con la mano en la mejilla. Sin embargo, no sentí dolor. Eso no era nada comparado con lo que había ocurrido en mi cabeza. La imagen de mi padre y la señora Takahashi haciendo aquello me absorbió todo el día.

Por la noche me acosté temprano. Tenía mucho sueño. Mi padre entró en mi cuarto y me preguntó:

—¿Qué tienes? ¿Estás enferma?

Contesté sin mirarlo:

—No. Solo estoy cansada por el día de trabajo.

Él dijo dulcemente:

—Que duermas bien.

Medianoche. Como estaba previsto, oí a mi padre cruzando la pared. Ya no tenía sueño. Había dormido cuatro horas. Subí al desván. Mi padre y la señora Takahashi estaban sentados junto a la mesa baja, vestidos con kimonos de verano. Hablaban. Mi padre la besó en el cuello, pero la señora Takahashi lo desaprobó diciendo:

—No, no..., basta..., por favor. Tengo algo que decirte esta noche.

—¡No seas tan seria! —repetía él acariciándole las nalgas.

—No, ¡un poco de seriedad!

Estaba a punto de llorar.

—¿Por qué? Hablo muy en serio cuando digo que quiero tenerte hasta la muerte —dijo mi padre—. Si tu marido muriera y necesitaras ayuda económica, yo estaré siempre aquí para ti. En cuanto a mi mujer, no te preocupes. No sospecha nada. Lo único que le importa es lo que se dice de ella. Está demasiado orgullosa de su familia. Se cree muy inteligente, y piensa que no la dejaré. En realidad, es una mujer estúpida.

—¡Nunca lo entenderás! —dijo ella—. Yo solo quería crear mi propia familia, contigo y con nuestros hijos. Pero tú de pronto te casaste con otra mujer. Me dijiste que debías complacer a tus padres casándote con ella, y que te divorciarías una vez que tus padres hubieran muerto. Y ahora tienes una hija de tu mujer, y yo he formado una familia con mi marido y Yukio. Me quedaré siempre con mi marido, como tú te quedarás siempre con tu mujer.

—¿Qué? —dijo él.

Pero ella prosiguió:

—Confieso que en estos diez años he podido vivir en paz por primera vez. Sin ti.

—¿Sin mí? ¿A qué te refieres?

—Al principio tenía miedo, porque creía que te quería. Me casé únicamente por Yukio. Con toda la bondad que he recibido de mi marido, me avergüenza lo que estoy haciendo a sus espaldas. Él ha sido en verdad muy bueno con Yukio.

—Pero Yukio es mi hijo. No lo olvides —dijo él.

—¡No tienes derecho a decir eso! —gritó ella con voz áspera—. Mi marido hizo todo lo que tú te negaste a hacer. No quisiste casarte conmigo por tus padres, no quisiste tener un vínculo legal con Yukio porque creías que yo quería quedarme con tu dinero. Tú y yo nunca hemos estado juntos en público. No me presentaste a tus padres ni a tus amigos. Aun antes de casarte, venías siempre a mi casa y por la noche volvías a tu apartamento, donde nadie te esperaba. Tenías miedo de que los chismes de los vecinos y amigos llegaran a oídos de tus padres. Yo hubiera querido pasear contigo, ir al cine, comer en un restaurante. Tenía apenas dieciséis años cuando te conocí.

—Entonces ¿por qué no te negaste a volver a hacer esto conmigo? Estabas feliz. Lo deseabas tanto como yo. Eres tan sensual... Solo lo eres conmigo.

—Puede ser. Pero ahora me siento muy mal. Pienso en mi marido. Me quiere mucho. He terminado contigo.

Sollozaba. Él dijo:

—Tu marido te quiere porque no sabe que Yukio es mío. Si supiera la verdad, ya no podría quererte.

—Depende de ti. Si se lo contaras ocasionarías muchos problemas: a tu mujer, a mi marido, a Yukio, a Yukiko, incluso a toda tu parentela. Mi marido tiene buen corazón. Yukio lo quiere mucho. ¡Déjanos en paz! Pronto mi marido volverá de Manchuria.

—Eso también depende de mí —dijo él en voz baja.

—¿A qué te refieres con "también"?

—Fui yo el que arregló todo para que tu marido fuera a Manchuria. Yo lo envié en mi lugar.

—¿Cómo pudiste hacer algo semejante? ¿Por qué no fuiste tú? ¿No pensaste en Yukio? Él necesita a SU padre.

—No olvides que soy el padre de los dos, de Yukio y Yukiko. Por lo demás, no quisiera morir por culpa de la guerra. Todo el mundo está enrolado: creen que la victoria todavía es posible. Pero la cuestión es saber si los japoneses aceptarán o no la derrota. Si no, los norteamericanos nos destruirán por completo. En este momento, ir a Manchuria o a cualquier lado supone morir o terminar como rehén. Pero tu marido estaba feliz con la idea de ir. Decía que sería un honor pelear en nombre del emperador. ¡Qué ingenuidad! Hasta un niño como Yukio se da cuenta de la estupidez militar.

—Dios mío...

La señora Takahashi se cubrió el rostro con las manos. El cuerpo le temblaba. Dijo:

—Mi marido no quería ir. No tuvo elección. Él no sabía nada de todo esto, y fuiste tú el que manipuló a todo el mundo como lo hace el ejército.

—¿Manipulé? No, traté de hacer el mejor acuerdo para nosotros. Nunca obligué a nadie a hacer nada.

—¿Quiénes son "nosotros"? ¡Eres tan egoísta! ¡Haces lo que quieres!

Ella sollozaba, y mi padre se fue. Yo estaba sentada, inmóvil, con la cabeza sobre los brazos. Los sollozos de la señora Takahashi continuaron largo rato en la oscuridad.

Al día siguiente, mi madre volvió de casa de su prima. Esa noche le dijo a mi padre, que leía un libro:

—¿Es cierto que estabas con alguien antes de nuestro casamiento? Me lo dijo mi prima.

Me volví hacia mi padre. Él contestó sin levantar la cabeza:

—¿Con quién? Tenía varias amigas.

—Alguien, una huérfana como la señora Takahashi —dijo ella.

—Ya no me acuerdo. Ahora poco importa.

Mi padre ni siquiera miró a mi madre. Yo temía que ella insistiera en el tema. Pero no le hizo más preguntas.»

«En aquella época mi padre solía tener dolores de estómago. Tomaba un remedio dos veces al día, por la mañana y por la noche. Era un polvo blanco. Desplegaba un papelito de celofán, echaba el contenido en un vaso de agua, lo mezclaba con un palillo y se lo bebía de un trago. Siempre repetía esa acción con precisión, como un autómata.

Una noche muy calurosa y húmeda, me había acostado en los tatamis de la sala. Todas las puertas corredizas estaban abiertas para que corriera el viento. Pero no había viento. Mi padre tomaba su remedio como de costumbre, junto al fregadero de la cocina. Yo lo miraba distraída. Cuando bebió el agua mezclada con el polvo, me acordé del cianuro de potasio que me había mostrado Tamako.

Al día siguiente, en la fábrica, le pregunté a Tamako con discreción:

—¿Todavía tienes cianuro de potasio?

—Por supuesto, dado que sigo con vida —dijo ella riéndose.

Yo no me reí. Le dije:

—¿Me darías un poco?

La voz me temblaba. Ella no se dio cuenta. Me dijo sin vacilar:

—¡Sí, con mucho gusto!

Sacó los dos envoltorios de papel de su bolsita de algodón blanca. Me tendió uno diciéndome:

—Estoy contenta de que hayas cambiado de opinión. Ya casi no nos queda tiempo. Los enemigos se acercan. Aquí tienes. ¡Cuídalo!

Oíamos la alarma a menudo. Nosotras, las estudiantes, solíamos guarecernos de inmediato en un refugio subterráneo con una maestra de nuestra escuela. La maestra venía a la fábrica para vigilar a las estudiantes que trabajaban allí y cerciorarse de que todo el mundo estuviera sano y salvo. Fue entonces cuando me di cuenta de que las obreras debían permanecer en la fábrica, a menos que las bombas cayeran muy cerca de allí.

Una mañana la alarma volvió a sonar. Fue ocho días antes de la bomba atómica de Nagasaki. Estábamos trabajando en la fábrica. Tamako no estaba conmigo, porque esa mañana el jefe de la fábrica le había ordenado que llevara unos papeles a la oficina del centro. Dejamos la fábrica con nuestra profesora para guarecernos en el refugio. Habíamos oído la explosión de las bombas.

Cuando volvimos a la fábrica, Tamako aún no había regresado, y tampoco la vi durante el resto de la jornada.

Al día siguiente, el jefe no vino a la fábrica, y Tamako tampoco. Dijeron que había muerto por el bombardeo, en la calle.»

«Unos días más tarde me enteré de que habían arrojado una bomba muy potente en Hiroshima. No era un artefacto incendiario sino algo totalmente distinto. ¡Con una sola bomba habían transformado la ciudad en un océano de llamas!

Había cadáveres flotando en el río. La gente se tiraba al agua todavía viva, tratando de huir del calor. Otros, con ojos y huesos saltones, corrían por las calles buscando agua. Era como un establo en llamas, obstruido, del que los animales intentaran escapar en vano.

El que describía esa carnicería era un vecino que había regresado de Kobe pasando por Hiroshima. Lo contaba en voz baja, temblando de espanto. Mi padre le dijo: "La guerra ha terminado. Tenemos suerte de no haber muerto."

Tras el bombardeo en el que murió Tamako, muchas chicas empezaron a dejar de ir a la fábrica. Eran estudiantes como yo. Mi madre me insistía para que no fuera. Yo rehusé, diciendo: "Cuando hay que morir, hay que morir". Mi padre me dijo: "No seas tonta, Yukiko. Mamá tiene razón. Quédate en casa. La guerra terminará pronto". Le dije: "No quiero huir de la guerra".

Una vez, de hecho, durante la alerta, me negué a ir al refugio para quedarme con las obreras, pero me di cuenta de que le causaría muchos problemas a nuestra profesora.

En Nagasaki, tras del primer bombardeo, veíamos aviones enemigos pasar sobre nosotros. Empezaban a evacuar a las personas mayores y a los niños de la ciudad. Pero nadie podía prever que nuestra ciudad sería la próxima víctima de una nueva bomba atómica.

Una vez vi prisioneros de guerra por la calle. Caminaban atados unos a otros con una cuerda. Algunos silbaban, y un soldado japonés los regañaba. Por su expresión de candor calculé que tendrían entre dieciocho y veinte años. Ojos azules, pelo rubio o castaño y cara blanca. Uno de ellos le dijo en inglés a otro prisionero: "¿Quién quiere la guerra? Yo lo único que quiero es volver a mi país, donde me esperan mis padres y mi novia".

Comprendí lo que había dicho. Había aprendido esa lengua con mi padre y en la escuela. Miré a esos soldados que se alejaban con un nudo en la garganta. Las palabras "mi novia" me hicieron llorar.»

«El día que cayó la bomba atómica en Nagasaki, me levanté a las cinco. Mi madre se había quedado otra vez en casa de su prima, en el centro. Mi padre dormía. Mezclé el cianuro de potasio con el contenido de los últimos tres papeles de celofán plegados en la caja que contenían el remedio de mi padre y me fui. No sabía adónde ir. Empecé a caminar hacia el norte. No tenía nada para comer ni beber.

Sería alrededor del mediodía. No llevaba reloj. En una calle de un pueblito oí que alguien detrás de mí gritaba: "¡Miren! ¡Allí!". En ese momento pensé que venían a detenerme. Me volví hacia la voz. Nadie me perseguía. Estaba equivocada. Señalaban el cielo con el dedo. ¡Una nube enorme, con forma de hongo, en el cielo! "¿Qué?" Como todo el mundo, yo miraba la nube. Nadie sabía exactamente qué era. Al cabo de un rato nos dijimos que debía de ser otra bomba lanzada por los norteamericanos sobre la ciudad de Nagasaki. Nos pusimos a gritar: "Oh, ¡Dios mío! ¡Qué desastre! ¡Qué espanto!".

Agotada y todavía distraída, me senté en una piedra delante de una casa. Se oía el chirrido de las cigarras por todas partes. En el jardín, un viejo miraba insistentemente hacia el sur. Yo podía ver el camino por el que había venido. "¿Habrá un desastre al final del camino? Pero ¿qué desastre? Acabo de envenenar a mi padre. ¿Cuál es el desastre: la nube de hongo o el envenenamiento?" El chirrido de las cigarras empezaba a fastidiarme. Me agarraba la cabeza con las manos.

Me llevó un rato cobrar conciencia de la realidad. "¡Ha de ser una bomba como la que hizo de la ciudad de Hiroshima un océano de llamas!" Sin embargo, había decidido regresar por el camino que llevaba a Nagasaki. Levanté la cabeza.

El viejo se me acercó y me dijo:

—¿Estás enferma? ¿De dónde vienes?

—Del valle de Uragami —contesté.

—¡Dios mío! Tienes suerte. No regreses enseguida. Es peligroso. ¿Dónde está tu familia?

—Mi madre está en el centro de Nagasaki y mi padre está ahora en el barrio de Uragami.

—¡Pobre niña! Quédate un rato con nosotros. Mi mujer te dará algo de comer.

—Gracias, pero debo ir a buscar a mi familia —dije, levantándome.

—¡Espera! No te muevas. Vuelvo en un segundo.

Volvió con un recipiente con agua y *onigiri* y dijo:

—Ten esto. Ojalá tu padre y tu madre estén vivos. Debes ser muy prudente.

Se lo agradecí. Me volví por el camino que había tomado.

Llegué al valle por la tarde, temprano. Y lo que vi era una pura carnicería. El valle estaba cubierto de gente que gemía y gritaba: "¡Agua!". Por todos lados había niños aullando: "¡Mamá! ¡Mamá!". Tropezaba con rostros deformados, cuerpos quemados o ya muertos en el suelo. Ante mí pasaban cadáveres flotando por el río. El valle de la muerte. Estaba lleno de olores fétidos. Yo no paraba de vomitar.

En la calle vi a un hombre bajo un techo derrumbado. Cuando intentaron socorrerlo tomándolo de una mano, el brazo se le desprendió del cuerpo.

Por poco me caigo sobre alguien. Era una mujer. Tenía la mitad de la cara y el cuerpo quemada. Me tendía una mano para levantarse. Dije:

—Lo siento, señora. Debo buscar a mi madre. Quédese con el agua y este *onigiri*.

Pensé que tarde o temprano moriría. Bebió un poco de agua.

—Gracias..., qué amable. Debes de tener buenos padres —dijo, con lágrimas en los ojos.

Deambulé en medio de la carnicería. De golpe oí que alguien silbaba. Miré detrás de mí. Era un niño sentado en el suelo. Estaba como loco. El silbido me hizo recordar a los prisioneros extranjeros. Miré el cielo gris. Me pregunté: «¿Habrán matado también a sus camaradas, los norteamericanos? ¿Sabrán de la existencia de la cárcel?».

Todavía tenía en la cabeza la imagen de los rostros inocentes de los prisioneros.

Me enteré de que nuestro pequeño barrio había sido destruido por completo por la onda expansiva de la bomba, y que todos habían muerto. "¿Nuestro barrio no existe más? Mi padre está muerto, estoy segura. La señora Takahashi también, si se hallaba en su casa esta mañana. ¿Y dónde andará Yukio? Tenía que estar en la fábrica..."

Fui al centro, a ver a la prima de mi madre. El techo de la casa se había desmoronado. "¿Dónde estarán mi madre y su prima? ¿Dónde estarán sus suegros?"

—¡Yukiko!

Alguien a mis espaldas me había llamado. Volví la cabeza. Era mi madre. Se puso a llorar.

Me dijo:

—Me dijeron en la fábrica que no habías ido esta mañana, y tu padre tampoco estaba en el laboratorio. Me pareció raro que tu padre y tú no hubieseis salido de casa por la mañana, como de costumbre. Volví enseguida. Pero todas las casas del barrio estaban destruidas. No ha sobrevivido nadie. Pensé que tú y tu padre habíais muerto. ¡Mira!

Sacó unos zapatos de una bolsa. Eran de mi padre.

—¿Dónde los encontraste? —le pregunté.

—Entre las ruinas de nuestra casa. Tu padre debía de estar allí esta mañana.

—¿Dónde está el cuerpo?

—Todavía no he podido encontrarlo. Probablemente no lo encuentre nunca entre esas ruinas.

Sostenía con fuerza los zapatos. Parecía indignada. Yo no sabía qué le pasaba por la cabeza.

—Ha muerto... Ha muerto. Tenía algo que decirle, pero ahora es demasiado tarde —dijo.

—¿Qué querías decirle? —pregunté.

—Nada. No era nada, ahora que está muerto.

Mientras hablaba arrojó los zapatos al fuego de las ruinas. Nos pusimos a mirar cómo empezaban a arder lentamente. Yo creía que mi madre había descubierto algo sobre mi padre.

Me preguntó:

—¿Dónde estabas tú, Yukiko?

—En casa de mi amiga —mentí.

—¡No tiene importancia! Estás sana y salva, ¡con eso basta! Mi prima y sus suegros murieron bajo el techo de su casa. Esta mañana fui al campo con la señora Takahashi para cambiar arroz por uno de mis kimonos.

—¿Con la señora Takahashi? Entonces ¡está viva!

—Sí. Tuvo suerte. Si no hubiese estado conmigo, habría muerto también en su casa, como tu padre. La semana pasada le había preguntado si quería acompañarme al campo.

—¿Y Yukio? ¿Qué ha pasado con él?

—No lo sé todavía. Su madre salió a buscarlo. Yukiko, nos iremos a Chichibu lo antes posible. Como sabes, es un pueblo cerca de Tokio. Allí nos esperan tus abuelos. Están allí hace unos meses, para escapar de los bombardeos. En Tokio ya no queda nada que comer.»

«El 15 de agosto, después de las dos bombas atómicas, el emperador Hirohito proclamó por la radio la derrota de Japón. Yo no entendía lo que decía: su voz no era clara. Creía que nos ordenaba que hiciéramos *gyokusai*. Nos pusimos a llorar ante la radio mientras repetíamos: "¡La guerra ha terminado!". Esas palabras, sin embargo, no me producían alivio ni alegría, sino la pena de no poder pelear hasta la muerte.

En mi caso, empezaba mi propia guerra. Había perdido la oportunidad de morir por el crimen que había cometido.

Estuvimos tres semanas en una casa en el campo. Era de los granjeros que nos vendían arroz. Poco antes de partir, mi madre me dijo que Yukio había sobrevivido a la bomba. Estaba con su madre en casa de un compañero de mi padre, y se quedarían allí hasta encontrar un lugar para vivir.

La víspera de nuestra partida me crucé con Yukio en la calle.

Me dijo:

—No sé cómo decírtelo. Tu padre murió por la bomba. Siempre fue amable conmigo. Todavía tengo algunos libros que me prestó.

Me quedé en silencio, luego le pregunté:

—¿Qué sucede con tu padre en Manchuria? ¿Tienes noticias de él?

—Sí, acabamos de enterarnos de que lo enviaron a Siberia. Está en un campo de prisioneros —dijo.

"¿También está vivo el señor Takahashi?", me repetía yo mentalmente. Pero ante esa buena noticia no podía contestar nada. Un silencio pesado se hizo entre nosotros. Fue en el momento en que me iba cuando Yukio dijo:

—¿Por qué me evitas? ¿Hice algo malo?

Sacudí la cabeza. Vi que aparecían lágrimas en sus ojos. Una gruesa gota cayó por su mejilla. El dolor recorrió mi cuerpo. Ya no era capaz de seguir mirándolo. Me decía a mí misma: "Mi hermano... Eres mi hermano. ¡Y no lo sabes!".

Me dijo:

—¿Ya no me quieres?

—Sí. Pero ya no puedo verte.

—¿Por qué? ¿Qué te ha sucedido? Dímelo, por favor.

—¡No me preguntes por qué, te lo suplico!

Me fui corriendo.

—¡Siempre te esperaré! —gritó detrás de mí.

Fueron las últimas palabras de Yukio. Ya no podía darme la vuelta para mirarlo. Con la cara bañada en lágrimas, caminé hasta que cayó la noche. Entré entonces en un pequeño edificio abandonado. Allí, en la oscuridad, sollocé largamente, sin poder parar.»

«Después de la guerra, mi madre y yo nos quedamos a vivir en casa de sus padres. Ella tenía problemas de salud por las radiaciones a las que se había expuesto mientras nos buscaba a mí y a mi padre. Mucha gente moría de enfermedades relacionadas con las radiaciones. Incluso los hijos de los sobrevivientes irradiados estaban afectados. Las víctimas o sus familias ocultaban la existencia de la enfermedad. Se callaban y se negaban a hablar de la bomba atómica.

Dos años más tarde llegó una carta del señor Takahashi a casa de los padres de mi padre, en Tokio. Estaba dirigida a mi madre. El señor Takahashi había conocido bien a los padres de mi padre cuando estudiaba en la universidad. Mi madre me envió a casa de sus suegros para recoger la carta. Era la primera vez que yo los veía desde nuestra mudanza a Nagasaki.

Mi abuelo lloraba mientras me tomaba de las manos. Me dijo:

—Pobre criatura. Has perdido a tu padre. Nosotros hemos perdido a nuestro hijo, nuestro único hijo. Sigo sin entender por qué quería trabajar en Nagasaki. Tenía un buen puesto en Tokio. Si no se hubiera ido de Tokio, habría sobrevivido con nosotros. ¡Qué destino!

En la carta, el señor Takahashi contaba que había estado preso en Siberia. Había tenido que trabajar dos años con un frío persistente. Cuando volvió a Nagasaki, sus padres le pidieron que se mudara a Tokio con su mujer y Yukio. Pero él había insistido en quedarse con su familia en Nagasaki y seguir trabajando en el laboratorio, como antes. Nos trasmitía sus condolencias por la muerte de mi padre. Y le agradecía a mi madre que hubiera llevado a su mujer al campo esa mañana, aunque fuera por casualidad. Yukio había empezado la universidad, agregaba al final.

Mientras doblaba la carta, mi madre me dijo:

—Qué raro.

—¿Qué es lo raro? —pregunté sin mirarla.

—Todos los que vivían en la casa de Uragami sobrevivieron, menos tu padre. A menudo decía que decididamente no quería morir en la guerra.

Guardé silencio. Ella lo obvió y continuó:

—Yukiko, tu padre y yo nos casamos porque las dos familias lo deseaban. Para mí era normal casarme con alguien que estuviera en condiciones similares de riqueza y educación. Pero antes de casarnos tu padre tenía una amiguita. Era huérfana. No podía casarse con ella porque nadie de su familia la aceptaba. Me enteré de la historia por casualidad, por mi prima lejana, en Nagasaki, y me impactó tanto que ella dejó de hablar en el acto. Una vez le pregunté a tu padre por ese asunto, pero no dijo nada. Yo quería saber qué había pasado con esa huérfana. Antes de ir al campo con la señora Takahashi, la mañana de la bomba atómica, mi prima finalmente me confesó que tu padre había tenido un hijo con esa huérfana en Tokio. Me enfadé mucho con tu padre por habérmelo ocultado y haberse casado de todos modos conmigo. Puede que haya continuado con la relación con esa huérfana y su hijo secreto durante nuestro matrimonio. Hubiera querido matarlo a tu padre. Desgraciadamente lo mató la bomba esa mañana. ¡Qué ironía!

Mi madre estaba cada vez más débil. Sufría de leucemia. Murió en el hospital. Me alivió que se fuera sin saber la verdad: que la señora Takahashi, nuestra vecina de Uragami, había sido la amante de mi padre y que Yukio era hijo de ambos.

Unos meses después de la muerte de mi madre me casé con tu padre. Tenía veintidós años.»

«Namiko, perdóname por haber guardado silencio durante años sobre mis padres y la bomba atómica. Lo que quería, en realidad, era enterrar la verdad que ocultaba junto con mi cuerpo. Sin embargo, interrogada una y otra vez por tu hijo, me obligo ahora a no seguir huyendo. Una vez que haya terminado mi carta, responderé a tus preguntas. Eso significa, quizá, responderte también a ti. De otro modo, necesitaría más tiempo para morir. Estoy harta. Si un día fuera incapaz de comer por mis propios medios, preferiría morir. ¿Me entiendes?

En todo caso, tu hijo tiene todo el derecho de preguntarme por sus antepasados. Sin ellos, sin mí, incluso sin mi crimen, él no existiría y tú tampoco. Él todavía es joven, pero es lo suficientemente maduro para entender mi historia. Algún día podrás mostrarle mi carta.

Esta mañana tuve un sueño.

Bordeaba el cementerio cerca de casa. Vi gente de pie, vestida de negro. Más atrás había dos hombres con una pala. Solía ver entierros allí. Pero me detuve, pues los rostros me resultaban familiares: había miembros de la familia de tu padre, la señora S., mi nieto y tú,

Namiko. Entré en el cementerio y me acerqué a ellos. Arrojaban flores sobre un ataúd que acababan de bajar a tierra, junto a la tumba de tu padre.

Pregunté a uno de ellos:

—¿Quién ha muerto?

Volvió la cabeza y me miró. Era un amigo de tu padre, el señor T.

—La señora K. —dijo.

Volví a preguntarle:

—¿La señora K.? ¿Qué señora K.?

Me explicó:

—La señora Yukiko K. ¿La conoce? Era la mujer del señor K., uno de mis amigos. Murió hace siete años de un cáncer de estómago. La señora K. había sobrevivido a la bomba atómica de Nagasaki. Era una mujer consagrada a su marido. Ahora están juntos en algún lugar del cielo.

Escuchándolo, me dije sin asombro: "Yo soy la señora Yukiko K. ¿Estoy muerta? Entonces ¿quién soy?".

—¿Quién es usted, señor?

Alguien detrás de mí me había hablado con una voz tierna y dulce. Volví la cabeza hacia la voz. Eras tú, Namiko. Yo no entendía por qué me habías llamado "señor". De todos modos, te contesté:

—Soy extranjera.

Tú llevabas un ramo de camelias. El rojo y el amarillo brillaban contra el negro de tu ropa. Los colores de las flores me atrajeron.

Me dijiste:

—¿Quiere una? En japonés se llaman *tsubaki*. A mi madre le gustaban mucho.

Me tendiste una. La cogí mientras decía:

—Qué amable. Gracias. Es hermosa.

Arrojaste las flores sobre el ataúd. Los hombres con palas empezaron a llenar la fosa de tierra. Yo miraba el ataúd preguntándome quién estaría dentro.

Me fui del lugar. En la entrada del cementerio me volví hacia la gente, pero ya no había nadie. "¿Dónde estarán?" Lo único que veía era la niebla que empezaba a cubrir el cementerio.

Me dirigí a la calle de las tiendas. Desconcertada, me miré en el escaparate de una tienda. Grité: "¡No soy yo!". Tenía la cara de un viejo. Me observé atentamente, y mis ojos se pusieron nostálgicos. Lo que veía era... ¡el rostro de Yukio!»

Paso la página. No hay más palabras. La carta de mi madre termina con el nombre de Yukio, su medio hermano, que había sido su enamorado en su juventud. Cierro la carta. La sostengo en mis brazos, los ojos cerrados, y me quedo en la cama.

Sí, mi madre me dijo por fin lo que yo quería saber. Sin embargo, hay algo más que no me dijo... Intento concentrarme y dar con lo que sigue perturbándome.

Pasan unas semanas. Es domingo. Mi hijo acaba de volver de Estados Unidos, donde estuvo dos semanas de vacaciones con su padre.

Por la noche, me dice:

—¿Recuerdas la historia de los cristianos de Nagasaki de la que hablaba la abuela la víspera de su muerte?

—Sí, la recuerdo muy bien.

—La semana pasada mi padre me dijo esto: «Nagasaki era el refugio de los cristianos que sufrían la opresión del *bakufu*, sobre todo en la zona de Uragami. Salvo al principio de la propagación, miles y miles de creyentes se exiliaron o fueron torturados o asesinados. Pese a todo, sus descendientes siguieron profesando su fe, en ausencia de los misioneros, durante doscientos años». Y la bomba atómica cayó sobre esa tierra santa, frente a una iglesia, como decía la abuela. ¿Y sabías, mamá, que el misionero español que trajo el cristianismo a Japón llegó aquí el 15 de agosto de 1549? Es una coincidencia increíble: esa es también la fecha de la capitulación de Japón en 1945. Qué ironía, ¿verdad, mamá?

—¿Ironía? No sé. Podría ser también el destino de la tierra mártir para poner punto final a la guerra.

—¿El destino? Ahora hablas como la abuela.

—En realidad, son palabras de tu abuelo el pastor, que también vive en Estados Unidos. ¿Lo llamaste cuando estabas en casa de tu padre?

—Sí. Aprendí mucho con él, porque hablamos mucho de todo esto, de que el barrio de Uragami no era el blanco previsto. Que apuntaban más bien al centro, tres kilómetros al sur. La bomba cayó sobre Uragami por las nubes que a esa hora ocultaban el centro. En realidad, Nagasaki ni siquiera era el primer blanco: era una ciudad llamada Kokura, muy cercana, pues allí había arsenales. El mal tiempo de ese día fue el responsable del cambio súbito de objetivo. Además, la segunda bomba estaba prevista para el 11, en vez del 9.

—Conoces muchos detalles que yo ignoraba.

Con aire orgulloso, mi hijo sigue explicándome lo que aprendió de la guerra con su padre y su abuelo. Realmente se ha informado de todos los secretos del episodio. Me cuenta que unos meses antes de la explosión de las bombas atómicas, Roosevelt incitó a Stalin a unirse a los norteamericanos en la guerra contra Japón. Le propuso a cambio cederle los territorios que Rusia había perdido en manos de Japón. Stalin aceptó, y prometió que se sumaría tres meses después de que Alemania capitulara. Y al día siguiente de que Rusia invadiera

Manchuria, como estaba pactado, los norteamericanos arrojaron la segunda bomba, esta vez en Nagasaki.

Mi hijo habla largamente. Trato de escucharlo, pero sus palabras empiezan a pasarme por encima. Pienso en la confesión de mi madre, en su carta, que me ha revelado secretos pesados. Algo un poco misterioso sigue perturbándome. Cuando mi hijo se calla un instante, le pregunto, indecisa:

—¿Viste por casualidad si tu abuela tomaba los somníferos que el médico le recetó? Tenía problemas para dormir de noche.

—Sí, lo recuerdo, pero nunca la vi tomando somníferos. Solo vi un pequeño frasco de pastillas.

—¿Dónde?

—En su cuarto, sobre la cómoda del espejo.

Insisto:

—¿Cómo sabías que eran somníferos?

—Ella me lo dijo, porque yo se lo pregunté. El frasco estaba lleno. Lo vi incluso la víspera de su muerte. Creo que no los necesitaba para dormir.

«¿Qué?» Esas últimas palabras me cortan el aliento. «No los necesitaba para dormir.»

Acudo a la casa de mi madre. Llamo a la puerta. La señora S. no está. Abro con mi llave y entro. La puerta y la ventana del cuarto de mi madre se encuentran abiertas. El viento agita las cortinas blancas de encaje.

Voy hacia la cómoda que hay cerca de la cama, donde mi madre estaba acostada. Hay camelias en un florero ante el espejo. La cómoda se compone de cuatro cajoncitos dispuestos en dos filas y, abajo, tres cajones grandes. El espejo está inmaculado. No veo polvo por ninguna parte. Lo que me hace dudar de si tocar el mueble.

Hace poco, cuando ordenaba la ropa de cama, la señora S. me hizo señas de no tocarla. «¿Por qué?», le pregunté. Me contestó: «Su madre me dijo que la dejara como estaba». Era la primera vez que oía a la señora S. decir una frase de varias palabras en la lengua de aquí. La creí, de todos modos. Seguramente mi madre le había pedido que repitiera esa frase.

Viendo todo lo que usaba en esa habitación, me imagino ahora que el alma de mi madre está esperando a su medio hermano aquí, con camelias. Acaricio suavemente la almohada como si fuera su alma.

Me pongo de pie frente a la cómoda. Abro cada uno de los cajoncitos y hurgo en su interior. Lo único que encuentro son telas de seda y de algodón que ella había teñido. Las usaba de adorno sobre una camisa o una blusa. Abro el primer cajón grande. Veo un gran pedazo de algodón azul oscuro. Es un kimono estival de hombre. Es nuevo. En el fondo del cajón hay también un *obi* negro. Es la primera vez que veo ese kimono.

Abro el segundo cajón grande. Lo encuentro vacío. También el tercero. Abro de nuevo el primero, donde está el kimono. Hurgo debajo del kimono. De pronto toco algo duro. Es el frasco de somníferos. ¡Está vacío! Mi madre se los tomó todos de una vez, como sospechaba.

En el momento en que salía del cuarto, la señora S. entraba en la casa.

—¡Ah, buenos días, señora! —dijo, cerrando la puerta.

—Gracias por mantener la casa limpia. Mi madre le está muy agradecida —digo.

Me hace señas de que ha entendido. Me voy de la casa con el frasco vacío.

Camino con paso incierto en la oscuridad. Bordeo el cementerio donde está la tumba de mis padres. Rodeado de una cerca de hierro negro, el cementerio ocupa un terreno de casi diez hectáreas. Es el cementerio más grande de la ciudad. Miro las lápidas que se yerguen en el césped. Me detengo y apoyo una mano sobre la cerca. El frío del hierro me estremece. Apoyada contra la cerca, miro el cielo nublado.

¿Mató a su padre para evitar otra tragedia? Si la madre de mi madre hubiera descubierto la verdad —a poco estuvo—, las consecuencias habrían sido inimaginables. Habría destruido la vida de todos los que rodeaban a mi madre.

¿O mi madre mató a su padre por odio? Por la crueldad de su manipulación. Había engañado a una huérfana de dieciséis años que por primera vez había sucumbido al afecto de un hombre. Mi madre, por entonces enamorada, había podido experimentar el dolor de la joven amante de su padre.

Veo que el cielo empieza a despejarse. Me pregunto: «¿Era necesario que matara a su padre? ¿No había otra solución?». Es exactamente la misma pregunta que nos hacemos: «¿Era necesario arrojar las bombas atómicas en Hiroshima y Nagasaki?». En su carta, mi madre había dicho que no tenía más remedio que matarlo. También le había dicho a mi hijo antes de morir: «Hay cosas que desgraciadamente no se pueden evitar». Y en su carta no decía nada que justificara su crimen.

El envenenamiento, las bombas atómicas, el Holocausto, la masacre de Nankín... ¿Eran necesarios? Después de semejante catástrofe, la pregunta, según ella, era inútil. Lo que podemos hacer, quizá, es tratar de conocer las motivaciones de los gestos.

Ahora creo que mi madre se liberó del dolor del crimen al elegir la muerte para sí, del mismo modo que había elegido la muerte para su padre. Pero creo que no lamentó en absoluto poner fin a la crueldad de su padre.

Me apresuro en volver a casa a paso ligero. El cementerio se aleja.

A la mañana siguiente suena el teléfono. Estaba a punto de salir para la escuela. Contesto. Es el chico que trabaja en la tienda. Entrega las flores a los clientes. Me dice:

—Señora, se acabaron las camelias.

—¿Ya? Había llevado varias la semana pasada, ¿verdad?

—Sí, lo sé. Pero, según me ha dicho Madoka, alguien las compró todas ayer.

—De acuerdo, llevaré más esta tarde.

Cuelgo. Aguardo un momento, luego llamo a Madoka, la joven empleada de la tienda.

—¿Recuerdas quién las compró? Es raro.

—Sí, un hombre mayor. No entendía nuestra lengua.

—Gracias...

Cuelgo.

Por la noche, mi hijo y yo estamos en la cocina. Terminamos de cenar, comemos la ensalada de frutas que he hecho. Bebemos una tisana de menta. Pienso en mi madre. Ella prefería la tisana antes que el té japonés. Mi hijo habla de sus amigos, de la escuela, de sus estudios. De golpe, como si recordara algo, me pregunta:

—Mamá, ¿tú también has ido al cementerio hoy?

—No, ¿por qué?

—Había camelias en la lápida de la abuela. Pensé que las habías dejado tú. ¿Quién fue, entonces?

—¡Está aquí! ¡Debe de ser él! —grito.

—¿Quién es «él»?

Me mira con los ojos muy abiertos y le digo:

—Es la persona a la que tu abuela me había pedido que buscara. Es su medio hermano.

—¿Su medio hermano? Siempre pensé que era su enamorado. Ah, me equivoqué —dijo con voz decepcionada—. ¿Dónde está ahora? Espero que venga a visitarnos.

Me quedo callada. Bebo el resto de la tisana. Juego con la taza de té vacía. Un largo silencio. Solo oímos el tictac del reloj. Es el silencio que mi madre amaba.

En el momento en que trato de decirle algo a mi hijo llaman a la puerta. Nos miramos. Me levanto para abrir. Mi hijo me sigue en silencio. Abro. En la oscuridad de la noche, un hombre mayor se inclina quitándose el sombrero. Ya veo en su rostro imágenes de mi madre y de mi hijo.

Se presenta:

—Buenas noches, me llamo Yukio Takahashi...

Hamaguri

I

Mi madre se detiene ante una casa cercada. Hay hortensias florecidas alrededor. El azul, el rosa, el blanco... Las flores siguen mojadas de la lluvia de esta mañana. Cae el rocío. Encuentro un caracol en la cerca. Repta con los cuernos erguidos. Los toco con la punta de los dedos. Los ojos se retiran inmediatamente, como la cabeza de una tortuga. Por encima de la cerca veo a un hombre mayor recogiendo piedras y metiéndolas en un balde. Lleva una prenda blanca y larga, como un vestido. Entonces oigo a niños que gritan y me pongo tenso. Deben de estar detrás de la casa. Me aferro a la falda de mi madre.

Ella me dice:

—Es aquí, Yukio. Esta es la iglesia donde empezaré a trabajar mañana. Como te dije, tú jugarás con otros niños mientras yo esté ocupada. Son muy buenos. Harás muchos amigos.

—Tengo miedo. ¿Puedo quedarme contigo, mamá? No te molestaré nunca.

—Valor. ¡Ya tienes cuatro años! Aquí nadie tiene padre ni madre.

Pregunto:

—¿Como los caracoles?

Me mira con asombro:

—¿Cómo?

—*Ojisan* me dice que los caracoles no tienen padre ni madre.

Mi madre desvía los ojos. Yo pregunto:

—¿Dónde duermen los niños?

—Duermen en la casita que está detrás de la iglesia. Ahora los mayores están en la escuela. Los más pequeños se quedan aquí todo el día. ¿Entiendes?

No contesto. Pienso en ELLA, mi única amiga. Los hijos de los vecinos nunca juegan conmigo. Al contrario, me tiran piedras, me cortan el camino cuando vuelvo a casa, me rodean y me empujan. Me escupen. Todos son más grandes que yo. Nadie les dice que paren. Espero a que se vayan. Me gritan palabras que no entiendo: «Tetenashigo!» o «¡Hijo de *baishunfu*!». Pero a mi madre nunca le digo nada de esto, porque estoy seguro de que esas palabras la entristecerían.

Le pregunto:

—¿ELLA vendrá también?

Mi madre sacude la cabeza.

—No. Con ella puedes jugar en el parque.

Mi madre abre la cerca de madera. La sigo. Veo por primera vez un edificio que se llama «iglesia». Por fuera, esta iglesia no es muy distinta de una casa. Salvo por un adorno con dos palos cruzados sobre la pared, encima de la puerta.

Mi madre saluda al hombre:

—¡Buenos días, *shinpu-sama*!

Él vuelve la cabeza:

—¡Mariko!

Se acerca a nosotros. Tiene barba. Nunca he visto un hombre tan grande. De miedo, me escondo detrás de mi madre. Se agacha hacia mí y sonríe. Sus dientes son más blancos y grandes que los de los adultos que conozco. Trata de tomar mi mano. Me niego. La larga nariz. Los ojos castaño oscuro. El color de piel. Todo es distinto de los hombres que he visto hasta ahora.

El hombre me dice suavemente:

—Tú eres Yukio, ¿verdad?

Tiene un acento extraño. No contesto.

Mi madre le dice:

—Es tímido.

Vamos hasta la pequeña entrada donde uno se descalza. Al lado veo una habitación amplia con tatamis. No hay más que una estatua de una mujer de madera. Mi madre habla con el que llama *shinpu-sama*. Yo miro la estatua, que es más alta que mi madre. La mujer tiene un bebé sobre el pecho. Un largo velo sobre la cabeza. Los ojos sin pupilas. Un vestido hasta los pies, como el del hombre. Deslizo los dedos a lo largo de la estatua.

Pregunto a mi madre:

—¿Quién es la señora con el bebé?

Ella se vuelve hacia la estatua y dice:

—Es la madre de Kirisuto. Se llama María.

Vuelvo a preguntar:

—¿Quién es Kirisuto?

El hombre contesta:

—Es el Hijo de Kami-sama.

Digo:

—¿Kami-sama tiene un hijo? ¿El padre del bebé es Kami-sama? ¡Qué gracioso!

Mi madre me corta enseguida:

—No es gracioso, Yukio.

El hombre me dice sonriendo:

—Tienes toda la razón.

Nos acercamos a la ventana, por la que vemos a unos niños en el jardín. Son cinco o seis. Juegan al escondite. En un rincón del jardín, una mujer en kimono bombea agua del pozo. Lava la ropa. El jardín está rodeado por una cerca de arbustos más alto que la mujer. Me pongo de puntillas. El hombre me levanta tomándome de la cintura. Puedo ver la casa vecina por encima de la cerca. Un señor viejo está sentado en el porche. Fuma una pipa.

Grito:

—¡Qué alto!

Estiro el brazo para tocar el techo. Lo alcanzo con la mano. El hombre vuelve a tomarme en sus brazos y me acaricia la cabeza. Me pregunta:

—¿Te gusta?

—¡Sí! Quisiera ser grande como usted.

Él sonríe:

—Ya serás grande cuando seas adulto.

Toco su barba negra y digo:

—No quiero ser adulto, solo quiero crecer.

Él abre mucho los ojos y pregunta:

—¿Para qué?

—Para ser fuerte. Para pegarles a los chicos que me tiran piedras y para proteger a mi madre de los vecinos malvados.

Me mira un instante. Veo sus ojos humedecerse. Me estrecha contra él, me baja:

—¿Quieres jugar en el jardín?

—¡Sí!

Abre la puerta junto a la ventana. Llama a la mujer que lava la ropa.

—Señora, este es el niño del que le hablé ayer. Se llama Yukio.

La mujer del kimono se acerca a nosotros secándose las manos en su largo delantal. Me sonríe.

—¡Ah, tú eres Yukio! Te esperábamos. Ven conmigo.

Busco mis zapatos en la entrada y bajo al jardín. Ella me recibe tomándome de la mano. Me vuelvo hacia mi madre. Me sonríe apenas.

En esta casa hay otras dos mujeres además de mi madre: una prepara las comidas y la otra se ocupa de los niños. Mi madre las ayuda, sobre todo a la mujer mayor de la cocina. Por la mañana y por la noche, la limpieza y el lavado de platos están a cargo de los mayores. Hay también un hombre que viene de vez en cuando a la iglesia a hacer pequeños arreglos. Trae remedios gratuitos. No trabaja aquí. Dicen que es un amigo de *shinpu-sama*.

Me entero de que *shinpu-sama* vino de un país lejano.

A mi madre la llaman *onêsan*. Creen que somos hermanos. Yo no digo la palabra «mamá». Aquí esa palabra no existe. Tampoco puedo llamarla *onêsan*. De modo que no hablo con mi madre mientras trabaja.

Así pasan unas semanas. Me acostumbro a pronunciar la palabra «shinpu-sama». Me gusta ir a la iglesia. Los chicos no me dicen cosas feas. Los adultos son muy amables con nosotros, conmigo y con mi madre.

Después de cenar, cuando hace buen tiempo, vamos directamente al parque que está cerca de casa. Si ELLA ya está allí con su padre, mi madre me deja con ellos y vuelve a casa o va a hacer compras. ELLA y yo jugamos hasta que mi madre viene a buscarme. Creo que el padre de ELLA es un amigo de mi madre. Yo lo llamo *ojisan*. Viene a casa de cuando en cuando. No sé dónde viven ELLA y su padre, porque mi madre y yo nunca vamos a casa de ellos.

Una vez, mi madre me hizo prometer que no hablaría de él con nadie, ni siquiera con ELLA, sobre todo de las visitas que nos hace. No me explicó por qué.

Él solo viene a casa de noche, sin ELLA. Me trae juguetes y libros con dibujos. Come con nosotros y juega conmigo. Cuando me acuesto sigue allí. Me duermo oyendo sus voces. Nunca pasa la noche en casa.

Muchas veces mi madre está triste. Es por él, por *ojisan*. Promete que vendrá por la tarde y no viene. Lo espero con mi madre para cenar juntos. Si espero demasiado rato, me duermo mirando un libro de dibujos.

Sé que mi madre lo quiere. Sé que es bueno conmigo. Pero cuando la pone triste no lo quiero.

Tomo un baño con mi madre. Me lava con una tela, fuera del *ofuro*. Después nos sumergimos en el agua caliente. Me pone sobre sus rodillas. Mientras me acaricia la espalda, me dice: «Hijo, eres lo que más quiero en el mundo».

Duermo con mi madre. Hay un solo futón. Toco sus pechos suaves y cálidos metiendo la mano bajo su kimono de noche. Chupo de uno mientras tengo el otro en la mano. Ella ya no tiene leche, pero me hace feliz igualmente. Me duermo escuchando a mi madre canturrear con voz suave. Siempre la misma melodía, sin palabras.

No tengo padre. Mi padre desapareció antes de que yo naciera, dice mi madre.

Un día, un chico mayor que yo me dice en el baño:

—Tú no perteneces a nuestra casa. Tú tienes madre.

Me empuja por los hombros. Caigo al suelo. Me levanto en silencio. Él dice:

—Qué gallina.

Se va. Me quita mi postre cuando las mujeres no están con nosotros. Muchas veces no encuentro mis zapatos. Los busco por todas partes. Los descubro en la basura o detrás de un árbol o dentro de un balde puesto del revés. Creo que siempre es él quien me los esconde. No se lo digo a mi madre. Si se lo digo, se pondrá a llorar en vez de enfadarse.

Ya no tengo ganas de ir a la iglesia.

Estamos solos en el parque, ELLA y yo. Su padre ha ido a la tienda a comprarnos caramelos. Jugamos a poner piedras en la tierra. Dibujamos una casa de nuestro tamaño.

ELLA dice:

—Mi padre es maravilloso. Toca el violín y el piano.

Pregunto:

—¿Violín? ¿Piano? ¿Qué es eso?

ELLA contesta:

—Son instrumentos de música. Mi padre puede hablar inglés, francés y alemán. Es realmente maravilloso, ¿verdad?

No contesto. No entiendo lo que quiere decir. Agregamos más piedras. ELLA dice:

—Quiero mucho a mi padre. Es muy bueno.

Yo digo:

—Yo quiero mucho a mi madre. Es muy buena.

ELLA sigue:

—Me gustaría casarme con mi padre cuando sea mayor.

Yo pregunto:

—¿Qué es casarse?

ELLA contesta:

—¿No lo sabes? Un hombre y una mujer viven juntos el resto de la vida y crían hijos. El hombre trabaja para ganar dinero y la mujer se queda en la casa para ocuparse de los hijos. Pero antes de eso hay que celebrar el matrimonio.

Ahora entiendo y digo:

—Entonces me gustaría casarme con mi madre para vivir con ella el resto de mi vida.

ELLA dice:

—Sí, ¡buena idea!

Yo digo:

—Sí, porque no tengo padre, yo. Pero tú tienes a tu madre.

ELLA grita:

—¡Ah, es cierto! Me olvidaba de mi madre. Ella y mi padre están casados. ¿Qué debo hacer?

Al día siguiente volvemos a jugar en el parque. Su padre está sentado en un banco, libro en mano. ELLA me dice al oído:

—Mi padre me dijo: «El matrimonio entre hijos y padres está prohibido». Dice que hay que ser adulto y conocer a alguien que no sea de la misma familia.

Yo pregunto:

—¿Quiere decir que no podré casarme con mi madre?

ELLA dice:

—No.

Yo digo:

—Lástima.

ELLA dice, muy decepcionada:

—Sí, una verdadera lástima.

Hoy ELLA trae unas conchas que se llaman *hamaguri*. Las pone en el suelo en dos hileras. Son muy grandes, pero los dientes de la bisagra están separados. Tomo una de las valvas con la mano. Es más grande que el hueco de mi mano. Las contamos. Una, dos, tres, cuatro... Yo solo sé contar hasta diez. Después de diez, me quedo callado. ELLA sigue. Y tocando la última, grita:

—¡Veinte! Hay veinte en total. Juguemos al *kaiawase*.

Repito la palabra, que es la primera vez que oigo:

—¿*Kaiawase*?

—Sí. Las reglas del juego son muy sencillas: hay que buscar las dos valvas que formaban el par original.

Digo:

—Pero los tamaños y los dibujos son todos parecidos.

—No. Mira bien —dice ELLA.

Toma dos valvas y las pega una contra otra. Me muestra la concha cerrada y dice:

—Estas dos valvas no tienen el mismo tamaño, ¿verdad?

Las miro muy de cerca y digo:

—Tienes razón.

—Entonces hay que encontrar el par correcto. No es fácil.

Tomo dos valvas y trato de unirlas, pero no son del mismo par. Las dejo en el suelo. Le toca a ELLA. Luego será mi turno. Así, repetimos el juego hasta recomponer las diez conchas.

Hoy ELLA encontró siete pares y yo tres. ELLA me dijo: «En las *hamaguri* solo hay dos partes que van bien juntas».

Una tarde, *shinpu-sama* llama a mi madre por la ventana de la iglesia. Mi madre está barriendo en el jardín. Yo juego con unos niños. Detrás de *shinpu-sama*, de pie, está el hombre que trae remedios a la iglesia. Mi madre se detiene y entra por la puerta que está junto a la ventana. Yo voy y me quedo bajo la ventana abierta.

La voz de *shinpu-sama* dice:

—Este es el señor Takahashi del que te hablé. Quisiera hablar contigo, Mariko. Subid a mi oficina. Os dejo solos.

En vez del hombre al que llamo *ojisan*, ahora es el señor Takahashi el que nos visita después de trabajar; juega conmigo y cena con nosotros. También nos invita a salir, algo que su padre, el de ELLA, no hace.

Pregunto a mi madre:

—¿*Ojisan* ya no viene a casa?

Ella contesta:

—Sí, pero está muy ocupado con su trabajo.

El señor Takahashi, mi madre y yo tomamos el tren en Tokio y bajamos en Kamakura. Luego tomamos el autobús para ir al mar. Al principio yo creía que era un gran río. El señor Takahashi me dijo que era el mar del Pacífico. El agua es salada. Le pregunto por qué. Contesta: «Es una cuestión muy compleja. No se puede explicar fácilmente. Pero hacer preguntas y conocer hechos es algo importante».

En la playa de arena modelamos coches, casas, castillos, hombres, animales. Vamos siempre a dos playas que se llaman Shichirigahama y Yuigahama. Allí encuentro muchas conchas. Luego visitamos el *daibutsu* que está en el camino a la estación y comemos en el restaurante.

Todo es nuevo para mí. Espero con impaciencia las visitas del señor Takahashi.

Un día, el señor Takahashi nos lleva a mi madre y a mí a casa de sus padres. Es una gran casa rodeada de altas cercas de madera. El jardín está oscuro por los pinos que tiene. Caminamos por el camino de piedras chatas. Primero nos encontramos con una mujer de la limpieza que nos lleva a la sala. Nos quedamos allí largo rato, hasta que los padres del señor Takahashi entran en la habitación.

Cuando nos presenta, sus padres nos examinan de pies a cabeza. Su padre dice a mi madre:

—Nuestro hijo es el heredero de la familia Takahashi.

El señor Takahashi le dice:

—Ya le he explicado eso a Mariko.

Su madre dice a mi madre:

—Tiene usted un origen dudoso, ¿verdad?

Yo no entiendo lo que quiere decir. Miro a mi madre. Se muerde el labio. La tomo de las manos. Le tiemblan. Nos callamos un instante. Tengo miedo. De pronto, el señor Takahashi grita:

—¡Ya basta! ¡Se me acaba la paciencia!

Sus padres se quedan estupefactos. Él prosigue:

—¿Otra vez pretendéis impedirme que tome una decisión que atañe a mi vida?

Su madre le dice al señor Takahashi:

—El matrimonio es un asunto de familia. No eres solo tú el que debe decidir.

Su padre dice:

—Reflexiona, hijo mío.

El señor Takahashi vuelve a gritar a sus padres. Mi madre y yo nos vamos de la casa. Caminamos en silencio. Cuando llegamos a la estación, el señor Takahashi nos alcanza. Está sin aliento.

—Disculpadme. Es culpa mía. Dadme un poco de tiempo. Iré a buscaros lo antes posible.

Después de algún tiempo, el hombre al que llamo *ojisan* viene a casa cuando ya estoy en la cama. No tengo sueño todavía. Miro dibujos de animales en un libro que me compró el señor Takahashi. Desde la cocina oigo el ruido de los platos y las tazas de té que dejan sobre la mesa. Un largo silencio.

Mi madre dice:

—He decidido casarme con el señor Takahashi.

—¿Qué? —dice él—. ¿Estás segura?

—Sí. Estoy cansada de esperarte. Quiero tener mi propia familia.

Otro silencio. Él dice:

—Pero podré seguir viéndoos a Yukio y a ti, ¿verdad?

—No lo sé —contesta ella—. Es lejos.

—¿Adónde vais?

—A Nagasaki.

—¿A Nagasaki? ¿Por qué tan lejos?

—El señor Takahashi encontró trabajo allí. Nos iremos dentro de dos semanas.

—¡Dentro de dos semanas!

Mi madre no contesta. Él pregunta:

—¿Le has hablado de mí?

—No.

Él dice:

—No le hables de mí. Es mejor.

Espero de nuevo el ruido de las tazas de té. Después de un momento, mi madre dice:

—El señor Takahashi quisiera adoptar a Yukio.

Él repite con aire asombrado:

—¿Adoptar a Yukio?

Siguen hablando en voz baja. Ya no los oigo. Me duermo.

Estamos en el parque. ELLA, su padre y yo. ELLA y yo jugamos en el arenero y su padre está sentado en un banco. Libro en mano, como de costumbre. Pero esta vez no lee. Solo nos mira jugar. Yo hago un coche de arena y le trazo ventanas y puertas con una ramita.

ELLA grita a su padre:

—¡Papá, mira!

Asombrado, él clava los ojos en el coche de arena. Pero lo único que dice, sonriendo un poco, es: «Qué bonito». Yo sigo haciendo un tren. ELLA se suma y hacemos un autobús, un camino, un túnel. ELLA agrega árboles, flores, casas.

Me susurra al oído:

—¿Podré ser tu esposa cuando sea mayor?

Le digo en voz baja:

—¡Sí, por supuesto! Pero ¿por qué te gustaría ser mi esposa?

ELLA dice:

—Porque eres bueno como mi padre. Todos los chicos que conozco son malos. Se burlan de las chicas.

Y de golpe ELLA se levanta.

—¡Me olvidaba!

Saca de su mochila dos valvas de *hamaguri* unidas con una faja de papel. La concha es tan grande que debe sostenerla con las dos manos. Dice mientras me la tiende:

—Es para ti. Escribí tu nombre y el mío en el hueco de las valvas y puse una piedrita dentro.

Yo digo:

—Gracias. Pero no sé leer.

ELLA dice:

—No es grave. Pronto aprenderás en la escuela. Yo ya empecé en casa, con mi madre.

Sacudo la concha sosteniéndola con las dos manos: tacata-cataca... Escucho el ruido de la piedra, que se mueve dentro.

Digo:

—¡Me gusta mucho! ¡Siempre la conservaré! Nunca olvidaré que tú serás mi esposa.

ELLA dice:

—No la abras. No antes de que nos casemos.

—De acuerdo. Te lo prometo.

Mi madre vuelve a buscarme. Nos despedimos:

—Adiós. ¡Hasta mañana!

ELLA y su padre se van por el otro lado del parque. Yo sigo a mi madre sacudiendo la concha.

Por la noche, mi madre me dice:

—Mañana iremos a la iglesia por última vez.

Pregunto:

—¿Podré ir a jugar al parque después?

—Sí, si hace buen tiempo... Pasado mañana tomaremos el tren para ir a Nagasaki.

La palabra «Nagasaki» me excita como «Kamakura», que es donde el señor Takahashi nos lleva a jugar.

A la mañana siguiente, temprano, una gruesa lluvia empieza a caer. Estoy decepcionado. Ya no podré jugar con ELLA. Tal vez nunca más. Camino con mi madre rumbo a la iglesia. Oigo el ruido del agua contra el paraguas de papel engrasado. Azotadas por la lluvia, las hortensias tiemblan. Después de dar unos pasos en la calle tengo los zapatos empapados.

En la iglesia, el día transcurre como de costumbre. Juego, como, duermo la siesta con los niños pequeños. El mismo chico me esconde los zapatos y me roba el postre. Sin embargo, tras la cena, en vez de volver a casa, mi madre y yo vamos a la oficina de *shinpu-sama*. Ella y *shinpu-sama* hablan y yo espero en un viejo sillón. Miro por la ventana. Sigue cayendo una lluvia fina. Pienso en ELLA. Busco la concha en mi bolso. La sacudo. Tacatacataca...

Veo que *shinpu-sama* saca algo de un cajón. Es un bolso de tela raída. Lo deja sobre el escritorio. Mi madre clava los ojos en el bolso unos segundos. Luego dice con tono asombrado:

—¡Es el bolso de mi madre!

—Sí, exactamente.

Mi madre pregunta:

—¿Qué hay dentro?

—Su diario.

—¿Su diario? ¿Lo ha leído?

—No —contesta—. No está escrito en la lengua de aquí. No lo entiendo.

Mi madre saca el diario del bolso. Pasa unas páginas y ladea la cabeza. *Shinpu-sama* se me acerca y me levanta en brazos. Le toco la barba. Me dice:

—Yukio, eres muy bueno y paciente. Sé siempre bueno con tu madre como lo eres ahora.

—Sí. Jamás haré llorar a las mujeres.

Sonríe y me estrecha con fuerza contra su rostro. Siento que se me moja la mejilla. Él levanta la cabeza hacia el techo. Caen lágrimas sobre mi cara. Mientras me seco las gotas con la mano, pregunto:

—¿Por qué llora? ¿Porque pronto nos iremos?

Él sacude la cabeza.

—No. Es porque estoy orgulloso de ti. Serás un hombre muy bueno.

Me sigue abrazando. Mi madre dice:

—Yukio, espérame en la entrada. Tengo que hablar con *shinpu-sama*.

Shinpu-sama me deposita en el suelo. Salgo de la oficina. Busco mis zapatos. No los encuentro en la entrada, ni en la basura, ni detrás del árbol ni dentro del balde, que está bocabajo. Camino descalzo alrededor de la iglesia.

—¡Yukio!

Me giro. Es la mujer mayor que prepara las comidas. Me llama por la ventana haciéndome señas con la mano. Mostrándome nuestros zapatos, los míos y los de mi madre, me dice:

—Los puse a secar junto al fuego. Estaban todos mojados.

Tomo los míos, que todavía están calientes.

—¡Gracias, señora!

Ella sonríe.

—Ven conmigo.

La mujer me lleva frente a la estatua de María. Se arrodilla.

—Recuerda que siempre rezo por ti y por tu madre.

Cierra los ojos y reza su oración. Yo escucho mirando al bebé en brazos de María. Después, ella dice:

—Me acuerdo del momento en que naciste. Eras un bebé tan hermoso... ¡Y pronto tendrás cinco años! Estoy contenta de que ahora tengas un padre. El señor Takahashi te quiere mucho.

Mi madre y *shinpu-sama* salen de la oficina. Ella lleva el bolso bajo el brazo. Inclinando la cabeza, dice a *shinpu-sama* y a la mujer:

—Muchas gracias. Jamás olvidaré vuestra ayuda y bondad.

La mujer tiene lágrimas en los ojos.

—Todos mis deseos de felicidad.

Shinpu-sama nos dice:

—No olvide que puede regresar aquí en cualquier momento.

Mi madre y yo nos vamos de la iglesia. Solo *shinpu-sama* y la mujer mayor nos acompañan hasta la cerca. Mientras camino me doy la vuelta varias veces para hacerles señas con la mano. Ellos se alejan cada vez más.

A la mañana siguiente, el señor Takahashi viene a buscarnos. El cielo está claro. El sol calienta. Empieza el verano. Tomamos el tren con nuestras maletas en la estación de Tokio. No veo a nadie conocido, ni a ELLA, ni a su padre ni a los padres del señor Takahashi. El tren empieza a andar lentamente, silbando. Sentado junto a la ventana, miro cómo desaparece poco a poco la estación.

Pienso en ELLA. Saco de mi bolso la concha y la sacudo largamente.

En el tren, mi madre me dice:

—Yukio, a partir de ahora, el señor Takahashi es tu padre. Lo llamas «papá». ¿De acuerdo?

El señor Takahashi me dice, acariciándome la cabeza:

—Yukio, hace mucho que quería un hijo como tú. Ahora estoy muy feliz. Nos llevará más de una semana llegar a Nagasaki. Pararemos en algunas ciudades grandes para dormir. Antes de que lleguemos a Nagasaki te habrás acostumbrado a llamarme «papá», estoy seguro.

Mi madre me dice:

—Tu nombre es Yukio Takahashi. Te llamaremos siempre por ese nombre.

Pregunto:

—¿Y tú, mamá?

—Yo también. Ahora soy Mariko Takahashi.

Mi padre empieza a trabajar apenas llegamos a Nagasaki.

Está ocupado todos los días en el laboratorio. Pero el fin de semana vamos al río, al mar, al campo. Mi madre prepara el *obentô* para nuestros picnics. Pescamos, nadamos, damos paseos juntos. Subimos a la montaña que está cerca de casa. Vemos ante nosotros las casas, los templos, las escuelas, el río... Mi padre me dice: «Ese es el valle de Uragami, donde vivimos nosotros. Es hermoso, ¿verdad?».

Me doy cuenta de que en esta ciudad hay varios edificios que se llaman «iglesia». Veo gente que entra y sale en grupo. Las mujeres llevan un velo blanco. Un día pregunto a mi madre: «¿Quiénes son?». Ella contesta: «Son católicos, como *shinpu-sama*, de Tokio».

No juego con los hijos de los vecinos. No entiendo las palabras que usan. Mi padre me dice que es el dialecto de esta región y que nos acostumbraremos con el tiempo. Me quedo solo. Pero no me aburro. Al contrario, todo es mucho mejor que en Tokio. Aquí nadie me tira piedras, ni me escupe ni me grita «Tetenashigo!», o «¡Hijo de *baishunfu*!». Mi padre intenta presentarme a los hijos de sus colegas. Pero no tengo ganas de volver a verlos. Él no insiste. Paso la mayor parte del tiempo jugando en casa, cerca de mi madre. Solo me falta ELLA.

En casa hay solo una cosa que me perturba. Mi padre ha empezado a dormir con nosotros, con mi madre y conmigo. No entiendo por qué se mete en nuestra cama. Cuando duerme, pone la mano sobre el vientre de mi madre. Yo siempre se la quito y le repito:

—¡Es mi madre! ¡No la toques!

Pero él sigue quedándose con nosotros durante la noche. Yo grito:

—¡Quieres robarme a mi madre! Te odio. ¡Vete!

Lo golpeo en el pecho. Repito lo mismo todas las noches. Y él siempre me aprieta fuerte entre sus brazos hasta que me calmo. Tengo mucho miedo de que mi madre deje de quererme, aunque siga bañándose conmigo y diciéndome: «Hijo mío, eres lo que más quiero en el mundo».

Tengo seis años. Ya no golpeo a mi padre. Me he hecho a la idea de dormir también con él. Para mi cumpleaños, mi padre vacía el cuarto de al lado. Cambia todo de lugar: la ropa, los libros y los muebles. Luego instala allí una mesa de trabajo, una estantería y una caja de madera para guardar juguetes.

Le digo:

—¿De verdad es mi cuarto?

Él sonríe.

—Sí. Es solo tuyo.

Abre la puerta corrediza del *oshiire* y dice:

—Cuando prefieras dormir solo, podrás guardar tu futón aquí.

Contesto enseguida:

—¡Sí! Quiero estar solo en mi cuarto también por las noches.

En abril entro en la escuela primaria. Salgo de casa con mi padre. Caminamos quince minutos hasta la escuela. Luego mi padre toma el autobús para ir al laboratorio. Mi padre me acompaña incluso el primer día de clase para ver al director y a mi maestro. Vuelvo solo a casa, donde me espera mi madre con una merienda en la mesa.

Camino de la escuela paso ante una iglesia que se llama Uragami-Tenshudô. Es un edificio inmenso. Tengo curiosidad de ver el interior, pero dudo por si entrar.

En la escuela tampoco hago amigos. Paso mi tiempo libre en mi cuarto, dibujando, leyendo, haciendo manualidades. A veces bajo al río que corre delante de nuestra casa. Hay peces pequeños. Los atrapo con la mano, y antes de volver a casa los suelto en el agua.

Un colega de mi padre dice a mis padres:

—Pobre Yukio. Todavía no tiene amigos.

Mi padre le dice:

—Al contrario. Tiene suerte. Se interesa por muchas cosas distintas. Su maestro dice que es amable con los demás. Obtiene buenos resultados en la escuela. Incluso ayuda a los compañeros de clase que tienen problemas. Estoy orgulloso de mi hijo.

El día de mi séptimo cumpleaños caminaba por un parque. Veo una niña pequeña jugando en el arenero. A su lado hay un hombre que lee un libro en un banco. La escena me recuerda a ELLA y su padre en Tokio.

¿Quiénes serían? Pienso en eso todo el tiempo. Después de unos días, le pregunto a mi madre:

—Me acuerdo de mi amiga y su padre en Tokio. El hombre al que llamaba *ojisan* es mi verdadero padre, ¿verdad?

Mi madre parece impactada. Se ha puesto muy pálida. Calla. Espero largamente su respuesta. Finalmente dice, los ojos bajos:

—Sí, es tu verdadero padre.

Le tiembla la voz. Pregunto:

—Y mi amiga, ¿quién es?

Mi madre contesta:

—Tu amiga es tu medio hermana.

Digo:

—¿Mi medio hermana? ¿Eso qué quiere decir?

Ella explica:

—Que tiene el mismo padre que tú. Pero yo no soy la madre.

Ya me he hecho un lío.

—¿Mi verdadero padre se divorció de ti y se casó con la madre de mi amiga?

Mi madre sacude la cabeza:

—No, tu verdadero padre y yo no estábamos casados.

—No entiendo —digo—. ¿Cómo se puede tener hijos sin estar casados?

Ella no contesta. Pregunto:

—Entonces ¿por qué me mentiste diciéndome que mi verdadero padre había desaparecido antes de que yo naciera? ¿Por qué a mi verdadero padre tenía que llamarlo *ojisan*?

—Porque él no quería que la gente supiera quién eras.

Nos quedamos callados largo rato. Sigo haciendo preguntas:

—Mi medio hermana, ¿es menor que yo?

—Sí —contesta mi madre—, tres meses menor que tú.

Digo:

—Ya he decidido que me casaré con ella.

—¿Qué? ¿Qué dices?

—Nos hemos hecho la promesa de casarnos.

—¡No, no! Es imposible.

—¿Por qué, mamá?

—Porque tienes la misma sangre que ella, la de vuestro padre.

—¿Es un problema eso, tener la misma sangre?

Ella dice:

—Ya comprenderás cuando seas adulto. Deja de preguntar sobre ellos. Quisiera olvidar todo lo que sucedió en Tokio. Que quede entre nosotros, entre tú y yo, por favor.

Mi madre está a punto de llorar. Dejo de insistir. No quiero que vuelva a ponerse triste. En realidad, no llora desde que llegamos a Nagasaki.

Guardo silencio. Sin embargo, no puedo dejar de pensar en mi medio hermana y mi verdadero padre. Quiero volver a verlos algún día, al menos a mi hermanita.

Pronto tendré diez años. Ahora puedo ir solo más lejos que antes. Empieza la primavera. Subo a la montaña, desde donde puedo ver el valle entero. El viento roza suavemente mi piel. Me gusta el olor de las hierbas silvestres. Acostado en la hierba, miro el cielo claro. El aire puro. Las mariposas revolotean entre flores silvestres. Los pájaros cantan y pasan por encima de mí siguiendo al que guía a la bandada. Cierro los ojos. El calor suave penetra en mi piel. Quiero quedarme así eternamente.

Pienso en ELLA, mi hermanita, que en otros tiempos era mi única amiga. Me hace feliz tener una hermana como ELLA. Ni siquiera sé su nombre. He buscado por todas partes la concha que me regaló, pero no la encontré por ningún sitio. Sin embargo, tengo la sensación de que algún día volveremos a vernos.

Tenía doce años cuando Japón atacó Pearl Harbor. Desde entonces, el ejército japonés sigue ocupando islas del Pacífico. La noticia de la ocupación de Manila, Singapur y Java alegró a la población. El ejército nos hace creer que Japón sigue aventajando a los norteamericanos. Hace poco, sin embargo, empezamos a sentir que algo no marchaba bien. La comida escasea cada vez más.

Un año y medio después del ataque a Pearl Harbor, nos enteramos de la derrota de una unidad en la isla de Attu: murieron dos mil quinientos soldados. Es la primera derrota que anuncia el ejército japonés. Mi padre me dice que el ejército controla la información y que tiene que ocultar la verdad.

Le pregunto:

—¿Los norteamericanos masacraron a todos los soldados, hasta el último? ¿Cómo es posible?

Él contesta:

—El *gyokusai*. Se suicidan antes de que los capturen.

Su rostro se crispa.

Un día, mi padre recibe la orden de ir a trabajar a Manchuria. Me explica que necesitan farmacólogos para investigar con medicamentos de guerra. Mi madre y yo nos preocupamos por su partida. Él nos dice:

—No os preocupéis. No soy un soldado, no iré al frente. Manshûkoku no es tierra extranjera, ahora forma parte de nuestro país. Y solo me quedaré seis meses.

Insisto:

—Pero es un país como Corea, del que el ejército japonés se apoderó. A los coreanos los obligan a cambiarse el nombre por uno japonés y a aprender japonés. Tú me dijiste que el ejército había masacrado a muchos coreanos que habían participado en el movimiento por la independencia. Deben de odiar a los japoneses. Es peligroso.

Mi padre continúa:

—Peligroso o no, debo ir. Es una orden del ejército. Es la guerra. Yukio, ten cuidado con lo que dices por ahí. A la gente que se opone al ejército la denunciarán a la policía.

Y se vuelve hacia mi madre:

—Hay un colega de Tokio que ha venido a reemplazarme en el trabajo. Ahora vive en el centro de Nagasaki con su familia. Se supone que se mudarán a la casa contigua a la nuestra, que acaba de desocuparse. Este lugar está un poco aislado. Sería conveniente tener vecinos, sobre todo durante mi ausencia.

Mi madre pregunta a mi padre:

—¿Quién es?

Él contesta:

—No lo conoces. Era otro de mis amigos de la universidad, en Tokio.

A principios del verano, el colega de mi padre y su familia se mudaron a la casa de al lado. La hija del colega se llama Yukiko Horibe. Sus padres me la presentaron el día que llegaron. Parece tener un carácter firme y huraño. Todavía no me atrevo a acercarme a ella.

La noche antes de la partida de mi padre, mi madre prepara una cena para la ocasión. Mi padre bebe. Se emborracha. Hace calor. Salimos a dar un paseo. Caminamos a lo largo del río. Hay luna llena. Mi padre nos repite: «¡Qué hermosa luna!». Le digo: «Podrás ver la misma luna en Manchuria». Se ríe poniéndome una mano en el hombro. Sigue borracho. Mi madre camina en silencio. Esta noche nos acostamos temprano; mi padre debe partir a las cinco de la mañana.

Me despierto en plena noche. Tengo ganas de hacer pis. Cuando voy al baño, oigo un ruido que viene del cuarto de mis padres. «¿Estarán todavía despiertos?»

Me acerco. La puerta corrediza del cuarto no está totalmente cerrada. Por la estrecha abertura veo a mi madre y mi padre acostados, desnudos. Me froto los ojos. La luz ilumina la espalda blanca de mi madre. Su largo pelo negro cubre sus hombros, su cara descansa en sus manos. Veo claramente el contorno de sus nalgas. Mi padre está tendido sobre un costado. Le acaricia los hombros, la espalda, las nalgas, los muslos. «¡Qué hermosa piel! ¡Tan sedosa!», dice. Mi madre se pone boca arriba. Mi padre le acaricia los pechos, el vientre. Cuando le toca el sexo, mi madre se incorpora. Él toma un pezón con la boca mientras le acaricia el sexo. Mi madre jadea y contonea las caderas. Él dice: «Ah, eres muy sensual, Mariko. Te echaré mucho de menos». Se sube sobre ella. Le besa la cara y el cuello. Mueve las nalgas. Mi madre gime.

Voy al baño y vuelvo a mi cuarto. Ya no puedo dormir. La sangre se me ha subido a la cabeza.

Por la mañana, mi madre me despierta. Casi no he dormido. Me dice:

—Tu padre se irá dentro de unos minutos. Ven a despedirlo.

Siento que tengo el calzoncillo mojado. Espero a que mi madre salga de mi cuarto. Toco la tela. Es viscoso. Me cambio de calzoncillo. Entro en la sala donde mi padre está tomando un té. Me quedo de pie. Lo miro distraídamente. Él, sonriendo, me dice:

—¿Todavía soñando?

No contesto. Él dice:

—Yukio, ya tienes catorce años. Te encargarás de la casa durante mi ausencia. Escucha bien a tu madre y ayúdala todo lo posible. Si hay problemas, no dudes en acudir a mi colega, el señor Horibe.

Me quedo sin palabras. Se va al amanecer. Mi madre y yo lo seguimos con la mirada hasta que desaparece. Oímos el canto del gallo a lo lejos. No hablo con mi madre en todo el día.

El verano ha terminado. Nos enteramos de que los estudiantes universitarios que tenían el privilegio de seguir con sus clases ahora también pueden ser reclutados, salvo los de la Facultad de Ciencias y de Tecnología. Algunos estudiantes tratan de escabullirse cambiando de facultad. También se ha ampliado el reclutamiento, que incluye a los hombres de cuarenta y cinco años. El señor S., que trabaja en nuestra escuela, me dice:

—Recuérdalo, Yukio. Cumpliré cuarenta y cinco años el año que viene. Si es preciso enviar al frente a un hombre de edad como yo, Japón estará acabado.

Cada dos o tres semanas mi madre recibe una carta de mi padre. Él describe su trabajo en el laboratorio, la ciudad y los chinos con los que se codea. Dice que se lleva muy bien con sus vecinos chinos, que se invitan a cenar mutuamente, que está aprendiendo chino. Mi madre me pide que le conteste yo a mi padre, pues ella no sabe escribir bien. Así que escribo algunas frases simples: «Aquí estamos muy bien. El señor y la señora Horibe son buenos. No te preocupes». Mi madre me dice con aire decepcionado: «¿Eso es todo?». Digo: «Sí, es todo».

En efecto, el señor y la señora Horibe son buenos con nosotros. La señora Horibe comparte las verduras que su prima le envía del centro de Nagasaki. El señor Horibe me lleva al laboratorio y me muestra las instalaciones. De cuando en cuando me explica lo que sucede en el mundo, como hacía mi padre. Me dice que cuando estudiaba en la universidad viajó por Europa y América del Norte. «Es evidente que tarde o temprano Japón perderá la guerra. El nivel de poderío militar y de tecnología de Estados Unidos es incomparablemente superior al de Japón. La ignorancia es aterradora», repite.

El señor Horibe me presta libros científicos. Me gusta mucho que lo haga, pues ahora ya no hay libros que me interesen. El Gobierno prohíbe la venta de ciertos libros, sobre todo los de origen extranjero.

Un día me muestra tres libros con títulos en japonés: *Manifiesto del Partido Comunista*, *El capital* y *La guerra civil en Francia*. Le pregunto: «¿Usted es comunista?». Me contesta: «No, pero leer esta clase de libros también es importante para adquirir conocimientos. La lectura enriquece el espíritu. No hay que dejar de leer por la guerra. Yo ya los leí en sus ediciones originales. Es interesante». Me los pasa, recordándome que sea discreto con ellos.

El señor Horibe me invita a su casa. Yukiko no aparece nunca.

Han pasado algunos meses desde la partida de mi padre. Ayer, mi madre recibió una carta en que anuncia que deberá quedarse en Manchuria más tiempo de lo previsto. Lamento haber sido grosero con él la mañana en que se fue, como también en la carta.

La situación en las islas del Pacífico se deteriora. Si Japón pierde la guerra, los japoneses que viven en las colonias quedarán expuestos al peligro de la venganza. Me preocupa la seguridad de mi padre.

Mi madre me dice:

—¿Quién podría odiar a alguien como tu padre?

Trato de escribirle más a menudo.

La semana pasada hablé con Yukiko por primera vez. Apareció en el bosque de bambúes cuando yo leía un libro sentado en una piedra. Pese a mi primera impresión negativa, habla con franqueza conmigo.

Ahora comparto con ella el lugar donde solía pasar tiempo solo. Es raro que la gente se aventure hasta aquí. No se oye nada, salvo el rumor de las hojas de bambú. El cielo está cubierto de hojas y la luz del sol aparece y desaparece con el viento. Hay *tsubaki* que florecen en invierno. Yukiko dice que las *tsubaki* son sus flores preferidas. Hablamos mientras caminamos, leemos libros, sentados uno junto al otro en una piedra.

Yukiko dice:

—¡Qué increíble es esta tranquilidad!

Contesto:

—Sí, es verdad. Este lugar hace que nos olvidemos de todo lo que ocurre en el mundo.

El año nuevo ha llegado.

Ya no hay clases. Los estudiantes de nuestra edad o mayores tienen que trabajar en una fábrica requisada por el ejército. Todas las mañanas, el director nos da instrucciones. Y de vez en cuando un comandante viene a inspeccionar la fábrica y nos da un largo discurso gritando: «¡Japón ganará la guerra, sin duda! ¡No es solo el poderío militar lo que nos conduce a la victoria, es también la fuerza moral de toda la gente! Sacrificar la vida por el emperador, eso es la virtud misma. Sepan que, ante él, la vida de todos es más ligera que una pluma». Grita, todo rojo: «¡Trabajen duro! ¡Piensen en los soldados que combaten al enemigo hasta la muerte!».

Todo el mundo escucha en silencio. Las palabras ofensivas contra el ejército están prohibidas. Si le contestas, te abofetea.

Después del trabajo, me apresuro a volver al bosque de bambúes, deseando que Yukiko vaya también. Me llevo una gran decepción cuando no está allí.

En el bosque, Yukiko me habla del discurso del comandante de su fábrica. Dice:

—¿Por qué perder la vida tan fácilmente? Nos dice: «Hay que combatir hasta la muerte. No regresar con vida. Caer prisionero es una vergüenza. Deshonra no solo al soldado, sino a su familia y a todos los parientes». La familia de los soldados es como un rehén. ¡Pobres soldados! Lo peor es que creen en la ideología estúpida que el Gobierno ha creado para ganar la guerra.

Yo contesto:

—Sí, es cierto. Estamos paralizados por el lavado de cerebro de la nación, como dice tu padre.

Ella adopta un tono grave:

—No aceptes ser soldado, Yukio. ¡Nunca!

Leemos un libro tranquilamente, uno al lado del otro. De golpe, Yukiko dice:

—Yukio, tengo un amiguito.

Esas palabras me desconciertan. Ella, además, lo dice sonriendo. Yo creía que sabía lo que sentía por ella.

Pregunto, muy triste:

—¿Quién es tu amiguito?

Ella contesta, siempre sonriendo:

—No lo conoces. Te mostraré su foto. Es realmente encantador. ¡Mira!

Saca la foto de entre las páginas de su libro. La miro con timidez. Es de un niño que está junto a una niña. Yukiko explica:

—Es una foto de hace doce años. Yo tenía tres años. Ese chico es mi amiguito.

Yo sigo serio.

—¿Dónde está ahora?

—No lo sé —dice ella—. Es un chico con el que jugaba cuando era pequeña. Eso es todo. Pero lo quería mucho.

Me mira. Nota mis ojos humedecidos.

—¿Qué sucede, Yukio? ¿Por qué lloras?

—Porque creía que yo era tu amiguito de ahora. No me mortifiques así. Se me ha parado el corazón.

Ella baja la cabeza con aire molesto. Me invaden las ganas de estrecharla entre mis brazos.

Sigo leyendo. Es la historia de un médico que dedicó su vida a los habitantes de una aldea aislada. Yukiko recoge hojas de ginkgo amarillentas desparramadas en el suelo como motivos de un tapiz. Le pregunto:

—Las nueces se pueden comer. Pero ¿qué hacemos con las hojas?

Ella pone una en la página que estoy leyendo. La punta de la hoja de ginkgo sobresale del libro. Dice:

—Un señalador. La hoja es bonita y útil, ¿verdad?

Se sienta a mi lado. Su rodilla izquierda toca mi rodilla derecha. Empieza a poner las hojas entre las páginas de su libro, una por una. Veo su nuca blanca entre sus cabellos negros. Nuestras rodillas quedan pegadas una con otra. El calor de Yukiko se propaga en mí: una corriente atraviesa mi cuerpo. Mi sexo se endurece. Me ruborizo. Ya no logro concentrarme en el libro. Para ocultar mi turbación, desvío la cara. Ella no ve nada y pregunta:

—¿Por qué las hojas de ginkgo tienen forma de abanico? No son ovaladas como las demás.

Contesto sin mirarla:

—No lo sé.

Caminamos. Ella me sigue mientras busca hojas de colores. Tropieza contra una piedra y cae.

—¿Estás bien, Yukiko?

Le tiendo la mano. Se agarra a ella y se levanta.

—No es nada, gracias —contesta.

Pero yo no puedo soltarle la mano. Me mira un instante y baja los ojos. Se quita la tierra de las rodillas con la otra mano. Seguimos caminando en silencio. Ella ha dejado de recoger hojas. Nuestras manos siguen unidas hasta el final del paseo.

Por la noche, nervioso, no puedo dormirme. Apenas cierro los ojos, la imagen de Yukiko emerge en la oscuridad. Recuerdo el tacto suave de su mano.

Enciendo la lámpara. Abro el libro que empecé a leer hoy en el bosque. El médico de la historia visitaba regularmente a todos los aldeanos para comprobar su estado de salud. No esperaba a que la gente enfermara. Felicitaba a los que estaban en buen estado y les pedía que les contaran a los demás cuál era su receta. No ganó dinero, pues la cantidad de enfermos disminuía cada vez más. En lugar de eso, se ganó el respeto de los aldeanos. Ahora el pueblo es conocido por la longevidad de sus habitantes, entre los cuales nacen médicos eminentes que retoman el espíritu de su predecesor.

Me gustaría ser médico como él y vivir en una aldea o una isla adonde nadie quisiera ir. Cierro los ojos. Trato de imaginarme mi futuro en una isla. Enseguida veo a Yukiko a mi lado, como mi esposa.

Es invierno. Si le doy la mano a Yukiko no siento frío en el bosque. Hoy hay un silencio profundo. Solo oímos el ruido leve de nuestros pasos en las hojas muertas. No vemos a nadie. Yukiko parece absorta en sus meditaciones. Tras un largo silencio, se detiene.

—Es raro.

—¿Qué es lo que es raro?

—Estamos aquí, completamente solos. Nadie lo sabe, salvo nosotros.

Miro alrededor y digo:

—Espero que no. Si alguien nos encontrara así, nos regañaría en el acto gritando: «*Hikokumin!* ¡Pensad en los soldados que pelean en el frente!».

—No, Yukio. Quiero decir...

Alza los ojos al cielo:

—Pienso en lo que le sucede a la memoria después de la muerte. Lo que hemos dicho, lo que hemos pensado, lo que hemos sabido... ¿Adónde va todo eso después de la muerte?

Contesto:

—Yo no pienso en la vida después de la muerte. Creo que la memoria desaparece en el momento de morir.

Ella pregunta:

—¿Cómo se puede saber que la memoria desaparece? Se sabe que el cuerpo, incinerado o enterrado, se descompone, porque tiene una forma material. Pero la memoria, que no tiene forma, ¿cómo se puede saber que desaparecerá?

No sé qué contestar. Me quedo en silencio. Quizá ella tenga razón. Seguimos caminando. Ella siempre parece perderse en sus pensamientos.

—Yo creo que nuestra memoria, la mía y la tuya, se perpetuará en el bosque eternamente.

Estrecho fuerte su mano. Nos sentamos en un tronco. La sostengo de la cintura para que no se caiga. Me mira para decirme algo. Su rostro está muy cerca. Siento palpitaciones. Nos miramos un instante.

Yo digo:

—Te amo, Yukiko. Eres la única persona con la que quiero vivir. Ya no puedo imaginar mi vida sin ti.

Su mirada brilla. Veo sus ojos humedecerse. Las lágrimas corren. Cierra los ojos. La beso en los párpados y en los labios. Mis lágrimas se mezclan con las suyas.

Me encuentro con el señor S. en la calle. Me grita:

—¡Saipán, Guam y Tinián han capitulado! Y ahora el ejército ha empezado a combatir al enemigo con kamikazes. ¡Es aterrador! Además, los pilotos son oficiales que terminaron los estudios más avanzados. ¡Qué pérdida!

Unas semanas más tarde, el señor S. recibe su propio *aka-gami* y es enviado al frente.

Comienza el año nuevo. Las derrotas de Japón en las islas del Pacífico continúan. Tras haber ocupado la isla de Iwo, los norteamericanos han empezado a bombardear Tokio y Osaka. Y finalmente han desembarcado en la isla de Okinawa. Se acercan a Kyushu, donde vivimos nosotros. Corre el rumor de que algunos buscan veneno para el *gyokusai*.

El verano ha llegado. Las cigarras empiezan a hacer cri-cri. Han pasado dos años desde que mi padre se fue a Manchuria. No tenemos noticias, el laboratorio perdió contacto con él. Mi madre y yo deseamos que siga con vida.

La alerta aérea empieza. Los B-29 norteamericanos bombardean también Nagasaki. El rugido de los aviones de combate, la explosión... Luego, el silencio. El olor de la muerte se propaga por la ciudad.

Afortunadamente, nuestro pequeño barrio, situado a tres kilómetros del centro de Nagasaki, nunca está en la mira de los bombardeos. Hay gente de otros barrios o de otras ciudades que viene a refugiarse aquí.

Todo el mundo está agotado. Todo el mundo tiene hambre. Sin embargo, hay que seguir trabajando en la fábrica. Sufro a menudo las bofetadas del comandante, que dice que no lo tomo en serio cuando habla. Incluso sospecha que soy *aka*. Me dice:

—Nos hemos enterado de que tu padre ha desaparecido en Manchuria. Es posible que esté participando allí en las actividades del Partido Comunista.

Yo sé que no es más que un rumor, pero no digo nada. En casa escondo cuidadosamente los libros que me prestó el señor Horibe.

Y hoy el comandante ha vuelto a golpearme porque no obedecí a un obrero mayor que yo. Las explicaciones que me dio sobre una máquina no tenían ningún sentido. Yo trataba de explicarle cómo funcionaba. Él estaba muy enfadado e insistía en imponer su método. El comandante me gritó: «No necesitamos cuestiones teóricas. ¡Obedece las órdenes! No hay tiempo para discutir».

Hace fresco en el bosque, incluso en verano. Acostados de espaldas, Yukiko y yo miramos el cielo entre las hojas de bambú. Hoy no hay viento, ni rumor de hojas ni cigarras.

Estamos en absoluto silencio.

Digo:

—Algún día te presentaré a alguien.

Yukiko me pregunta:

—¿Quién es? Debe de ser alguien especial para ti. Espero que no sea tu amiguita.

Me provoca. Yo digo, sonriendo:

—Yo no soy cruel como tú. Es mi hermanita.

Se incorpora y me mira, asombrada.

—¿Tu hermana? Creía que eras hijo único, como yo.

Contesto:

—Mi medio hermana, quiero decir. Tenemos el mismo padre. Pero no la he visto desde que me fui de Tokio con mi familia. —Me callo un instante y sigo—: Me adoptaron cuando tenía cuatro años.

Le explico por qué mi familia vino a Nagasaki. Hablo de mi infancia en Tokio. Hablo también de mi madre, que era huérfana y amante de un hombre casado.

—Yo Lo llamaba *ojisan*, sin saber que era mi verdadero padre. Venía a visitarnos, pero nunca pasaba la noche con nosotros. Si mi madre preparaba una cena especial, quería decir que esa noche vendría. Pero era muy frecuente que no apareciera. Mi madre y yo lo esperábamos largo rato sentados a la mesa. La comida se enfriaba. Yo me dormía sin cenar.

Yukiko escucha sosteniéndome la mano. Dice:

—Tu madre debía de sufrir mucho y sentirse muy sola.

—Sí. Su rostro triste ha quedado en mi memoria. En realidad, había conocido a ese hombre antes de casarse. Los padres del hombre no aceptaron que se casara con mi madre, una huérfana pobre y sin educación. Mi madre tenía apenas dieciocho años cuando dio a luz. El hombre se negó a reconocerme como su hijo. Los niños de la vecindad me llamaban *tetenashigo*. Él tenía una hija con la que jugaba a menudo.

Yukiko dijo:

—Entonces ella es tu medio hermana.

—Sí, es mi hermanita.

Pregunta:

—¿Cuándo descubriste que eran tu padre y tu hermana?

—A los siete años. En realidad, el día que cumplí siete. Lo intuí mirando a una chica y un hombre en el parque. Yo insistía para que mi madre me dijera la verdad. Ella reconoció que mi intuición era acertada, pero dijo: «Todo ha terminado entre nosotros». Mi padre adoptivo sigue creyendo que mi verdadero padre desapareció antes de que yo naciera, como le dijo mi madre. Mi madre quería olvidar todo lo que había sucedido en Tokio. Se niega a revelarme sus nombres. No sé cómo podría verlos de nuevo. Sin embargo, mi padre es mi padre y mi hermana es mi hermana, para siempre. No puedo olvidarlos.

Yukiko me acaricia la mano mientras escucha mi historia. Permanecemos en silencio largo rato. Luego, pregunta:

—¿Cómo era tu medio hermana?

Contesto:

—Ya no recuerdo su rostro. Solo tenía cuatro años cuando la vi por última vez.

—¿No tienes una foto?

—No —digo—. Ni siquiera tengo fotos de mi infancia. Ninguna.

—Qué lástima. Pero ¿no hay algo de ella de lo que te acuerdes?

—La verdad, no. Pero hay algo que nunca olvidaré. Una sola cosa.

Yukiko siente curiosidad:

—¿Qué es?

Digo sonriendo:

—Le prometí que me casaría con ella.

Yukiko se ríe.

—¡La pediste en matrimonio a los cuatro años! ¡Se ve que no eras tímido!

Nos reímos juntos.

—En realidad —digo—, ella era la que quería ser mi esposa.

—Debía de ser realmente precoz.

Yukiko ríe de nuevo, pero su rostro se ensombrece rápidamente. Dice:

—Espero que tu hermana esté sana y salva en Tokio. Mis abuelos maternos y paternos han ido a refugiarse a un campo llamado Chichibu. Ya sabes que la ciudad de Tokio fue destruida por los bombardeos de los B-29.

Cierro los ojos. Tacatacataca... Escucho el ruido de la concha. Repito en mi cabeza: «¿Dónde estás?».

Yukiko dice, juntando las manos:

—Ojalá algún día puedas volver a ver a tu hermanita.

La estrecho contra mi corazón. Alzo los ojos al cielo. Mis lágrimas caen sobre su cabeza. Quisiera tenerla así para siempre. Ella alza su cara. Una gruesa gota le cae sobre la nariz. Sonríe. Lamo la gota. Ella cierra los ojos. Beso sus labios cálidos. Un estremecimiento me atraviesa el cuerpo.

Yukiko ya no viene al bosque de bambúes. La espero una semana, dos semanas, tres semanas, en vano. Empiezo realmente a preocuparme por ella. ¿Qué le habrá sucedido? ¿Estará enferma? Nunca la veo delante de la casa. Luego, un día, la entreveo por la ventana. Va andando por el camino que lleva al centro. Me precipito afuera. La llamo. Ella se vuelve hacia mí un instante, pero sigue caminando sin contestarme. Evita incluso mirarme. Cada vez que me la cruzo en la calle, desvía los ojos.

Ahora estoy solo en el bosque, con el corazón roto. Pero sigo leyendo aquí con la esperanza de que vuelva algún día.

Una noche, el señor M., un colega de mi padre, me invita a cenar con él. Él y su mujer no tienen hijos. Me quieren como me quiere el señor Horibe. El señor M. le dice a mi madre:

—Mañana quisiera llevar a Yukio al hospital universitario. Debo consultar unos documentos en la biblioteca y necesito su ayuda. Avisaré al jefe de su fábrica.

Estoy feliz. Detesto ir a la fábrica.

Mi madre le contesta:

—Gracias, qué amable. Mañana por la mañana yo también iré al campo con la señora Horibe. Me presentará a alguna gente interesada en comprar mi ropa occidental.

Al día siguiente, el señor M. y yo llegamos al hospital universitario a las nueve. En la biblioteca, me da una lista de libros. Los busco mientras él habla con un médico. Encuentro algunos fácilmente. El señor M. empieza a tomar notas.

Alrededor de las once termina de trabajar. Salimos de la biblioteca y vamos a otro edificio de hormigón. El señor M. me dice que quisiera volver a ver al médico antes de irnos del hospital. Mientras caminamos, él saluda a las enfermeras con las que nos cruzamos. Ellas nos sonríen.

Entramos en la oficina del médico. En el momento en que lo vemos, de pie frente a una ventana, un relámpago deslumbrante brilla detrás de él. Lo sigue una detonación. ¡La bomba! Oímos los gritos de las enfermeras. Nos arrojamos al suelo inmediatamente. El señor M. me grita: «¡No te muevas, Yukio!». Las ventanas han sido arrancadas por la onda expansiva de la explosión. El médico ha desaparecido. Los trozos de vidrio vuelan. Caen libros sobre nosotros. Las sillas ruedan con violencia. Miro la escena conteniendo el aliento. Creo que voy a morir. El exterior se oscurece. Luego, un silencio siniestro...

II

Tacatacataca... Oigo a mi mujer cortar verduras. Me miro en el espejo mientras me afeito. Las arrugas en la frente. La cabeza que encanece. Los ojos hundidos. Alguien me decía, cuando aún era joven, que tenía ojos nostálgicos como los de mi madre. ¿Quién me lo decía? Me quedo inmóvil frente al espejo. La navaja en el aire. El tiempo se detiene.

Camino unos pasos por detrás de mi madre rumbo a la iglesia. Veo su falda acampanada sacudiéndose al ritmo de la marcha y su largo pelo negro. Los colores de las hortensias. El ruido de la lluvia, que cae sobre el paraguas de papel engrasado. Los caracoles. La barba negra del extranjero. La silueta de la niña que se aleja con su padre. Y el sonido de la concha.

Esas imágenes están grabadas tan profundamente en mi memoria que nunca palidecieron con el tiempo.

Me pregunto: «¿Dónde estará mi hermanita? ¿Dónde estará mi verdadero padre? ¿Seguirán aún con vida?». Esas preguntas vuelven a mí una y otra vez. No recuerdo sus rostros. Sigo sin saber sus nombres. Mi madre es la única persona que podría contestar a mis preguntas. Y sin embargo, sigue guardando silencio incluso ahora, cuando mi padre adoptivo lleva muerto trece años.

«¿Podré ser tu esposa cuando sea mayor?» Esta es la única frase de mi hermanita de la que puedo acordarme. ¿O habrá sido una ilusión? Mi mirada se pierde en el espejo. Mi conciencia se aleja.

—¡Querido! El desayuno está listo.

Shizuko me ha llamado desde la cocina. Vuelvo en mí. Me lavo la cara y me seco con una toalla. Me miro de nuevo en el espejo. ¿Ojos nostálgicos como los de mi madre? Ah, ahora recuerdo que la que decía eso era mi amiga de aquella época, Yukiko.

Salgo lentamente del baño. El olor de la sopa de *miso* roza mis fosas nasales.

Entro en la cocina. Oigo la palabra «Nagasaki» procedente del televisor portátil que está sobre el aparador. Mientras pone los platos sobre la mesa, Shizuko me dice:

—Ya hace cincuenta años.

—Sí, ya —digo, sentándome.

Miro en la pantalla imágenes de la conmemoración por las víctimas de la bomba atómica. Hoy es 9 de agosto. La voz del presentador dice:

—Esa mañana, a las 11.02, una bomba atómica de plutonio explotó sobre el centro de Uragami...

Shizuko dice:

—Tu madre y tú fuisteis realmente afortunados.

Asiento con la cabeza. Ella continúa:

—En esa época a tu padre ya lo habían enviado a Siberia, ¿verdad?

Contesto:

—Sí, pero mi madre y yo no sabíamos nada. Volvió a Nagasaki dos años después de la guerra.

Mis padres se mudaron a nuestra casa, en Kamakura, hace veinte años. Desde entonces, nunca he vuelto a Nagasaki. La ciudad ha cambiado. No es la que yo conocí, evidentemente. A decir verdad, mi vida allí cambió desde que mi amiga Yukiko se fue.

La buscaba en aquel sangriento escenario. Cada vez que veía a una chica que se le parecía, me detenía. «¿Yukiko?» La chica se daba la vuelta. Un rostro quemado me miraba con aire ausente. Ella sacudía la cabeza. «Yukiko, ¿dónde estás?» Yo corría llorando. Cuando me enteré de que estaba sana y salva, sentí un verdadero alivio, aun cuando ella no quisiera verme. Desafortunadamente, su padre, el señor Horibe, había muerto en la explosión. Según la señora Horibe, se suponía que debía ir, como todas las mañanas, al laboratorio, donde sus colegas habían escapado a la catástrofe. Semanas después de la explosión, me crucé con Yukiko en la calle. Me dijo: «Ya no puedo verte». Estaba a punto de romper a llorar. Al día siguiente se iba con su madre a Tokio.

Se me encoge el corazón. Miro de nuevo el televisor. La conmemoración continúa, pero tengo la vista nublada por las lágrimas.

Le digo a Shizuko:

—¿Puedes apagarlo?

Ella me echa un vistazo y lo apaga.

Ahora en casa somos tres: mi madre, Shizuko y yo. Nuestros hijos viven cada uno en su apartamento, en Tokio. Están todos bien.

Yo estoy jubilado. Trabajé treinta y tres años como químico en el laboratorio de una empresa de productos alimenticios. No soy rico, pero tengo un buen tren de vida gracias al régimen de pensiones de la empresa y a la renta nacional. Vivimos en nuestra propia casa. Ya no tenemos deudas.

Shizuko y yo estamos casados desde hace más de treinta años. Nos llevamos bien. Me hace sentir cómodo. Tengo suerte.

Mi padre adoptivo era un hombre sincero. Mi madre siempre me repite: «Si ahora podemos tener una vida feliz, es realmente gracias a mi marido».

Son las cuatro. Es hora de la comida de la tarde de mi madre. Voy a la cocina y pongo en una bandeja la comida que preparó Shizuko. Sopa de calabaza, arroz, tofu, berenjenas cocidas en el *shôyu*. Sirvo en su plato una pequeña porción de cada cosa. Mi madre solo come dos veces al día. Su apetito disminuye cada vez más. Necesita de nosotros para comer. Ya no es capaz de mover los brazos con facilidad.

Abro suavemente la puerta corrediza de su cuarto. Se ha dormido. Deposito la bandeja sobre la mesa al lado de la cama. Ella ya no duerme en los tatamis, como nosotros. Después de la muerte de mi padre, hizo quitar los tatamis e instalar una cama occidental. Dijo que así le resultaría más fácil levantarse.

Me siento en la silla ante la mesa. Miro el rostro de mi madre, todavía dormida. Pequeñas arrugas en las comisuras de los ojos. Vasos sanguíneos protuberantes en su piel pálida. Pero conserva la imagen de la belleza de otra época. Le acomodo el pelo que le cae sobre el ojo.

Tiene ochenta y cuatro años. Sobrevivió no solo a la bomba atómica de Nagasaki, sino también al Kanto-daishinsai.

Tenía doce años. Al día siguiente del terremoto, mi abuela dejó a mi madre en la iglesia donde un sacerdote extranjero se ocupaba de los huérfanos. Luego se marchó a buscar a su hermano, el único familiar que mi madre conocía. Fue la última vez que mi madre vio a la suya. Su tío tampoco regresó. Desde ese día, mi madre pasó a ser huérfana. Una hija natural, como yo.

Permaneció en esa iglesia con otros huérfanos hasta los quince años. Una vez que consiguió empleo como mensajera en una empresa, se fue de la iglesia. Entonces el sacerdote le devolvió el dinero que le había confiado mi abuela. Fue en esa empresa donde conoció a mi verdadero padre. Cuando yo nací, ella tenía apenas dieciocho años. Dio a luz en su pequeño apartamento, con ayuda de una partera y otra mujer que trabajaba en la iglesia.

Mi madre murmura unas palabras entreabriendo los ojos.
Le pregunto:
—¿Qué dices?
Ella no contesta. Vuelve a cerrar los ojos. Debe de estar soñando.

Permanece en la cama casi todo el día. El año pasado resbaló sobre la escarcha del jardín. Se golpeó la cabeza contra una piedra y se fracturó una pierna. El médico vino enseguida. Tras examinarla, nos dijo que estaba demasiado débil para operarse, que si le dolía solo tenía que tomar analgésicos. Desde ese accidente, su salud declinó rápidamente. Se volvió un poco sorda. Empezó a tener alucinaciones visuales y auditivas. Shizuko me dijo que lo mismo le había pasado a su abuela, de la que se había hecho cargo. Ella escucha con paciencia las cosas sin sentido que dice mi madre.

El rostro de mi madre palidece día tras día. Me pregunto si podrá aguantar hasta el final del Bon. El médico me dice: «Su corazón está dañado. Evítele cualquier molestia».

Mi madre vuelve a murmurar. Se despierta. Le digo, mostrándole la sopa:

—Shizuko cocinó la primera calabaza del jardín. Está deliciosa.

—Gracias. La comeré un poco más tarde.

La ayudo a incorporarse y apoyarse contra las almohadas. Pregunta:

—¿Cuándo es el Bon?

—La semana que viene.

—¿Ya?

—Sí —digo, recordando las imágenes de la televisión sobre la conmemoración por las víctimas de la bomba atómica de Nagasaki.

No le digo a mi madre que hoy es 9 de agosto: ya no tiene noción del tiempo, y sus recuerdos están desordenados. En todo caso, no es en absoluto un tema agradable.

Ella pregunta:

—¿Todos mis nietos vendrán aquí?

—Creo que sí.

—Iré con ellos a visitar la tumba de mi marido. Puede que sea el último Bon en que pueda verlos. No contaba con que viviría tanto.

Todos los años, en esta misma época, repite esas últimas palabras. Antes yo las oía sin prestarles atención. Esta vez, sin embargo, tengo el presentimiento de que está en lo cierto. Su muerte es cuestión de tiempo. Si quiero que se vaya tranquilamente, no debo importunarla con preguntas sobre mi verdadero padre y mi medio hermana. Me repito a mí mismo: «Hay que olvidar todo eso». Trato de pensar en alguna otra cosa.

Mi madre dice de pronto:

—No he sido merecedora de tu padre.

Eso me desconcierta. ¿Por qué dirá eso ahora?

Ella continúa con voz débil:

—Era demasiado bueno para mí. Era un hombre de gran corazón. Acepté su propuesta de matrimonio solo por ti. Habría aceptado a cualquiera con tal de que pudieras tener un padre.

Digo:

—No hay razón para que te hagas esa clase de reproches. Mi padre tuvo una vida feliz con nosotros y con sus nietos. Tú siempre fuiste buena con él. Lo cuidaste hasta el último momento. Poco importa por qué os casasteis; vivisteis juntos casi cincuenta años en paz. Eso solo ya es extraordinario, ¿no es cierto?

Ella no contesta. Yo no sé ya qué más decir. Pienso en lo que mi padre me dijo cuando todavía era estudiante en la universidad: «Antes de tu madre me había casado con una primera mujer elegida por mis padres. Les estaba agradecido, porque era hermosa y buena. Pero empezaron a intervenir en nuestra vida y a quejarse de todo lo que mi mujer hacía. Yo soy estéril. No lo sabía. Mis padres, sobre todo mi madre, le reprochaban a mi mujer que no pudiera quedarse embarazada. Yo no lograba defenderla, y ella me dejó. Es algo que lamento. Por primera vez en mi vida me deprimí. Un día, pasando por delante de una casa, vi un aviso en la cerca. Era una iglesia, en realidad, y el sacerdote extranjero pedía ayuda para reparar el techo. Entré en la iglesia y le ofrecí ayuda. Así fue como os encontré a ti y a tu madre. Mis padres se opusieron mucho a mi segundo matrimonio. Mi madre contrató a un detective privado para investigar la ascendencia de tu madre. Decía: «¡Ni siquiera sabe dónde está el padre de su hijo!». Pero yo no los escuché. Los abandoné. Yukio, no creo que haya sacrificado a mis padres y mi herencia por vivir contigo y con tu madre. Al contrario, fuisteis vosotros los que me salvasteis de la existencia limitada que vivía con mis padres desde niño. Era demasiado obediente porque quería complacerlos. Necesitaba una motivación decisiva para escapar de ellos».

Escuché esas últimas palabras pensando en mi madre. Le dije a mi padre: «Tal vez mi madre también necesitaba de ti. Todo se complementa. Lo importante es que seamos felices, ¿verdad?». Él me contestó: «Sí, tienes toda la razón, hijo».

Me alentaba a que viviera lejos de mi madre, pues ella se apegaba demasiado a mí, su único hijo, su único lazo de sangre. Si no, me alertó, me resultaría difícil ser independiente. «No quiero que cometas el mismo error que yo», agregó. Y después de terminar la universidad en Nagasaki encontré trabajo en Tokio. Mi madre estaba muy enfadada. «¡Es demasiado lejos! ¿Por qué no elegiste una ciudad cerca de Nagasaki, cerca de mí? ¡Eres mi vida! ¡Te necesito!»

En realidad, había buscado empleo en Tokio porque tenía la intención de encontrar allí a mi medio hermana y a mi verdadero padre. También quería saber cuántos hijos más había tenido, además de la medio hermana con la que jugaba en Tokio. Era posible que después de dieciocho años él y su familia se hubieran mudado. Pero me parecía que podía empezar mi investigación en Tokio.

Antes de viajar, le pedí a mi madre que me diera al menos el nombre de mi verdadero padre. Como preveía, se negó de inmediato: «Tiene su propia familia, su mujer y sus hijos. No hay que molestar a su familia. Su mujer no sabe nada de nosotros».

Entonces le pedí a mi padre la dirección de la iglesia y el nombre del sacerdote extranjero. Muy asombrado, mi padre dijo: «¡Es increíble! Todavía te acuerdas. *Shinpu-sama* debe de tener más de setenta años. Me gustaría mucho volver a verlo. Pero no estoy seguro de que la iglesia o él mismo hayan sobrevivido a los bombardeos de los B-29». También me dio la dirección de los padres del señor Horibe, y me dijo: «Puedes ir un día a visitarlos. Me conocen bien, pues el señor Horibe y yo éramos buenos amigos en Tokio». ¿Los padres del señor Horibe? ¡Eran los abuelos de Yukiko! Mi corazón empezó a latir muy fuerte. También sería posible volver a ver a Yukiko. Mi padre ignoraba lo que ocurría en mi cabeza.

La iglesia ya no existía, como había imaginado mi padre. Visité varias iglesias más e interrogué a sacerdotes al respecto. Para mi gran sorpresa, nadie la conocía, tampoco al sacerdote extranjero ni a las dos mujeres que habían trabajado allí. Yo estaba perdido. Me dijeron que la ciudad había cambiado mucho después de la guerra.

Deambulé por la ciudad reconstruida. Cuando veía a una muchacha de mi edad, me detenía y la seguía hasta que desaparecía. Me sucedía en la calle, en una estación, en un restaurante, en un parque... Buscaba todo el tiempo a una chica parecida a mí.

En cuanto a Yukiko, según sus abuelos ya estaba casada y se había ido al extranjero. Me dieron su nueva dirección. Cuando leí su nombre, «Yukiko Kamishima», sentí que mi corazón se desgarraba.

Mi madre me dice:

—Tengo calor.

Me levanto para ajustar la temperatura del climatizador. Lo instalé cuando mi padre ya no pudo salir de la cama. Vuelvo a sentarme en la silla.

Pregunta:

—¿Están bien mis nietos?

—Sí, Natsuko acaba de volver de Nueva York. La empresa había organizado una conferencia para sus clientes norteamericanos. Natsuko les hizo de intérprete. Fuyuki acaba de ser ascendido a jefe de oficina. Y Tsubaki sigue estudiando en la universidad.

Mi madre dice con aire satisfecho:

—Bien, muy bien.

Hace una pausa, luego pregunta:

—¿Qué estudia Tsubaki? Lo olvidé.

—Arqueología.

—¿Qué? No te oigo bien.

Silabeo la palabra en su oído:

—Ar-queo-lo-gí-a.

—Ah, ahora me acuerdo...

Hace una seña con la cabeza, los ojos cerrados. Y de golpe pregunta:

—¿Por qué la llamaste Tsubaki?

Me lo pregunta cada vez que hablo de los chicos y le repito siempre la misma respuesta: «Porque nació en la época de las flores de *tsubaki*». Mi madre puede acordarse del origen del nombre de Natsuko y de Fuyuki, pero nunca recuerda el de Tsubaki. Shizuko eligió el nombre de los dos primeros, yo el de la tercera, Tsubaki.

Mi madre espera mi respuesta. Digo en voz baja, preguntándome si es capaz de oírme:

—Porque tenía una amiguita a la que le gustaban las flores de *tsubaki*.

—¿Qué?

Me mira, asombrada.

—¡Me has oído perfectamente! —digo sonriendo.

Ella dice con seriedad:

—¡No sabía que hubieras tenido a alguien además de Shizuko!

—Solo tenía dieciséis años. Cálmate, mamá.

Mi madre también tenía dieciséis cuando conoció a mi verdadero padre, que la hizo su amante. Desde hace años es un tema tabú entre nosotros. No es cuestión de reavivarlo.

Digo adrede, como un niño que suplica a su madre:

—No se lo digas a nadie, mamá.

Ella sonríe:

—Hablas como un muchacho. De acuerdo, cumpliré mi palabra.

Tiene razón. Sigo teniendo dieciséis años cuando pienso en esa chica. Su rostro me vuelve a la mente. Se divierte probándose mi grueso abrigo negro. Camina dando pequeños saltos en el bosque de bambúes. Vuelve la cabeza y sonríe.

Mi madre pregunta:

—¿La quisiste mucho?

—Sí. Fue mi única amiga y mi único amor de juventud. Nos habíamos comprometido el uno con el otro. Desafortunadamente, se casó con otro hombre.

Mi madre dice:

—¿Te engañó, entonces?

Niego sin vacilar:

—No. Le ocurrió algo grave que le impidió volver a verme.

El rostro de mi madre se ensombrece.

—Sus padres, seguramente.

—No. Eran buenos conmigo, sobre todo su padre.

—Qué extraño.

Prosigo:

—Pese a todo, siempre tuve la esperanza de que algún día nos reencontraríamos.

Mi madre levanta los ojos hacia el techo:

—Por eso te casaste tan tarde... Tenías treinta y cinco años cuando te casaste con Shizuko.

No contesto. Tal vez sea cierto, o tal vez no había encontrado a la persona ideal. Guardamos silencio. Veo el jardín a través de los vidrios corredizos. Shizuko recoge guisantes en una canasta. Mi madre dice, provocándome:

—Tu amiguita de aquella época, ¿era tan hermosa como Shizuko?

—Sin duda era hermosa para mí. Era coqueta como tú, mamá.

—¿Como yo? No hagas esa clase de bromas. ¡Soy tu madre!

Mi madre finge enfadarse. En realidad, yo quería usar la palabra «sensual» en vez de «coqueta». Cuando era joven, llamaba la atención de los hombres con su físico tan femenino: pelo largo, pechos abundantes, cintura delgada. Además, su rostro, que no pertenecía a ninguna raza, le confería un aire misterioso. Era diferente de las mujeres que yo conocía.

Mi madre pregunta con aire curioso:

—¿Cómo se llama?

Desorientado, le digo:

—¿Quién?

—¡Tu amiguita de juventud! ¿Quién si no?

Contesto con cierta vacilación:

—Yukiko. Se llama Yukiko.

—¿Yukiko? —repite mi madre.

Agrego:

—El apellido es Horibe. ¿Recuerdas a esa familia?

Mi madre abre mucho los ojos y me mira fijamente. Dice:

—Te refieres a la familia de nuestros vecinos en...

Se interrumpe. Yo prosigo:

—Sí, en el pequeño barrio de Uragami, en Nagasaki. El padre de Yukio murió por la bomba atómica. Luego Yukiko y su madre volvieron a Tokio, ¿verdad?

Mi madre no contesta. Continúo con una sonrisa:

—Debes de estar sorprendida, mamá. ¡Estaba enamorado de la hija de nuestros vecinos!

Ella sigue en silencio, el rostro sin expresión. Tras un momento, pregunta:

—¿Dónde está Yukiko?

—Ahora, no lo sé. Pero según sus abuelos se fue al extranjero después de casarse.

—¿Según sus abuelos? ¿Te refieres a los padres de su madre?

—No —digo—. A los padres de su padre, el señor Horibe.

Mi madre insiste:

—¿Cómo es que conoces a los padres del señor Horibe?

—Poco antes de irme a Tokio, mi padre me dio su dirección para que fuera a saludarlos. ¿Recuerdas que el señor Horibe y mi padre eran amigos de la universidad, en Tokio? Los padres del señor Horibe se acordaban muy bien de mi padre, y me recibieron con gusto. Pero no les dije que yo era el amiguito de Yukiko.

Mi madre permanece en silencio. Yo prosigo:

—Me dijeron que la madre de Yukiko había fallecido de leucemia por las radiaciones de la bomba atómica.

Ella repite con voz débil:

—La señora Horibe ya había fallecido...

—Sí —digo—. Perdí por tres meses la última oportunidad de volver a ver a Yukiko.

Mi madre pregunta:

—¿Has vuelto a ver a sus abuelos desde entonces?

—Sí, pero solo dos veces.

Sigo hablando de ellos, que me contaron que Yukiko nunca iba a Japón a visitarlos y que tampoco les escribía. Añado:

—Me pareció muy extraño...

Mi madre deja de escucharme. Se pone a dormitar, los párpados semicerrados.

Salgo de la habitación con su comida para recalentarla.

Entro en mi cuarto, donde paso el tiempo leyendo. Las cuatro paredes están cubiertas de libros. Entre los títulos científicos hay tres libros distintos: *Manifiesto del Partido Comunista*, *El capital* y *La guerra civil en Francia*. Saco el tercer libro y lo abro. Veo dos fotos de Yukiko, desvaídas por el tiempo. Hay además un papel con la dirección de Yukiko en el extranjero. El papel también está amarillento y sus pliegues son casi desgarros. Me siento y pongo las fotos sobre el escritorio.

En la primera foto, Yukiko está de pie, vestida con un uniforme de marinera. Lleva trenzas. Tiene una sonrisa dulce en los labios. Pero sus ojos manifiestan un carácter firme. En el dorso dice: «Yukiko a los trece años».

En la segunda está sentada en un banco, mirando a la cámara. Junto a ella hay un niño de pie, la cabeza un poco baja. «Yukiko a los tres años», se lee en el dorso.

Cuando Yukiko me mostró esa foto, me provocó diciéndome: «Es la foto de mi amiguito». Ante esas palabras, mi corazón se había acongojado. El primer amor, el primer beso. Todavía recuerdo el roce de sus labios. La sensación de ardor. Quería vivir con ella toda mi vida. ¿Era acaso porque solo tenía dieciséis años? No lo sé. Sin embargo, mis recuerdos de ella siguen muy vivos.

Nunca hubiera imaginado que, cincuenta años más tarde, le hablaría a mi madre de mi primer amor. Recojo esas dos fotos y voy a su cuarto. Mi madre está despierta.

Digo:

—Hay algo que nunca le he mostrado a nadie.

Ella vuelve la mirada hacia mí y me pregunta:

—¿Qué es?

—Unas fotos viejas de alguien que conoces bien.

—¿Qué has encontrado? ¿Fotos de tu padre?

—No. Mira.

Le alcanzo primero la foto de Yukiko sola. Mi madre la coge. La mira unos segundos y dice:

—¿Quién es esta chica? ¿Shizuko o Natsuko?

—No. Es mi amiguita de juventud.

—¿Yukiko?

—Sí.

Mi madre la mira de nuevo y dice:

—No recuerdo su cara. Solo vivió dos años en nuestro barrio.

Le tiendo la segunda foto de Yukiko a los tres años, con un niño de su edad. Mi madre la mira largamente.

Le explico:

—Es Yukiko, otra vez. El niñito es el amigo al que tanto quería. Son preciosos.

Mi madre no contesta. Tiene la mirada fija en la foto. Después de un momento, pregunta:

—¿Quién te ha dado estas fotos?

Contesto:

—Yukiko. Me decía que su padre tenía una cámara muy moderna en esa época.

Mi madre sigue mirando las fotos. Ha dejado de hablar. Me levanto para apagar el climatizador. Abro las ventanas y los vidrios corredizos que dan al jardín. El aire fresco penetra en la habitación. Ahora ya no hace calor. Es la temperatura ideal para trabajar en el jardín.

Me desperezo frente al jardín. Los girasoles están en plena floración. Iluminado por el sol que se pone, el amarillo de los pétalos brilla. Observo la huerta. Hay berenjenas, pepinos, calabazas y sandías maduras. Empiezo a arrancar la maleza.

—Deliciosa, ¿verdad?

Oigo a Shizuko hablándole a mi madre. Creo que mi madre está comiendo la sopa de calabaza. Shizuko le habla de los niños, que se supone estarán de regreso para el Bon. Oigo también a mi madre, que habla con voz frágil. Hace mucho tiempo que no habla de ese modo. De manera que es posible que aguante, mal que bien, y que pueda visitar la tumba de mi padre con los niños.

El viento cesa. Las voces llegan a mis oídos con mucha claridad. Shizuko dice con tono de asombro:

—¡Vaya! No sabía que tenía una foto de infancia de Yukio.

Debía de estar hablando de la foto de Yukiko con el niño. Mi madre no contesta. Puede que esté durmiéndose mientras escucha, como de costumbre. Pero Shizuko continúa:

—Yukio debía de ser adorable. Su cara en la foto me recuerda a la de Fuyuki cuando tenía tres o cuatro años. Le mostraré esta foto cuando vuelva para el Bon. Será una sorpresa para él.

Dejo de mover las manos. Vuelvo la cabeza hacia la habitación. Veo la espalda de Shizuko, sentada en la silla. Le dice a mi madre:

—Es la sangre la que permite relacionar a un padre con su hijo, pero cuando uno mira sus rostros esa prueba no es necesaria... ¿Y quién es esa niña vestida con uniforme de marinera?

Un momento de silencio.

—¿Yukiko a los trece años? —continúa Shizuko—. ¿Esa niña se llama Yukiko? El nombre es casi idéntico al de Yukio. Se parece un poco a Natsuko, o más bien a Tsubaki. ¿Hay alguna relación de parentesco entre esta chica y Yukio? No, no es posible. No hay ningún parentesco...

Siento que mi cuerpo se congela. Cada palabra que pronuncia Shizuko me estremece. «¿Seré yo el niño que está con Yukiko?» Me levanto. La cabeza me da vueltas. Ya no oigo.

La noche ha caído sin hacerse notar. Shizuko cierra todas las puertas y les echa el cerrojo desde dentro. La luz de la habitación está apagada. Me quedo inmóvil en la oscuridad.

Entro en la habitación. Lentamente me acerco a la biblioteca donde guardo los tres libros del padre de Yukiko. Con mano temblorosa, tomo de nuevo el mismo libro y saco el papel doblado en cuatro. Lo despliego con prudencia y lo dejo sobre el escritorio. Tiene la dirección de Yukiko en el extranjero escrita en tinta negra. La miro largamente. De golpe, Shizuko llama a la puerta. Me dice con aire inquieto:

—A tu madre le pasa algo...

Alrededor de las diez de la noche, mi madre entra en coma. Shizuko se apresura a llamar al médico y a todos los niños.

Me quedo sentado junto a mi madre. De vez en cuando le repito: «Mamá, ¿me oyes?». No hay respuesta. Miro largo rato su rostro pálido. Sigue teniendo las dos fotos en la mano.

Al cabo de un momento, me doy cuenta de que en la otra mano tiene algo envuelto en una vieja tela blanca. Toco su mano, que ya no reacciona. Tomo suavemente el objeto. Abro la tela. «Hamaguri!» Se me corta el aliento. La boca de la concha sigue cerrada con una faja de papel amarillento. La sacudo. Tacatacataca... Desgarrado, el papel se desprende fácilmente. La piedrita cae al suelo. Veo en el hueco de las valvas los dos nombres escritos en *hiragana*: «Yukiko» y «Yukio». Contengo las lágrimas.

Miro fijamente las dos fotos que tiene mi madre en la mano. Tomo la de Yukiko con el niño pequeño, «yo». Me tiembla la mano. La foto ha caído sobre su cara. Veo entonces que han agregado algunas palabras con una escritura incierta. Leo: «Hijo mío, eres lo que más quiero en el mundo».

Miro de nuevo el rostro de mi madre y le tomo la mano, que se enfría poco a poco. Mis lágrimas caen sobre nuestras manos.

Tsubame

I

Alzo los ojos.

Cubierto de espesas nubes, el cielo se extiende hasta el infinito. Hace un calor y una humedad anormales para un final de verano. Aún es temprano, por la mañana. Pero ya siento la camisa empapada de sudor.

Una pareja de golondrinas pasa rápidamente sobre mí. Van y vienen entre el techo de una casa y un cable de electricidad. Pronto partirán hacia un país cálido. Cómo me gustaría viajar tan libremente como ellas.

Una vez mi madre me dijo: «Si se pudiera renacer, me gustaría renacer como pájaro».

Camino por el sendero que bordea el estanque, un atajo que lleva a casa de mi tío. Debo entregarle unas mazorcas de maíz que mi madre acaba de hervir. El calor se propaga a través del papel de periódico. Mi tío trabaja como jornalero en un dique de Arakawa donde están construyendo un canal de evacuación. Transporta tierra y grava con una carretilla. «La paga es mínima, pero es mejor que nada.»

Al pasar ante el estanque veo ácoros en plena floración. Me detengo y los miro unos instantes. Pienso: «Qué extraño. Normalmente estas flores solo se abren en mayo o en junio». No hay viento, la superficie del agua permanece inmóvil.

Un momento después, me acuerdo de lo que me dijo mi madre anoche: «Hace semanas que no hay ratas en la casa». Para mí era una buena noticia, porque el ruido de las ratas perturbaba nuestro sueño. Sin embargo, me pareció que había inquietud en la cara de mi madre.

Arrojo una piedra en el estanque. Los círculos se extienden ondulando en el agua. Los observo hasta que desaparecen. Luego sigo caminando a paso rápido.

Cuando llego a casa de mi tío lo encuentro a punto de salir. Sorprendido por mi presencia tan temprano por la mañana, me pregunta:

—¿Qué sucede, Yonhi? ¿Tu madre está enferma?

Sonrío sacudiendo la cabeza.

—No. Mamá no trabaja ni hoy ni mañana. Su patrón se ha ido con la familia de vacaciones al campo.

Le tiendo el paquete. Curioso, abre el papel de periódico. Clavo un segundo mi mirada en sus dedos finos, inadecuados para el duro trabajo manual. Él exclama:

—¡Mazorcas de maíz! ¡Gracias!

Guarda el paquete en su bolsa y saca un poco de dinero del bolsillo de su vieja camisa.

—Cómprate unos caramelos —me dice, dándome el dinero.

Yo exclamo:

—¡Es demasiado!

Con ese dinero podré comprar los caramelos que quiero probar desde hace mucho. Mi tío me acaricia la cabeza con aire feliz.

—Perdóname, Yonhi. Debo irme. Si llego tarde perderé mi trabajo. Dale las gracias a tu madre. Iré a visitaros pronto. ¡Adiós!

Se va corriendo.

En el camino de regreso me cruzo con un grupo de chicas de mi edad. Vestidas con un kimono y un *hakama*, se dirigen hacia su colegio. El pelo negro, atado con una cinta, les cubre los hombros. Cantan una canción con aire alegre. Por un momento me pregunto: «¿Ya empezaron las clases de nuevo?». Sin embargo, no llevan nada en las manos. Con los ojos bajos, sigo caminando.

Yo nunca voy a la escuela. Estudio en casa. Mi madre me enseña las escrituras japonesa y coreana. Ya conozco bien el *hiragana*, el *katakana*, el *hangûl* y unos trescientos caracteres del *hanmun*. Durante el día me ocupo de la limpieza, lavo la ropa y hago las compras.

Me detengo y me doy la vuelta. Las alumnas se alejan cada vez más y desaparecen de mi vista.

Entro en casa. Mi madre está sentada en la silla de bambú, delante de la entrada. Está deshaciendo cuidadosamente las costuras de su *chima* negra con unas tijeras. Se vuelve hacia mí:

—¡Ah, ya has vuelto! ¿Llegaste a tiempo para verlo?

—Sí. Me dijo que te lo agradeciera y que pronto vendrá a visitarnos.

Le muestro el dinero que acabo de recibir. Mi madre sonríe.

—¡Tienes suerte! Guárdalo bien.

Miro la *chima* sobre sus rodillas. Los pedacitos de hilo han caído al suelo. Aquí ella solo conserva una *chima* y un *chogori* de Corea. Pregunto:

—¿Qué haces, mamá? Esa *chima* todavía está en buen estado.

Mi madre contesta:

—Ya no la uso. Quisiera usarlo para hacerte un pantalón de invierno.

Me guardo el dinero en el bolsillo y me siento sobre una caja de madera que está cerca de la entrada. Hace fresco, como si el calor sofocante de fuera no existiera. El *nagaya* sigue bajo la sombra de un edificio alto que está detrás. Es una fábrica de medicamentos químicos. Nosotros vivimos en el cuarto que está al final del *nagaya*. Salvo nosotros, todos son japoneses. Son gente de provincias que están aquí como temporeros. Mi madre me dice que por el acento fuerte que tienen es difícil entenderlos. No vamos a visitar a los vecinos. Ellos nos evitan, en realidad.

Hoy no hay nadie en el callejón, ni siquiera los gatos vagabundos que suelen venir a buscar comida alrededor del *nagaya*.

Miro distraídamente el rostro blanco de mi madre. No tiene arrugas en la frente. Los ojos almendrados, los pómulos algo sobresalientes. El largo pelo negro atado en la nuca, con la raya al medio. La espalda bien recta. Mi tío me dijo el otro día: «Tu madre habla dulcemente y no levanta la voz. Todavía se mueve con gracia. ¡Qué lástima! Hemos caído en la miseria por culpa de la colonización japonesa. Pero no olvides que somos de buena cepa».

En Corea, mi madre era profesora de educación doméstica en un colegio para muchachas. Mi tío era escritor y periodista.

Vuelvo a mirar a mi madre, que sigue deshaciendo las costuras. Sus manos se mueven con habilidad. Aunque la piel de su cara sea suave, la de sus manos es rugosa y en invierno se agrieta. Mi madre trabaja como barrendera. Limpia en una casa de ricos. Cuando era demasiado pequeña para quedarme sola en casa, la acompañaba al trabajo. En casa del patrón había niños. Yo nunca jugaba con ellos. Los padres les prohibían dirigirme la palabra.

Indecisa, pregunto a mi madre:

—¿Por qué tú y mi tío vinisteis a Japón?

Mi madre me echa un vistazo, pero no dice nada. Sus manos no paran de moverse. Insisto:

—¿Por qué?

Ella guarda silencio. Repito una vez más:

—¿Por qué?

Deja de mover las manos y levanta la cabeza. Su mirada flota por un segundo. Luego dice, muy seria:

—Ahora tienes doce años. Eres capaz de guardarte para ti lo que voy a decirte, ¿verdad?

Yo digo:

—Sí.

Ella sonríe:

—Es raro verte tan insistente.

Hace una pausa y me susurra al oído:

—Mi hermano y yo huimos de nuestra patria.

«¿Cómo? ¡Huyeron! ¿Qué habrán hecho?» Impactada, miro a mi madre, que dice:

—No tengas miedo. No somos criminales.

Mi madre me explica. Yo la escucho atentamente.

En Corea, ella y mi tío habían participado en el movimiento independentista. Los japoneses querían colonizar Corea lo antes posible. Y en 1909, dos años antes de que yo naciera, un político japonés muy importante había sido asesinado en Harbin por un patriota coreano. En el entorno de mi madre y mi tío, la represión contra los activistas se volvió cada vez más dura. Al año siguiente, los coreanos perdieron su país. A mi tío le prohibieron publicar. Mi madre tuvo que dejar de trabajar en la escuela. Los japoneses citaban a mis abuelos para interrogarlos sobre ellos. Mi madre y mi tío tuvieron que abandonar la ciudad, pero no sabían adónde ir. Se encontraron por casualidad con un compañero que intentaba embarcarse rumbo a Japón en un barco clandestino. Decidieron huir del país con él, y fue así como llegaron a Japón.

—De eso hace ya trece años... —dice mi madre.

Calla un instante y agrega en voz baja:

—Pero seguimos creyendo en nuestra independencia. No debes olvidarlo, aunque hayas nacido aquí. De todos modos, con tu sangre coreana, tú nunca podrás ser japonesa.

La interrumpo:

—Dicen que Japón trata a Corea como a un miembro de su familia, y que un buen ejemplo de eso es la boda de la princesa Masako con el príncipe Un.

Mi madre sacude la cabeza, dura:

—No, no. Es un matrimonio político impuesto por Japón. En Corea, la familia imperial nunca aceptó un matrimonio internacional. Además, ese príncipe era el último heredero de la dinastía Choson. ¡Qué impudicia! ¡Qué humillación! Ya ves lo que urde Japón.

«¿Un matrimonio político? ¿Un matrimonio internacional? ¿Qué será eso?» No entiendo. Me quedo en silencio. Mi madre me ignora. Continúa:

—Antes de esa boda impuesta, el príncipe era el novio de una coreana de alcurnia. ¡Imagínate cómo debe de sentirse una pareja que es separada de esa manera, y sobre todo cómo debe de haberse sentido esa mujer, que estuvo más de diez años esperando casarse!

Mi madre suspira. Miro largamente el cielo gris. Me quedo pensando. Ella pregunta:

—¿En qué piensas?

Contesto sin mover la cabeza:

—En los sentimientos de la princesa japonesa.

Mi madre no dice nada. Alza los ojos al cielo. Tras un largo silencio, dice:

—Un día regresaremos a nuestro país.

Asombrada, repito:

—¿A nuestro país?

—Sí.

—¿Mi tío también?

—Sí, él también.

Miro el *nagaya* en el que vivo desde que nací: el largo techo que cubre varias habitaciones, las paredes en ruinas, las ventanas vidriadas que se abren con dificultad, el callejón donde la luz del sol nunca llega.

—No me puedo imaginar viviendo en Corea. Es un lugar al que nunca he ido.

Mi madre asiente con la cabeza.

—Es lógico. Pero no quiero que tú vivas aquí como yo.

Vuelve a deshacer las costuras. Con los ojos clavados en sus manos, medito otra pregunta que me preocupa todo el tiempo. Pero no me atrevo a hacérsela. «¿Cómo era mi padre?» Nunca lo he visto. Según mi madre, desapareció antes de que yo naciera. «¿Era como mi tío?»

Cuando tenía tres o cuatro años, mi madre me dejaba de vez en cuando al cuidado de su hermano, que en esa época vivía con nosotros.

Escribía en la pequeña mesa fumando un cigarrillo. Se golpeaba la mejilla y soltaba unos anillos. Eso me gustaba mucho. Trataba de atraparlos con las manos. Acostado en el suelo, me contaba historias inventadas. Cuando hacía buen tiempo, me llevaba a la colina que estaba cerca de casa. Yo me subía a horcajadas sobre él. Cantábamos «Arirang». La canción de nuestra patria.

«¿Cómo era mi padre?» Me repito la pregunta mentalmente mientras miro a mi madre, que mueve las manos sin parar.

—Mamá...

Ella contesta sin levantar la cabeza:

—¿Qué?

Me quedo callada. Ella vuelve la cabeza y dice:

—¿Qué quieres?

Bajo los ojos un instante.

—¡Tengo hambre!

La cara de mi madre se suaviza. Sonríe.

—Pronto comeremos. Puedes lavar y cortar verduras, ¿no es cierto?

Sacude la tela para que caigan los pedacitos de hilo. Cuando entro en la cocina oigo a mi madre decir a mi espalda:

—No hay nada más precioso que la libertad. Nunca lo olvides, Yonhi.

A la mañana siguiente me despierta el ruido de la lluvia y el viento que tamborilean contra las *amado*. Aguzo el oído. Las puertas tiemblan cada vez más. La luz del exterior penetra por los intersticios. Miro el reloj en la pared. Son las ocho menos diez. Mi madre ya está trabajando con la aguja bajo la bombilla desnuda. Me levanto. Sobre la mesa hay dispuestos unos cuencos y unos palillos con un plato de *kimchi*.

Frotándome los ojos, le digo a mi madre:

—¡Qué tormenta! Parece un tifón.

Ella se sienta a la mesa y llena los cuencos de arroz y sopa de verduras. Dice:

—Me alegro de no ir a casa de mi patrón con este tiempo.

Pregunto:

—¿Por qué se fueron de vacaciones de repente, él y su familia?

Mi madre contesta con una expresión extraña:

—Oí que mi patrón le decía a su mujer antes de irse: «¡Es aterrador! No veo ninguna golondrina por aquí. Y la época de migración no ha llegado aún. ¿Dónde estarán?». Su mujer le dijo: «Alguien me contó que hay muchas en el campo este año». Mi patrón le ordenó de inmediato que se preparara para irse.

Por un momento, el rostro de mi madre se ensombrece. Me arrepiento de haberle hecho la pregunta. El calor anormal, los ácoros en plena floración, la desaparición de las ratas... ¿Irá a suceder algo malo? No, ayer por la mañana vi una pareja de golondrinas. Comemos en silencio.

Tras fregar los platos, me instalo de nuevo a la mesa para trabajar. Escribo una composición en coreano y reviso los nuevos caracteres del *hanmun* que mi madre me mostró a principios de la semana.

Hacia las diez, el viento se calma y la lluvia cesa. Abro las *amado*. El calor entra en el acto. Le digo a mi madre:

—¡El cielo está totalmente despejado! ¿Adónde se ha ido la tormenta?

Ella dice:

—Esta tarde hará mucho calor. Hoy es primero de septiembre. Este año el otoño llegará más tarde de lo habitual.

Sale de la casa con su costura y pone la silla de bambú delante de la entrada. Me llama:

—Ven aquí. El aire es mejor.

Contesto:

—No. Primero me gustaría terminar mi trabajo. Luego iré a la colina a recoger campánulas. Hay muchas.

Mi madre sonríe. Son sus flores preferidas.

Es casi mediodía cuando vuelvo a casa. Pongo el ramo de campánulas en una botella. Mi madre cocina canturreando. Veo en la mesa las últimas mazorcas de maíz cocidas en la canasta de bambú. Traigo de la cocina cuencos y palillos. En el momento en que los deposito sobre la mesa se oye un ruido siniestro. «¿Qué es eso?» Se me para el corazón. Hay un estruendo y, un segundo después, la casa se pone a temblar. Trastabillo. La canasta se vuelca y las mazorcas de maíz se desparraman por el suelo. La bombilla desnuda que cuelga del techo se balancea de derecha a izquierda. El reloj se descuelga. Quiero llamar a mi madre, pero lo único que puedo hacer es aferrarme a la columna de la casa. Mi madre grita desde la cocina:

—¡Yonhi, rápido!

Arrastrada por el brazo de mi madre, salto afuera. La tierra sigue temblando. Los vecinos corren hacia la calle principal. Los niños lloran. Me estremezco, caigo, repto. Mi madre me sujeta con fuerza de la mano. Detrás se oye el ruido de una explosión. Es la fábrica de medicamentos. El *nagaya* ya ha estallado. «¡Nuestra casa ha desaparecido!» La fábrica empieza a arder. El impacto me impide correr. Caen chispas del cielo. Mi madre grita:

—¡Date prisa! Si no, quedaremos atrapadas en el humo.

Tiene el rostro completamente lívido.

Mi madre y yo seguimos a la muchedumbre que se precipita hacia la colina de la que acabo de volver. Nos enteramos enseguida de que el camino está bloqueado por un gran edificio destruido. Hay que tomar un rodeo.

Escapamos a toda velocidad. Sofocada, suplico: «Mamá, detente un momento. Ya no puedo seguir corriendo». Pero mi madre no se detiene y me arrastra. Me doy cuenta de que una bolsa de tela blanca cuelga de la cintura de mi madre. Pregunto:

—¿Qué llevas en tu bolsa, mamá?

Ella susurra:

—Dinero y mi diario.

—¿Cómo lo hiciste? No ha habido tiempo para llevarse nada.

—Lo tenía escondido en un extremo de la estantería de la cocina. Estaba preparada para cualquier eventualidad.

Después de caminar más de una hora, llegamos a la cima de la colina, que ya está llena de gente. Todos gritan: «¡Mirad! ¡Allí! La ciudad está atrapada en un mar de fuego. ¡Tokio va a desaparecer!».

Agotada, me siento en una piedra. La tierra vuelve a temblar. Me aferro a mi madre, que me tranquiliza. «Solo durará unos segundos. No te preocupes.»

Tengo hambre y sed. No he comido nada desde la mañana. Por el momento, el dinero que lleva mi madre no sirve para nada. Me digo: «Mejor hubiera sido traer agua o mazorcas de maíz en vez de la bolsa».

Sigue haciendo mucho calor. Los niños gritan: «¡Agua!». Mi madre se sienta apoyándose contra la piedra y me hace señas para que pose mi cabeza sobre sus rodillas. Obedezco en silencio y cierro los ojos. Me resulta imposible dormir, pues a unos pasos de aquí hay un niño de dos o tres años que llora todo el tiempo en brazos de una mujer joven. Ella trata de calmarlo acunándolo, pero sus gritos aumentan.

Siento el olor de las plantas. Yo llamo a este lugar «la colina de las gencianas». En otoño, las flores, de un violeta pálido, se abren entre las rocas. Me gusta la forma de campanilla que tienen, como la de las campánulas. Solía venir aquí con mi tío cuando era pequeña. Ahora vengo a pasear sola. Por lo general no veo a nadie en la cima. Tendida sobre las plantas, miro el cielo y me duermo.

Debo incorporarme, pues mi madre acude a ayudar a la mujer joven. Toma el niño en sus brazos, le acaricia la cara y la cabeza suavemente mientras camina alrededor de la mujer. El niño se calma y se duerme. Mi madre vuelve entonces a dejarlo en brazos de la mujer, que, inclinándose varias veces, dice:

—¡Gracias, muchas gracias, señora!

Suben al cielo enormes cumulonimbos. Es una escena siniestra. Me digo: «Hizo bien el patrón de mi madre en irse de la ciudad». Le susurro a mi madre:

—Espero que mi tío esté sano y salvo.

Mi madre me susurra al oído:

—No te preocupes. Trabaja en un lugar seguro. Pronto volveremos a vernos.

Cae la noche. El fuego persiste en la ciudad. Sin embargo, algunos empiezan a bajar de la colina. Pregunto:

—Mamá, ¿dónde podemos dormir esta noche?

Mi madre contesta:

—Es mejor que nos quedemos aquí. Todavía es peligroso ir a cualquier sitio.

—Pero mi tío se va a preocupar —digo.

—Lo sé. Mañana podremos ir a su casa o al dique de Arakawa —dice.

Me doy cuenta de que la mujer del niño nos está mirando. Apenas se cruza con mi mirada, baja los ojos. Debe de tener curiosidad por saber qué decimos en nuestra lengua.

A la mañana siguiente llegan a la colina unos soldados que traen *onigiri* de *genmai* en cajas. Cada uno recibe una. Como con avidez y sigo con hambre. Miro a mi madre, que deja de masticar y me da su último pedazo. Lo acepto y le devuelvo la mitad. Mi madre me sonríe débilmente.

De pronto se oyen gritos. Luego, varios hombres se presentan ante la multitud. Tienen un sable, una lanza de bambú, un bichero. No entiendo lo que sucede.

Uno de los hombres dice:

—¡Detengan a todos los coreanos! Son peligrosos. Están tratando de arrojar veneno en los pozos.

La multitud se agita. Otro hombre suelta:

—¡Los coreanos provocan incendios! ¡Roban a mano armada! ¡Violan a las mujeres!

«¿Qué?» Miro a mi madre. Con la boca sellada, me hace señas de no hablar. Su cara está completamente crispada.

El tercer hombre dice:

—¡Capturen a todos los coreanos sin excepción!

Los demás hombres lanzan gritos blandiendo las armas. La multitud entra en pánico. Yo no me muevo. Todo mi cuerpo tiembla de miedo. La mujer del niño nos mira a mi madre y a mí. Los hombres armados circulan entre la gente. Uno se detiene ante mi madre con aire desconfiado. En el momento en que abre la boca, la mujer grita:

—¡Señora Kanazawa! No sabía que estaba aquí.

Se acerca con el niño en brazos. El hombre le pregunta:

—¿La conoce?

—¡Por supuesto! Somos vecinas desde hace años. Desgraciadamente, nuestro apartamento ha quedado destruido por completo por el fuego. ¡Qué horror! Lo he perdido todo, muebles, ropa, incluso dinero. No sé cómo haré para vivir a partir de ahora.

Ignora al hombre y prosigue. Súbitamente, el niño se echa a llorar en sus brazos. El hombre se va con los demás. Mi madre y yo notamos la huella roja de un pellizco en uno de los brazos del niño. La mujer lo acuna diciendo: «Lo siento, mi pequeño».

Mi madre se inclina profundamente ante la mujer. Y luego toma unos billetes de la bolsa y se los tiende. Pero la mujer los rechaza sacudiendo la mano. Entonces mi madre le da el dinero al niño, que deja de llorar. Mi madre sonríe y le acaricia la cabeza. La mujer dice en voz baja:

—¡Cuidado, señora! Vele por su seguridad.

Miro a mi madre. Las lágrimas corren por sus mejillas. Se levanta y me dice:

—Es hora de irnos.

Mi madre y yo estamos en la calle. Caminamos evitando las miradas, sin decir una palabra. No me atrevo a preguntarle adónde vamos. Su cara sigue contraída. Dice:

—¿Quién podría hacer semejante cosa en este estado de emergencia? Estamos ocupados huyendo del fuego. No son los coreanos los que conspiran contra los japoneses. ¡Es al revés!

Estoy cansada. Le suplico:

—Mamá, hagamos un alto en alguna parte.

Encontramos una casa abandonada, una de cuyas paredes está medio derrumbada. En el patio trasero hay un pedazo de chapa apoyado contra la pared. Nos escondemos allí. Debajo hace demasiado calor, y quiero salir. En el momento en que me agacho bajo la chapa oigo pasos alrededor de la casa. Mi madre me arrastra en el acto hacia atrás. Me aferro a su cuello.

La voz de un hombre dice:

—Allá. ¡Atrápenlos a todos!

Estoy congelada de terror. Mi madre me sujeta los hombros con fuerza. Sus manos tiemblan.

Por la noche llegamos al barrio de mi tío. Su casa, que no es más que una casucha, está toda aplastada.

Le pregunto a mi madre:

—¿Dónde está?

Ella contesta:

—Estoy segura de que él también nos está buscando.

Caminamos entre las ruinas del barrio. Mientras miro el cielo oscuro, pregunto:

—¿Dónde pasaremos la noche, mamá? Tengo miedo.

Ella reflexiona y dice:

—Yonhi, te voy a dejar en una iglesia que conozco, si es que todavía existe.

—¿En una iglesia? ¿Por qué? Quiero ir a cualquier parte contigo.

Ella dice con un tono grave:

—Escúchame bien. Quiero que estés segura. Es demasiado peligroso que me acompañes.

—¿Adónde vas?

—Trataré de contactar con los amigos de mi hermano antes de ir al dique de Arakawa.

La noche ha caído. Mi madre me lleva a esa iglesia que, salvo por una cruz encima de la puerta, se parece a una casa normal y corriente. El terreno está rodeado por unas cercas de madera. Los cosmos están en flor. Mi madre exclama:

—¡Qué alegría! Se salvó por la gracia de Dios. ¡Ella te protegerá, estoy segura!

Saca un cuaderno y un lápiz de su bolso. Yo digo:

—Es tu diario, ¿verdad?

—Sí.

Escribe unas frases en una página en blanco. Luego la arranca y la dobla en cuatro.

—Ante todo, dale esta carta al cura —dice.

Pregunto:

—¿Qué has escrito?

—Que volveré a buscarte mañana, durante el día.

Se quita la bolsa de la cintura y vuelve a guardar su diario.

—El cura se quedará con mi bolsa hasta que vuelva —dice.

Pregunto:

—¿Con el dinero también?

—Sí, con el dinero también.

Se calla un instante y me mira de frente. Dice, muy pálida:

—Yonhi, aquí debes fingir que eres japonesa. Lo mejor es que te quedes callada. ¿Lo entiendes?

Bajo la cabeza. Ella agrega:

—En la carta escribí que te llamas Mariko Kanazawa. No pronuncies tu nombre verdadero, Yonhi Kim, ante nadie.

Estupefacta, levanto la vista. «¿Mariko Kanazawa?» Al cabo de un momento, recuerdo que en la cima de la colina la mujer del niño llamó a mi madre «señora Kanazawa».

Mi madre dice:

—Nunca olvides a la mujer que nos salvó.

—Sí. Pero ¿por qué has elegido ese nombre, Mariko?

Sonríe.

—Quiero que te proteja María.

—Tengo miedo, mamá.

—Ten paciencia. Estaré de regreso mañana.

—¿Lo prometes? ¿Aun sin el tío?

—Sí, lo prometo. Pero tú, ¡ten valor!

Me estrecha muy fuerte y repite: «Mi querida...». Luego me mira fijo y dice:

—Ahora ve.

Me dirijo hacia la entrada de la iglesia. Llamo a la puerta. Un hombre de barba negra aparece. «¡Es un extranjero!» Retrocedo, sorprendida, y me vuelvo hacia la cerca. Mi madre ya no está allí. Los cosmos se sacuden levemente en la luz débil.

—*Jishin! Jishin!*

A la mañana siguiente me despierta el grito de un chico. Por un momento creo que es el niño que estaba en brazos de la mujer joven, en la colina. Pero no es él. «¿Dónde estoy?» A mi alrededor duermen varios niños más pequeños que yo. «¿Quiénes son?» Cuento ocho. Recuerdo que, la víspera, comí la sopa que me sirvió el cura extranjero y que apenas me acosté me quedé dormida. Pero no me di cuenta de que había otros niños en la habitación. Sentada en el futón, los miro distraídamente.

Una niña se despierta a mi lado. Debe de tener nueve o diez años, y parece la mayor de todos. Frotándose los ojos, me pregunta:

—¿Quién eres?

No contesto. La chica continúa:

—¿Cómo te llamas?

No digo nada. Me mira de frente.

—Debes de ser huérfana como nosotros, ¿verdad?

«¿Huérfana? ¿Estaré en un orfanato?»

Toma en sus brazos al niño que sigue repitiendo sin cesar: «Jishin! Jishin!».

La chica le dice:

—Todo está bien. No tengas miedo. ¡Ya tienes tres años!

Cuando el niño se calma, ella empieza a ordenar la ropa de cama y yo la sigo. El hombre de barba negra entra en la habitación. Es el cura extranjero de anoche, el que me dio la sopa.

Me dice amablemente:

—Mariko, ¿has dormido bien?

«¿Mariko?» Bajo los ojos. La chica pregunta al cura:

—¿Se llama Mariko? ¿Es muda?

Él le contesta:

—No. Mariko está cansada, nada más. Está esperando a su madre, que fue a buscar a su tío.

La chica me dice en voz alta:

—¡Entonces no eres huérfana!

Todo el mundo me mira.

Después de lavarse, los niños vuelven a la habitación. Plegados en dos, los futones se amontonan en un rincón. El cura coloca una mesa baja y larga en el medio. Los pequeños ponen los cubiertos. Los grandes llenan los cuencos de arroz y de sopa. Cuando todo el mundo se sienta a la mesa, el cura pronuncia unas palabras de agradecimiento por la comida. Luego cantan una canción que no conozco. Durante la comida se oye el ruido de la puerta corrediza. «¡Mamá!» Miro al cura. Él me dice:

—No te muevas, Mariko. Voy a ver.

Unos minutos más tarde, vuelve sacudiendo la cabeza. La chica que me dijo «¡Entonces no eres huérfana!» le pregunta:

—¿Quién es?

El cura contesta:

—La señora Tanaka.

Ella vuelve a preguntar:

—¿Qué le ha ocurrido a *obâchan*? No ha venido esta mañana, como de costumbre.

—Su casa fue destruida. Vivirá aquí con nosotros hasta que encuentre un lugar donde quedarse.

Los niños exclaman:

—¡*Obâchan* vivirá aquí! ¡La queremos mucho!

El cura sonríe. Yo como en silencio.

Tras fregar los platos, los niños salen. Yo me quedo en la cocina, sentada en una silla. Cada vez que oigo que se abre la puerta corrediza de la entrada, corro para escuchar la voz. Pero nunca es mi madre ni mi tío.

Cae la noche. Miro por la ventana la cerca delante de la iglesia. Repito: «Dios, sálvalos, por favor».

Los espero una semana, dos semanas, tres semanas... Como muy poco, no digo una palabra. La chica mayor le dice al cura: «Mariko es realmente muda». El niño más pequeño pregunta: «¿Muda? ¿Qué quiere decir eso?». Es el niño que gritaba «Jishin! Jishin!». La chica contesta: «Que no puede hablar». El niño dice: «No lo creo. Solo está triste. Cuando yo estoy triste tampoco quiero hablar». El cura le dice: «Tienes razón, mi pequeño».

Ha pasado un mes desde el terremoto. Sigo esperando el regreso de mi madre y mi tío. Pero no hay noticias de ellos. Tengo todo el tiempo la misma pesadilla y me despierto en plena noche.

Los niños de la iglesia vuelven a asistir a la escuela. Yo me quedo aquí con el niño de tres años. La enseñanza es obligatoria hasta los doce años. Pronto tendré trece. No hace falta que me inscriban. Sin embargo, nadie sabe que nunca he ido a la escuela.

Todas las mañanas, la señora Tanaka, a la que los niños llaman *obâchan*, viene a trabajar a la iglesia. Se instaló hace poco en una casa del mismo barrio. Yo no hago más que deambular por el jardín. Sigo teniendo miedo de salir y de que me vean, aunque ya no se oiga gritar en la calle: «¡Capturen a todos los coreanos!».

De vez en cuando la señora Tanaka me pide que la ayude a fregar los platos o hacer otras tareas menores. Cuando termino mi trabajo, me dice: «¡Excelente, Mariko! A tu edad, ¿cómo es posible que seas tan buena limpiando?». Nunca la veo enfadada. Siempre guarda una sonrisa en sus anchos labios. Y tiene los ojos redondos.

El niño pequeño juega a mi lado. Por la tarde duerme la siesta. Un día decido volver a la colina. Él me sigue con un avión de papel que le dio el cura. El paseo es algo largo para él. Pero continúa caminando sin quejarse. Llegados a la cima, el niño exclama mirando la ciudad allí abajo: «¡Qué alto!». En el acto, lanza el avión de papel y corre tras él. Me pide que volvamos aquí todas las tardes.

Todavía no han reconstruido la ciudad. Los escombros del incendio subsisten. La fábrica de medicamentos y nuestro *nagaya* han desaparecido. La vista de la ciudad ha cambiado por completo. Lo que no ha cambiado es la colina. Encuentro la piedra en la que me había sentado. Desde aquí miraba con mi madre el fuego en la ciudad. Cerca de nosotros, un chico lloraba en los brazos de una mujer joven. Hay otras cosas de las que no me gusta acordarme.

Camino buscando campánulas. Ya no quedan. Me acuesto sobre la hierba. Cierro los ojos. Me quedo así mucho tiempo y me duermo.

Un día, en la cima de la colina, el niño pequeño, escondiendo algo a su espalda, me dice:

—*Onêchan*, te doy un regalo.

Estoy tumbada de espaldas. Él sonríe.

—Cierra los ojos, por favor.

Cierro los ojos. Él dice:

—¡Mira!

Me da una genciana. Atraída por el violeta pálido de las florecillas con forma de campanilla, me incorporo. Se sienta a mi lado y dice:

—Son hermosas, ¿verdad?

Las lágrimas empiezan a correr por mis mejillas. Él pregunta:

—¿Qué tienes?

No puedo parar de sollozar. Él me salta al cuello.

—¡No llores!

Estrecha mi cabeza entre sus brazos, largo rato. Cuando me calmo, me doy cuenta de que es la primera vez que lloro desde que mi madre y mi tío desaparecieron. El niño me acaricia la cabeza.

—Mariko, Mariko. ¡Qué hermoso nombre! Es como el de María, que nos protege. Padre dice que su corazón es grande como el cielo y fuerte como el roble.

Empieza a soplar el viento seco y frío del invierno. La primera nieve cae a principios de noviembre. Los días nublados se prolongan un poco. Sigo subiendo a la colina con el niño pequeño. Él lleva un avión de papel hecho por él mismo. Sentada en el suelo, lo vigilo. Continúo sin hablar con nadie en el orfanato.

Una tarde miro por la ventana el cielo cubierto de nubes bajas. A mi lado, el niño duerme. En el jardín, el cura bombea agua del pozo y lava unos *daikon* en un balde de madera. Lleva siempre su viejo hábito negro. El otro día, la chica que le preguntó si yo era muda me contó que el cura llegó a Japón desde un país lejano. Perdió a sus padres en una guerra en Europa. Solo tenía cuatro años. «De modo que hace años que el cura también es huérfano», dijo ella.

La señora Tanaka entra en la habitación con telas y un costurero. Se sienta junto a la ventana. Despliega una tela negra y pone encima el viejo pantalón que me dieron unas semanas después de llegar. Corta la tela siguiendo la forma del pantalón. Trabaja hábilmente, como mi madre. Veo en la tela negra la imagen de mi madre y su *chima*, con el que me hizo un pantalón de invierno. La señora Tanaka me sonríe.

—Es para ti, Mariko. Descosí el hábito nuevo que acaba de recibir el cura. Él me pidió que lo usara para hacer tu ropa.

Me gustaría mucho darle las gracias a la señora Tanaka, pero soy incapaz de pronunciar la palabra. Bajo los ojos. Ella mira al niño pequeño y dice:

—Duerme bien.

Y me susurra:

—Los niños de aquí no conocen a sus padres. Son niños abandonados. A este pequeño lo dejaron ante la puerta de la iglesia envuelto en una tela. Era tan hermoso... No había ningún mensaje con él. Parecía tener seis o siete meses. Pese a su desgracia, ha llegado a ser un buen chico gracias a la ternura del cura.

El niño se da la vuelta en el futón. La señora Tanaka deja de hablar y se levanta para taparlo con la manta. Vuelve a sentarse y sigue trabajando. Mira al cura, que lava los *daikon*, y dice:

—Todos los años la iglesia de su país le envía cortinas, sábanas, un hábito de cura y algunos pedazos de tela. El cura usa todo para los niños. Otras mujeres cristianas y yo le ayudamos a convertirlo en camisas, pantalones, faldas... Por eso siempre viste esa vieja prenda negra.

La nieve cae en copos leves. El cura termina de lavar los *daikon* y tira el agua del balde en un rincón del jardín. Luego coloca un gran pedazo de madera delante de la cerca y lo parte con un hacha. Su hábito negro y largo se agita cada vez que blande el hacha.

La señora Tanaka agrega sonriendo:

—¿Sabes, Mariko?, nosotras, las mujeres, lo hemos apodado «el señor Tsubame».

Las flores de los melocotoneros del jardín empiezan a abrirse. Los gorriones trinan ruidosamente en los árboles. Hay brotes de sauce en la orilla del río. El viento ya no es el del invierno. Empieza la primavera.

Salgo a pasear todos los días. El niño pequeño me sigue a todas partes después de su siesta. Yo camino tanto como puedo. Al final del día, agotada, me quedo dormida apenas me acuesto. Eso me evita pensar en mi madre y en mi tío. Pero me despierto a menudo, la almohada empapada en lágrimas.

Un día, la señora Tanaka instala un *hibachi* ante la puerta de la iglesia. Pone dentro carbón de leña y lo enciende. Una vez colocada la parrilla sobre el *hibachi*, los niños rodean a la señora Tanaka, curiosos. El niño pequeño le pregunta:

—¿Qué haces, *obâchan*?

Ella dice:

—¡Vamos a comer algo rico!

Trae una red llena de grandes conchas. Alguno de nosotros grita:

—*Hamaguri!*

La señora Tanaka dice:

—¡Exacto! Veo que sabes cómo se llaman estas conchas. Es la temporada. Las comemos todos los años en la fiesta de las chicas.

Una chica le pregunta:

—¿Por qué?

—En las *hamaguri* hay solo dos partes que encajan entre sí, aunque a primera vista parecen iguales. Lo que deseamos es que las chicas puedan encontrar al hombre ideal para el resto de sus vidas.

Todos se ríen, burlones. La señora Tanaka dice con tono serio:

—Después de comer, jugad con las conchas y buscad los pares originales. No es fácil, os daréis cuenta muy pronto.

El carbón de leña arde bien. Las conchas abren su boca una tras otra. El jugo cae sobre el fuego. El olor sabroso se propaga. El cura sale de la iglesia.

—¡Huele bien! ¿Qué es?

El niño pequeño contesta:

—¡El olor de la primavera!

Todo el mundo ríe.

El sol calienta rápidamente. El campo que rodea la iglesia está cubierto de astrágalos rosados. Tumbada sobre la hierba, miro el cielo. Una pareja de golondrinas pasa bajo las nubes blancas. Han regresado de su país cálido. Una sigue a la otra a la misma velocidad. Vuelan alto, luego muy bajo, a ras de tierra. Vuelven a subir y se posan sobre el techo de una casa. Me digo: «Si se pudiera renacer, me gustaría renacer como pájaro».

Una tarde veo por la ventana al cura delante de la iglesia. Con los ojos alzados hacia el techo, permanece largo rato inmóvil. La señora Tanaka sale y le pregunta:

—¿Qué está mirando?

—El viejo nido de las golondrinas que vinieron el año pasado. Espero que vuelvan pronto.

Ella exclama:

—¿Ya es temporada? ¡Qué rápido pasa el tiempo!

Él dice:

—En efecto.

La señora Tanaka mira también hacia el techo. El cura dice:

—Extraño a las golondrinas durante el invierno.

Ella pregunta:

—¿Hay muchas en su país?

—No, pero abundan en la isla del Pacífico sur, donde nací.

Sorprendida, la señora Tanaka repite:

—¿Pacífico sur? ¿Cómo es eso?

—Mi padre era tratante en importaciones y exportaciones. En aquella época mis padres viajaban por esa región. En su último viaje, mi madre estaba embarazada y sintió los primeros dolores del parto antes de lo previsto. Mi padre hizo detener el barco. Desembarcó solo en una isla donde habitaban los autóctonos de una tribu. Se reunió con el jefe y le explicó la urgencia de la situación. El jefe invitó a mis padres a su casa, donde había varios niños. Al día siguiente de mi nacimiento, mi padre tuvo que irse. Volvió a buscarnos tres meses más tarde.

La señora Tanaka le dice:

—Entonces no debe de tener recuerdos de la isla y de las golondrinas.

—No. Pero mi madre me repetía que aquel era un lugar muy hermoso. Había flores abiertas por todas partes. Era una isla rica en frutos y peces. La gente nos trataba con mucha gentileza. Para mi madre, era el paraíso. Se paseaba conmigo a orillas del mar, por los bosques y las rocas. Veía todos los días miles de golondrinas.

La señora Tanaka dice:

—Por eso le gusta observar a las golondrinas.

—Sí. Todos los años, en la época en que se van al sur, siento nostalgia, como si su país fuera también el mío.

—¡Mariko!

Una mañana, mientras estoy fregando los platos, el cura me llama por la ventana de la cocina. Dice con aire excitado:

—¡Ven aquí!

Curiosa, salgo secándome las manos y me acerco a él. Él señala el techo con el dedo. Veo una pareja de golondrinas y el viejo nido sobre la tabla instalada contra la pared. El cura me susurra:

—Es la misma pareja que el año pasado. ¡Estoy seguro! Están arreglando su casa.

La mitad del nido está aún húmedo por el barro fresco. El cura observa los pájaros muy serio. De pronto, la pareja levanta vuelo.

—*Tsubame...* —digo.

El cura vuelve la cabeza, los ojos agrandados por la sorpresa. Tartamudea:

—¿Qué... qué has dicho?

Repito:

—He dicho *Tsu-ba-me.*

Él exclama:

—¡Por fin hablas! ¡Es la primera vez que te oigo hablar!

Oculta el rostro entre las manos, que le tiemblan. Hay lágrimas en sus mejillas. Alza los ojos al cielo. Dice sin volverse:

—¿Sabes, Mariko?, las golondrinas viajan en pareja y crían juntas a sus pequeños. Ponen los huevos por turnos, buscan insectos para alimentar a los pichones. Limpian de guano el nido. ¿No es maravilloso?

La pareja llega con hierbas secas y las pone en su lugar. Las miramos trabajar en silencio. Tras unos momentos, el cura me mira de frente y dice, tomándome de las manos:

—Mariko, ten valor. Dios te protegerá.

Las golondrinas vuelven a levantar vuelo. Las seguimos con la vista hasta que pasan a ser manchas negras en el cielo azul.

II

Abro la puerta de la entrada.

El sol es enceguecedor. Por reflejo, cierro los ojos. Respiro el aire fresco de la mañana. Siento en mi piel los últimos calores del verano. Durante un segundo, un viento débil me roza la mejilla. En un rincón del jardín, los cosmos se agitan levemente. Los pájaros cantan en el kaki. Entre las hojas aparecen frutos verdes.

Alzo los ojos hacia el cielo claro. ¡Qué hermoso tiempo! ¡Qué tranquilidad! Pura paz. El día comienza como de costumbre. Camino alrededor del jardín. Mientras arranco las malas hierbas, espero a mi nieta, Tsubaki, para acompañarla a la escuela.

Vivo en casa de mi hijo con su mujer y mis tres nietos, de dieciséis, quince y siete años. Mi marido murió hace siete meses. Vivimos juntos en Nagasaki durante más de cuarenta años. Luego nos mudamos aquí, a Kamakura. Mi hijo Yukio trabaja como químico en una empresa de productos alimenticios en Tokio, muy cerca de aquí. Mi nuera, Shizuko, trabaja medio día en la biblioteca del barrio. Perdió a sus padres en los bombardeos de los B-29 sobre Yokohama. No tiene hermanos ni hermanas.

¡Ring, ring! Me giro hacia la bocina de la bicicleta.

—¡Buenos días, señora Takahashi!

Es el hijo del señor Nakamura, un amigo de mi difunto marido. Me inclino.

—¡Buenos días!

Me sonríe. Se apresura para tomar el tren en la estación de Kamakura para ir a trabajar. Es nuestro vecino. Su padre vive en otro barrio. El señor Nakamura venía casi todas las semanas a casa a jugar al *shôgi*. Pasaba más tiempo con mi marido que con su hijo. Desde el funeral de mi marido he dejado de verlo.

¡Ring, ring! El sonido de la bocina se aleja. Alzo de nuevo los ojos al cielo. Los pájaros del árbol levantan el vuelo. Miro el nido de las golondrinas contra la pared de la casa. Ahora está completamente seco. Pronto la estación de las golondrinas habrá terminado. Fijo la mirada en el nido. «Tsubame...» Un dolor me recorre todo el cuerpo. Me digo: «Yonhi Kim, ¿dónde estará? Mariko Kanazawa, ¿dónde estará? Mariko Takahashi, ¿quién será?».

Hoy es primero de septiembre. Se acerca ya la fecha que nunca podré olvidar. Han pasado cincuenta y nueve años desde el terremoto. La desaparición de mi madre y mi tío, mi única familia, transformó mi vida.

El cura extranjero me llevó al ayuntamiento para fijar mi *koseki*. Le explicó a la persona que estaba a cargo: «Sus padres murieron en el terremoto. He intentado buscar a su familia o a alguien que la conozca. Desgraciadamente, nadie se presentó. Lo peor es que perdió la memoria. Ni siquiera se acuerda de su propio nombre. En la iglesia, por el momento, la llamamos Mariko Kanazawa». Así que en el *koseki* inscribieron ese nombre junto con la dirección de la iglesia y pasé a ser legalmente japonesa. Mi madre había conservado su nacionalidad coreana, pero yo no sabía si yo la tenía o no. El cura hizo todo lo posible para evitar que fuera una apátrida.

Estuve en la iglesia con otros huérfanos hasta los quince años. Cuando conseguí un trabajo de mensajera en una empresa de productos farmacéuticos, decidí irme a vivir sola. El cura me devolvió entonces el dinero que le había confiado mi madre. Con él alquilé un pequeño apartamento y dejé la iglesia.

Conocí a un farmacólogo que trabajaba en un laboratorio de la empresa. Un año después me convertí en su amante. Cuando me quedé embarazada, él ya estaba casado con una mujer de familia rica. Di a luz en mi apartamento, con la ayuda de una partera y de la señora Tanaka, a la que había conocido en la iglesia. Solo tenía dieciocho años. Más tarde supe que el verdadero padre de Yukio tenía una hija que se llamaba Yukiko. Nuestra relación continuó hasta que el cura me presentó a un hombre, el señor Takahashi. Era también farmacólogo, y colega del padre de Yukio. Pese a la oposición de sus padres, se casó conmigo y adoptó a mi hijo. Mi marido encontró otro puesto en una sucursal de la empresa en Nagasaki y nos fuimos de Tokio.

La víspera de nuestra partida, el cura me devolvió el diario de mi madre, del que me había olvidado por completo. Habían pasado diez años desde el terremoto. Durante ese lapso yo no había leído, ni oído ni escrito en mi lengua materna. Ya no era capaz de leer coreano, sobre todo el de su diario, escrito en cursiva, con muchos caracteres del *hanmun*. Tenía muchas ganas de conocer su contenido, pero no me atrevía a mostrarle el diario a nadie. Desde entonces, no sé cuántas veces tuve la tentación de quemarlo. Pero me faltó valor para hacerlo.

No le hablo a nadie de mi origen. Mi hijo cree, como antaño mi marido, que mi madre y mi tío murieron en el terremoto de 1923. La derrota de Japón y la independencia de Corea no cambiaron en nada la actitud de los japoneses para con los coreanos en Japón. Allí la discriminación continúa. Tener sangre coreana ocasiona problemas insolubles. Nunca podré confesar la historia de mi origen a mi hijo y a su familia. No quiero alterar nuestra vida por nada del mundo.

Ahora los cosmos están inmóviles. Mi mirada se clava en las flores: rosa oscuro, rosa pálido, rosa casi blanco. Ese día, cuando mi madre desapareció, los cosmos también estaban abiertos. Cierro los ojos. Veo la imagen de mi madre que se superpone a la de las flores.

—¡Espera, abuela!

Tsubaki sale por la entrada. Se oye el ruido de su *randoseru*. Es hora de ir a la escuela.

—¡Estás lista, por fin! Vamos —digo, tomándola de la mano.

Las vacaciones de verano han terminado. En la escuela a la que asiste Tsubaki empieza hoy el segundo trimestre. Hace poco se hizo amiga de una niña cuya familia se mudó a nuestro barrio durante las vacaciones. Ella y su nueva amiga, que se llama Yumiko, se prometían que irían juntas a la escuela. Ayer, desgraciadamente, su amiga tuvo un repentino dolor de estómago y fue ingresada. Tienen que operarla de apendicitis. Muy decepcionada, Tsubaki me pidió que la acompañara a la escuela durante la ausencia de su amiga. No son más que quince minutos caminando. Acepté.

Tsubaki es la más joven de mis nietos. Nació el año en que nos instalamos aquí con mi marido. Se encariñó mucho con su abuelo, más que su hermana y su hermano.

Mientras camina, Tsubaki canta una canción cuyo ritmo no puedo seguir. La escucho sin prestarle atención. De todos modos, no entiendo las canciones modernas. Tsubaki me habla todo el tiempo de su clase y su maestra. Dice:

—Hay dos alumnos en mi clase que tienen nombres rarísimos. Uno se llama Niizuma y el otro Wagatsuma. Cuando hablamos de la mujer del señor Niizuma, decimos: «Ella es *niizuma* del señor

Niizuma». Cuando el señor Wagatsuma presenta a su mujer, dice: «Ella es *wagatsuma*».

Me río.

—Qué gracioso.

Ella pregunta:

—¿Tú sabes, abuela, por qué mi padre me llamó Tsubaki?

—No, pero es evidente que a tu padre le gustan las flores de *tsu-baki*.

—Me dijo que era para acordarse de Uragami, en Nagasaki, donde vivió antes de irse a trabajar a Tokio. Cerca de la casa había un bosque de bambúes con camelias donde él pasaba mucho tiempo leyendo o paseando.

Yo digo:

—Ah, ¿sí? No lo sabía.

—Y a ti, abuela, ¿quién te llamó Mariko? Mi madre me dijo que en aquella época era un nombre raro y moderno.

—Sí, tiene razón. No conozco a nadie de mi edad que se llame Mariko. Fue mi madre la que me puso ese nombre.

Tsubaki prosigue:

—¿Por qué eligió Mariko?

Guardo silencio. Luego contesto:

—Mi madre amaba la Iglesia católica. Conoces los nombres María y Kirisuto, ¿verdad?

—Sí. Mariko es un bonito nombre. ¿Y cuál era tu apellido de soltera antes de casarte con mi abuelo?

Me detengo un instante. Una sensación extraña me invade. ¿Mi apellido de soltera? ¿Cuál era? Me quedo como dispersa. Tsubaki me mira.

—¿Qué sucede, abuela?

Vuelvo en mí y digo:

—Antes de casarme me llamaba Mariko Kanazawa.

Llevé ese nombre durante una década. Me doy cuenta de que hace años que no lo pronuncio.

—¿Kanazawa?

Tsubaki lo ha repetido con aire asombrado:

—¡Ese es el nombre de mi amiga Yumiko!

—¿Yumiko Kanazawa?

—Sí. ¡Qué coincidencia! Se lo diré.

Camino en silencio. Tsubaki se pone a cantar otra vez. Llegamos a la entrada de la escuela. Alzando los ojos al cielo, pregunta:

—¡Qué bonito día! ¿Qué vas a hacer, abuela?

Reflexiono un segundo y digo:

—Tal vez vaya a visitar la tumba de tu abuelo. Las flores que dejé el otro día ya deben de haberse marchitado.

—Ah, ¿sí? Entonces ¿puedes comprar flores de *niezabudoka*? —dice.

—¿*Niezabudoka*? ¿Qué es eso? Nunca he oído ese nombre.

—Es el nombre de las flores de *wasurenagusa* en ruso. Mi abuelo me dijo una vez que le gustaban mucho.

—Sabes cosas sobre mi hijo y sobre mi marido que yo ignoro. De acuerdo, las compraré, si es que quedan todavía en la floristería. Bien sabes que la época de las *wasurenagusa* ya ha terminado.

Sus compañeras pasan delante de nosotras. Se oye el timbre del comienzo de las clases.

—¡Adiós, abuela! No olvides el nombre *niezabudoka*.

Tsubaki se va corriendo con sus amigas.

Me inclino ante la lápida en la que aparece grabado «Tumba de la familia Takahashi». Iluminada por el sol, la superficie de la losa nueva resplandece. Pongo en los dos floreros de bambú las campánulas que acabo de comprar. Apenas las vi en la floristería, no pude evitarlo. De todos modos, ya no quedaban las *wasurenagusa* de las que hablaba Tsubaki. Ya he olvidado el nombre ruso de la flor.

Mi marido llevaba años enfermo del corazón. Era a causa de los trabajos forzados que había hecho en Siberia. En 1943 fue trasladado al laboratorio de un hospital en Manchuria para investigar sobre medicamentos de guerra. El verdadero padre de Yukio ya había llegado a Nagasaki con su familia para reemplazarlo. Poco antes del final de la guerra, mi marido fue enviado a Siberia y volvió a Japón dos años después de la guerra. Yukio y yo sobrevivimos a la bomba atómica sin él. Tuvimos la suerte de eludir el peligro, ya que vivíamos en un barrio del valle de Uragami, donde cayó la bomba. Esa mañana, yo había ido al campo a comprar arroz y Yukio acompañaba a un colega de mi marido en el hospital universitario del centro. En el momento de la explosión, ellos estaban en un edificio de hormigón que los protegió de las radiaciones. El verdadero padre de Yukio murió en su casa.

Fue precisamente esa mañana cuando me fui de la casa con el diario de mi madre en el bolso. ¡Qué destino! Sobreviví a esa segunda catástrofe con la única prueba de mi origen.

Con las manos juntas y los ojos cerrados, rezo por el alma de mi marido. Era un hombre de gran corazón. Nos protegió a Yukio y a mí durante toda su vida. Llegó incluso a renunciar a la herencia de sus padres, que tanto se oponían a nuestro matrimonio. Era el hijo único de la muy rica familia Takahashi.

Sé perfectamente que habría aceptado mi origen coreano. Pero no quería compartir mi carga con él. Hubiera podido crearle problemas en sus relaciones con la gente y afectar al futuro de Yukio y de sus hijos. Mirando la losa, me digo: «¿Me entiendes, querido mío? Siempre te he agradecido tu fuerza y tu bondad. Gracias a ti he podido vivir una buena vida».

Al levantarme, de pronto, recuerdo el nombre de la flor en ruso: *niezabudoka*. A mi marido no le gustaba hablar con nadie de sus dos años en Siberia. Debió de tener una vida difícil allí. Sin embargo, había conservado esa flor en su recuerdo.

—¡Señora Takahashi!

Es el señor Nakamura, el padre del vecino. Estoy volviendo del cementerio.

El señor Nakamura me saluda:

—¿Cómo está?

Inclinándome, contesto:

—Muy bien. Le agradezco su ayuda en el funeral de mi marido.

Él continúa:

—No es nada, señora. Éramos buenos amigos el señor Takahashi y yo. Vivió aquí, en Kamakura, solo siete años, pero me daba la impresión de que lo conocía desde hacía mucho tiempo. Jugamos tanto al *shôgi* juntos. Es algo que echo de menos mucho ahora, aunque me ganara todo el tiempo. A propósito, ¿su hijo y su familia están bien?

Habla sin parar. Recuerdo que mi marido y él charlaban mientras bebían sake. Nunca me uní a ellos. No soy una persona sociable.

Digo:

—Discúlpeme, hoy estoy apurada.

Estoy yéndome ya, cuando el señor Nakamura me dice bruscamente:

—¿Ha oído las noticias sobre la exhumación de los cuerpos de los coreanos? Según la radio...

«¿Qué? ¿La exhumación de los cuerpos de los coreanos?» Esas palabras me acongojan el corazón. No entiendo enseguida lo que quiere decir. No contesto. Él pregunta:

—Usted conoce la historia del Kanto-daishinsai, ¿verdad?

Contesto:

—Yo sobreviví a ese terremoto. Perdí allí a mi madre y mi tío.

Me mira de frente, muy sorprendido.

—Dios mío... Discúlpeme. Sabía que usted y su hijo habían sobrevivido a la bomba atómica de Nagasaki, pero no sabía que también habían sido víctimas del seísmo.

Guardo silencio. Tras un momento, él dice, indeciso:

—Me apena tanto la gente como usted, que ha sufrido semejantes desastres... Sin embargo, cuando pienso en esos miles de coreanos que murieron durante la crisis, mi corazón se desgarra. Me da vergüenza ser japonés. La gente de a pie participó voluntariamente de la masacre dando crédito a los falsos rumores que había difundido el Gobierno. En aquel entonces yo vivía en Funabashi. Oí a gente que gritaba: «¡Hay unos coreanos que tratan de desatar un motín!». Se hablaba incluso de que ciertas comisarías recomendaban...

El señor Nakamura se interrumpe. Le pregunto:

—¿Qué iba a contarme? ¿«Según la radio...»?

—Ah, sí —dice—. Decían que la ceremonia oficial en la que se anunciaría esa difícil operación tendría lugar esta mañana a orillas del río, cerca de la estación de Arakawa. La exhumación en sí misma empezará allí mañana a las nueve de la mañana.

Prosigo:

—¿Quién exhuma los cuerpos? ¿El Gobierno?

—¡Qué va! Son coreanos del *nisei* y japoneses que no tienen nada que ver con el Gobierno. Dicen que la que inició esto fue una profesora japonesa. Respeto su coraje. Es una mancha vergonzosa que pesa sobre nuestra historia. El Gobierno nunca les ofreció disculpas ni reparaciones. Discúlpeme, ya he hablado demasiado. Hermoso día, ¿verdad? Hay que aprovecharlo. ¡Adiós!

El señor Nakamura se va. Yo, perturbada, no me muevo.

Vuelo por encima de las nubes. Se extienden hasta el infinito, dispersas como los motivos de un tapiz. El viento hace flotar mis largos cabellos. No siento el peso de mi cuerpo. Mientras respiro el aire puro, me repito: «¡Soy libre!». Por entre los huecos de las nubes vislumbro una aldea cerca de una costa. Las casas, los árboles, los puentes, el río... Son muy pequeños. Me acerco. Hay cosmos en plena floración alrededor de las casas, al borde de los caminos, en el dique del río. Veo también flores de genciana y campánulas entre grandes piedras. ¡Qué hermoso! Continúa así hasta la costa. Las olas rompen contra las rocas blancas. Las gaviotas planean gritando. Todos esos paisajes me resultan familiares.

«¿Dónde estoy?» Reflexiono unos instantes. «¡Ah, debe de ser el lugar donde nació mi madre!» Alterno entre la aldea y la costa. Los pájaros me siguen con el viento.

Súbitamente, contra mi voluntad, mi cuerpo empieza a caer. El paisaje da vueltas a mi alrededor. «¡Socorro!» La superficie del mar se acerca cada vez más. Aterrorizada, grito: «¡Ay! ¡Mamá!».

Me despierto justo antes de chocar contra el agua. Estoy sudada. Tengo la boca abierta. Tengo sed. ¿Habré gritado realmente o no?

Abro los ojos como platos en la oscuridad. Lo único que oigo es el tictac del despertador. Enciendo la lámpara. Apenas son las cuatro de la mañana. Hoy es 2 de septiembre. El día en que mi madre desapareció.

Ya no tengo sueño. Me levanto. Saco de un cajón del armario el diario de mi madre y miro largamente la portada amarillenta.

Abro la puerta de la entrada. El sol enceguecedor, el cielo límpido, el aire fresco. Los pájaros cantan. Los cosmos brillan. Todo es hermoso, como ayer. Sin embargo, no me siento bien. Me duele la cabeza.

Espero a Tsubaki en el jardín mientras arranco las malas hierbas.

¡Ring, ring! El hijo del señor Nakamura pasa por delante de la casa. Me saluda:

—¡Buenos días, señora Takahashi!

Me limito a inclinarme un poco. Tsubaki sale de la casa.

—¡Vamos, abuela!

Da unos saltos, canta y habla sin parar. La sigo con paso vacilante. Miro mi reloj. Son las ocho y veinte. Tsubaki dice:

—¡Date prisa, abuela! Llegaré tarde a la escuela.

Me detengo:

—Lo siento. Tendrás que ir sola.

—¿Por qué?

—Olvidé que tenía algo importante que hacer esta mañana.

Decepcionada, dice:

—De acuerdo. ¡Adiós!

Se va corriendo. Cambio de rumbo y me dirijo en el acto hacia la estación de Kamakura.

Bajo del tren en la estación de Arakawa, situada antes del puente que cruza el río. Camino por la calle construida sobre el dique. Ya son las diez. Me pongo tensa cuando veo, al otro lado de la calle, un grupo de gente en pie a lo largo del parapeto. Sus siluetas casi no se mueven. Parecen estar mirando hacia abajo. Hay bicicletas tumbadas al costado de la calle. Los automovilistas conducen con prudencia. Algunos se detienen y bajan del coche para ver qué sucede. Repiten:

—¿Qué? ¿Están buscando los cadáveres de centenares de coreanos enterrados en 1923? ¡Increíble!

Cruzo la calle. Alguien grita: «¡Qué fosa!». Mi corazón empieza a latir. Me acerco al parapeto. Abro mucho los ojos. Veo, sobre la orilla, una fosa inmensa. Cabe una casa entera. Parece que la mayor parte de la excavación ya se ha completado. Se ve un montículo de tierra detrás de una gran pala mecánica. Alrededor de la fosa hay otro grupo de espectadores. En el fondo, varios hombres escarban en la tierra de las paredes con una pala. Cada vez que uno de ellos descubre un objeto, la gente de arriba se inclina y pregunta:

—¿Qué es? ¡Un hueso, tal vez!

—No. Un pedazo de vidrio, sin duda.

«¿Un hueso? ¿De quién? ¿De mi madre?» Vuelvo a mirar el dique, la orilla y el río, que continúan hasta perderse de vista. No me atrevo a bajar ahora. A mi lado, dos hombres hablan. Se parecen. Uno le dice al otro:

—Papá, no sabía que era un río artificial para evacuar el agua.

—Eres demasiado joven para saber que en 1910 la región de Kanto sufrió un diluvio que ocasionó muchos daños. Por eso se construyó este canal —contesta su padre.

—¿En 1910? ¡Ah, sí! El año en que Japón se anexionó a Corea, ¿verdad?

—¿Se anexionó? ¡Mmm! Fue una invasión. Como consecuencia, miles y miles de coreanos vinieron a buscar trabajo a Japón.

Miro el rostro del padre. Las manos cruzadas, observa muy serio la operación de más abajo. Sus párpados mongoles me hacen pensar en los ojos de mi tío. Por un segundo me pregunto si será de origen coreano, y si oculta su identidad a sus hijos porque se hizo japonés...

Lo oigo hablar de lo que sucedió en el dique después del terremoto. El ejército había obligado a los japoneses a venir a cavar aquí. Los soldados habían puesto a los coreanos en fila y los habían ametrallado. Luego, los japoneses habían quemado los cadáveres con petróleo y los habían enterrado...

Pienso en mi tío, que podía ser una de esas víctimas. La cabeza me da vueltas. Me tapo los oídos y cierro los ojos. «¡No! ¡No!» Me quedo paralizada un rato largo.

El padre del muchacho dice:

—Debo decirte también, hijo mío, que las víctimas no fueron solo coreanos, sino también chinos y japoneses de la región de Tôhoku.

El hijo dice:

—¿Chinos y japoneses? ¿Cómo es posible?

—Los confundieron con los coreanos por su acento.

Recuerdo a unos vecinos del *nagaya*, donde vivía por entonces con mi madre. Era gente de provincias, que hablaba con un marcado acento. Pienso: «¿Los japoneses habrán matado también a sus compatriotas sin identificarlos?».

El padre del muchacho continúa:

—Mataron a los coreanos de diversas maneras: con lanzas de bambú, con picos, con sierras, con cuchillos.

—¿Tú lo viste?

El padre se calla un segundo y contesta:

—Sí. Dejaron en la zona centenares de cadáveres con el cuello cortado, los brazos desencajados, la cabeza hendida. Incluso el de una mujer embarazada con el vientre abierto y el hijo a la vista. Fue una atrocidad.

Por poco no me desvanezco. Me pregunto: «¿Voy abajo o emprendo el regreso?». Después de reflexionar, me pongo las gafas de sol y bajo hasta la orilla, cerca de la gente que supervisa los trabajos. Algunos hombres sacan fotos. «¿Serán periodistas?» Oculto mi frente bajo el ala del sombrero.

Al otro lado de la fosa veo un grupo de muchachas en *chimachogori*, acompañadas por una mujer que tiene aspecto de profesora. Me acerco a ellas. Las chicas hablan en coreano. No entiendo lo que dicen. Sin embargo, la entonación me pone nostálgica. La mujer mira al fondo de la fosa con un ramo de flores entre los brazos. Está inmóvil. El rostro blanco, los ojos almendrados, los pómulos sobresalientes. El largo pelo negro atado en la nuca, con la raya al medio. La espalda bien recta. Miro otra vez las flores azules entre sus brazos. ¡Son campánulas! Durante un instante me digo: «¡Mamá!». Estoy al borde de las lágrimas. Mis pies tiemblan. La mujer empieza a tararear la melodía de Ariran. Me caen las lágrimas. «¡Allí está! ¡Ha vuelto a buscarme después de cincuenta y nueve años de ausencia!» El azul de las campánulas brilla contra la manga del *chogori* blanco.

La operación en el fondo de la fosa continúa. El espacio es limitado. De vez en cuando, los hombres se relevan. El ruido al cavar en la tierra resuena bajo el sol ardiente. Me estremezco cada vez que gritan la palabra «hueso». Con paciencia o con irritación, la gente observa los trabajos, que parecen interminables.

—¿Qué le sucede?

Vuelvo la cabeza hacia la voz. Un hombre sostiene por los brazos a una anciana acuclillada. Ella levanta la cabeza. Veo su rostro. Los labios gruesos. Los ojos redondos. El asombro me hace pensar: «¡La señora Tanaka!». No, no es posible...

El hombre vuelve a preguntarle a la anciana:

—¿Hay alguien aquí que la conozca?

Ella sacude la cabeza, y luego él le dice a la gente algo en coreano. Ella protesta en japonés:

—No es grave. Gracias, es usted amable. Tuve un momento de vértigo. Ya pasó. Ahora volveré a casa.

Se levanta, trastabillando. El hombre se preocupa.

—¿Está segura?

Me acerco a ellos:

—Señora, yo podría acompañarla. Estaba a punto de irme.

La mujer me mira un instante con aire confundido. Insisto.

El hombre me dice:

—Tome esa escalera. Es un atajo para llegar hasta el tren o el autobús.

En la calle del dique, la cantidad de espectadores ha disminuido. Hay varios taxis estacionados a lo largo del parapeto. Mientras caminamos lentamente hacia la estación, le pregunto a la mujer dónde vive. Me dice su dirección y agrega:

—Es un pequeño barrio detrás de la colina desde donde se puede ver la ciudad de Tokio. Mucha gente se refugió allí cuando ocurrió el terremoto.

«¡La colina de las gencianas!»

Le digo:

—Espere un momento, señora.

Me vuelvo hacia el parapeto y llamo un taxi.

La anciana le dice al conductor:

—Es aquí. Mi casa está muy cerca.

El taxi se detiene en la entrada de un pequeño callejón. Imposible pasar con el coche. Le digo al conductor:

—Volveré enseguida. Voy a acompañar a esta señora a su casa.

Ella me interrumpe:

—No. Me gustaría que se quedara un poco conmigo.

Ahora es ella la que insiste. Me quedo pensando un momento. El conductor espera mi respuesta. Le digo:

—De acuerdo. Puede irse, señor.

Le pago el viaje. Ayudo a la mujer a bajar. El taxi se va. Estamos en un barrio donde las casas se amontonan en desorden. Miro a mi alrededor.

Le pregunto:

—¿Dónde está la colina de la que me habló?

Ella señala el norte con el dedo. Lo único que veo es un edificio de hormigón. Ella dice:

—La colina está escondida detrás de ese edificio. Pero no está lejos. A quince minutos caminando. Mis hijos jugaban allí todos los días después de la escuela.

Me guía por el callejón estrecho, lleno de sombra. Hace fresco. Camino lentamente tras ella. En el suelo hay cajas de cartón y botellas de cerveza vacías. A los costados del callejón se alzan varias casas de un solo piso. Miro las ventanas, los techos, las puertas. Cuando un olor me impacta, me detengo y pregunto:

—¿Qué es ese olor?

La anciana dice:

—Es del *kimchi*. ¡No hay comida sin arroz y sin *kimchi*!

Un gato vagabundea delante de las casas. Los cosmos se agitan en el arriate frente a una casa. «¿Dónde estoy?» Un segundo después, vuelvo a caer en mi infancia. «¡Es el sitio donde vivía antaño con mi madre!» El dolor fluye en mi cuerpo. Me tiemblan las piernas. «No es posible...»

La anciana vuelve la cabeza hacia mí:

—Disculpe que la haga venir a un lugar tan sucio.

Sacudo la cabeza:

—No se preocupe, señora. Solo quería asegurarme de que regresara a casa sin problemas.

Hago una pausa y pregunto:

—¿Su marido está en casa?

—No. Murió hace años. Vivo sola. ¿Y usted?

—Mi marido también murió.

—¡Entonces somos viudas! Siempre es así. Las mujeres viven más tiempo que los hombres. Quizá sea mejor así que al revés —dice.

Pregunto:

—¿Por qué?

—Los hombres se deprimen con facilidad una vez que pierden a su compañera. Puede que sean más románticos que las mujeres.

Sonrío. Llegamos a su casa. Hay una placa colgada encima de la puerta. Ella me dice:

—Es el nombre de mi marido, el señor Yi. Yo soy la señora Kim. En Corea el nombre de las mujeres no cambia con el matrimonio. Yi y Kim son nombres típicos.

«¿Kim?» Acuso el golpe. La señora Kim me pregunta:

—¿Y cuál es su nombre?

Tartamudeo:

—¿El mío? Soy la señora Takahashi.

Ella sonríe.

—Encantada, señora Takahashi.

Es una vieja casa con una ventana al frente. La madera de la carpintería se ha puesto blanca. Miro el techo. Hay huellas de reparaciones en el canalón. La señora Kim abre la puerta sin llave. Entramos, pero ella no vuelve a cerrarla.

—¿Deja la puerta abierta?

—Sí —dice—. Aquí todo el mundo se conoce, como en una familia. Por lo demás, no hay nada que robar en mi casa.

Me ofrece un *zabuton*. Me siento ante la mesa baja. En un rincón de la habitación hay un paquete que aún no ha sido abierto. Enfrente, una biblioteca apoyada contra la pared, llena de libros coreanos. En uno de los estantes hay una foto en blanco y negro enmarcada. Está amarillenta. Dos chicos y una chica sonríen de pie. Los chicos visten uniforme negro de colegiales y la chica un uniforme de marinera. Mientras me sirve un vaso de té helado, la señora Kim dice:

—Son mis hijos. Mi hija vive cerca de casa y mis hijos viven en el extranjero.

La palabra «extranjero» me sorprende. No es una palabra que encaje con la imagen de este barrio. Mostrándome el paquete, dice:

—Lo recibí de mi hijo mayor esta mañana, poco antes de irme al dique de Arakawa.

Observo los sellos extranjeros. Pregunto:

—¿Qué hacen sus hijos en el extranjero?

Ella dice:

—El mayor trabaja en Estados Unidos, y el menor, en Canadá. Son profesores.

—¿Profesores?

Me callo. No sé qué decir. «¿Una madre cuyos hijos son profesores vive en un barrio como este?» La señora Kim no advierte mi confusión. Insiste en que coma algo antes de irme. Miro mi reloj. Es la una de la tarde. Sin esperar mi respuesta, vuelve a la cocina y se pone a preparar la comida. Bebo el resto del té. Oigo a alguien.

—Buenos días, señora Kim. ¿Está usted en casa?

Una mujer de unos cuarenta años entra en la casa con una cesta de bambú entre los brazos. Me ve y se inclina. La señora Kim sale de la cocina, me la presenta y le explica por qué estoy aquí. La mujer me dice:

—Qué amable. Gracias por haberla acompañado.

Le muestra a la señora Kim el contenido de la cesta. Son mazorcas de maíz ya hervidas. El amarillo brilla. Le dice:

—Mi marido compró muchas ayer. Acabo de comer algunas. ¡Estaban deliciosas! Pruébelas.

La señora Kim dice:

—¡Llegas en buen momento! Las comeré con mi invitada.

Deposita la cesta sobre la mesa. La mujer vuelve a saludarme y sale de la casa. Le pregunto a la señora Kim:

—¿Es pariente suya?

—No, es una vecina japonesa —contesta, volviendo a la cocina.

Tengo los ojos fijos en las mazorcas de maíz. Veo la imagen de mi tío y sus dedos delgados. Sonríe. Fuma. Canta. Escribe. Come mazorcas con ganas. Las lágrimas enturbian mi visión. Los granos amarillos se desvanecen ante mí.

He llegado a la cima de la colina. No veo a nadie. Para mi sorpresa, está en estado salvaje, como antaño, aunque la ciudad haya cambiado completamente. Miro en la dirección en la que estaba nuestro *nagaya*. Veo viejas fábricas. Las columnas de humo ascienden. Son grises.

Me siento en un viejo banco de madera cerca de un árbol. Hace fresco a la sombra. Cierro los ojos. Veo a mi tío, las campánulas, las gencianas, los pájaros, los árboles... Durante un momento, oigo la voz de la mujer que grita: «¡Señora Kanazawa!».

Miro el cielo azul. Reflexiono sobre lo que me dijo la señora Kim. Escuchándola, tuve la ilusión de que la señora Tanaka estaba ante mí. La señora Kim me preguntó: «¿Tiene usted hijos?». Dije: «Tengo un varón». «¿Qué hace?» «Es químico.» Permaneció un instante callada y luego dijo: «Nuestros hijos siempre estaban entre los mejores del curso. Cuando el mayor cumplió dieciséis años, nos pidió que todos en la familia adoptáramos la nacionalidad japonesa. Nos sorprendió. Él dijo: "Sin eso podré estudiar mucho y entrar en una buena universidad, pero jamás conseguiré un buen empleo. Me gustaría ser profesor de matemáticas. Ni siquiera es seguro que la escuela acepte que los *zainichi* se presenten al examen de ingreso". Mi marido le explicó: "Debes entender que *kika* no significa que simplemente obtienes la nacionalidad japonesa y conservas tu propia identidad racial. Tienes que abandonar tu nacionalidad de origen y ser japonés con un nombre japonés. Y si te has hecho japonés, los coreanos de aquí ya no te aceptarán como compatriota, y los japoneses jamás te considerarán japonés si se enteran de que eres de origen coreano. No tiene ningún sentido. Si realmente te interesa ser profesor, vete al extranjero. Aunque tengas éxito en tu profesión, a mí no me hará feliz saber que debes seguir ocultando tu identidad".

Cada palabra pronunciada por la señora Kim me produjo un dolor agudo. Pienso en mi hijo y en sus hijos. Ella me dijo: «Usted es japonesa. Sé que no es fácil entender nuestra situación». Lo único que hice fue escucharla en silencio, con la cabeza gacha.

La señora Kim continuó: «Mis hijos siempre eran blanco de *ijime*. Sus compañeros se burlaban de sus nombres coreanos y les decían: "¡Tú, *chôsenjin!*". Nuestros hijos solían volver a casa con la cara lastimada. Y nuestra hija lloraba todo el tiempo, pues sus compañeras le robaban sus materiales escolares y se los tiraban a la basura. En la época de la colonización, el Gobierno de Japón exigía que utilizáramos un nombre japonés. Pero mi marido nunca lo aceptó. Cuando mis hijos nos pidieron que les cambiáramos el nombre por uno japonés, mi marido les dijo: "No nos cambiaremos el nombre para ocultar nuestra identidad coreana. No tenéis nada que corregir. ¡Son vuestros compañeros los que tienen que corregir su actitud!". Tenía toda la razón. Pero me daban lástima mis hijos. Entiendo los sentimientos de los padres que usaban nombres japoneses. Pero tampoco es fácil vivir ocultando la propia identidad; sus vidas deben de ser tan difíciles como la nuestra, pues tampoco pueden escapar a los problemas a que se enfrentan todos los *zainichi* coreanos y deben de sentir un peso en la conciencia, como si se mintieran a sí mismos».

Esas palabras me encogieron el corazón. Quería gritar delante de la señora Kim, pero debía mantener la calma.

Le pregunté tímidamente por qué ella y su marido no habían regresado a su país después de la guerra. Me dijo: «Yo nací en la isla de Cheju, y me fui de allí con mi marido por el cólera que azotó a la población en el verano de 1920. En esa época era un lugar muy pobre. La gente se empobreció aún más. Así que decidimos ir a Japón a buscar trabajo. La masacre de los coreanos cuando ocurrió el terremoto nos hizo dudar de seguir viviendo en Japón, pero no sabíamos adónde ir. La vida en la isla seguía siendo difícil. Ni se nos ocurría irnos al continente. Allí la discriminación contra la gente originaria de la isla era tan severa como la que imperaba en Japón. Así que decidimos quedarnos aquí».

Y al final la mujer dijo algo que yo jamás habría imaginado: «Nos salvó un policía japonés durante la crisis de 1923». Según ella, el policía había protegido a unos trescientos coreanos en su comisaría. Habían llegado mil japoneses gritando que los coreanos habían tirado veneno en los pozos. El policía les gritó: «Si es verdad, traigan el agua. ¡Yo la beberé!». Y realmente la bebió. La gente terminó por irse de la comisaría. Sin él, la señora Kim y su marido habrían sido asesinados. Ella agregó: «Es una suerte muy infrecuente que hayamos conocido a alguien tan valiente como él. Una lástima. Pero su existencia nos dio esperanzas de vivir aquí, igual que la de la profesora japonesa y todos los que hacen oír su voz por las víctimas de esa masacre».

Me tumbo de espaldas en la hierba. Lo único que veo es el cielo. Hay un ligero viento. Los pájaros cantan en el árbol. ¡Qué tranquilidad! Cierro los ojos. Me gustaría quedarme así mucho tiempo, sin pensar en nada.

Deambulo por una calle comercial. Por poco no me choco con algunos transeúntes. No sé dónde estoy exactamente, ni cómo he llegado hasta aquí tras bajar de la colina. Me siento inerte, como si hubiera caído en un estado de postración. Es extraño que todavía pueda caminar.

Me detengo ante una librería. El escaparate exhibe libros para niños. Me atrae un libro titulado *Oyayubi-hime*, con la imagen de una niña sentada sobre el lomo de una golondrina que sobrevuela unas flores. La niña tiene una mirada muy resuelta y la golondrina un aire orgulloso. De golpe veo el rostro del cura. La barba negra, la larga nariz, los ojos castaño oscuro. Está de pie, vestido con su viejo hábito negro.

Entro en la librería. Le pido a la mujer que atiende en el mostrador que me muestre el libro. Ella toma otro ejemplar de un estante:

—Es un cuento que les gusta mucho a los chicos.

Abro la primera página. «Había una vez... una mujer que quería tener un hijito. Un día fue a ver a una vieja bruja y le pidió...» Sigo las imágenes. Es la historia de una niña que se llama Poucette. Salva a una golondrina herida y se va con ella a un país cálido después de haber padecido una vida miserable. En un lugar desbordante de flores conoce a un príncipe encantador y se casa con él.

Le digo a la mujer:

—Me llevo dos, señora.

Ella repite:

—¿Dos?

—Sí.

Salgo de la librería y me precipito sobre un autobús con dirección a la estación, desde donde podré regresar a Kamakura.

Es la hora de la cena, y todo el mundo se sienta a la mesa. Los nietos hablan del día. Yo como en silencio. Shizuko me dice:

—Parece cansada.

Digo:

—Caminé demasiado. Buscaba unos libros que quería comprar desde hace años.

Mi hijo me echa un vistazo. Tsubaki le pregunta bruscamente:

—Papá, ¿qué quiere decir *zainichi*?

Por poco no se me caen los palillos. Bajo la vista. Shizuko mira a mi hijo. Tsubaki continúa:

—Hoy alguien de mi curso dijo que mi amiga Yumiko es *zainichi*.

«¿Yumiko es *zainichi*?» Me sorprende. Antes de que mi hijo conteste, Natsuko, su hija mayor, les interrumpe:

—¡No sabía que era coreana!

Tsubaki repite:

—¿Yumiko es coreana? ¿*Zainichi* quiere decir «coreano»?

Mi hijo explica:

—*Zainichi* son los extranjeros que viven en Japón. Se suele usar esa palabra para hablar de los inmigrantes coreanos porque entre los extranjeros son mayoría.

Tsubaki dice:

—Pero... Yumiko habla japonés como todo el mundo. Su apellido también es japonés. Ella y sus padres nacieron en Japón. ¿Por qué, entonces, no es japonesa?

Mi hijo contesta:

—Porque tu amiga no tiene la nacionalidad japonesa. No tiene el *koseki*. Como bien sabes, Tsubaki, cuando uno va al extranjero necesita el pasaporte japonés. Para obtenerlo hay que mostrar el *koseki*. La familia de tu amiga sigue conservando la nacionalidad de Corea del Sur o del Norte.

—¿Japón no acepta que los extranjeros tengan la nacionalidad japonesa?

—Lo acepta, pero es muy difícil de conseguir. Entonces algunos tienen que vivir aquí como inmigrantes, aunque sean de la segunda o la tercera generación.

Insatisfecha, Tsubaki continúa:

—Me parece raro. Para mí, Yumiko es simplemente japonesa.

Mi nuera le dice:

—A ti la nacionalidad de tu amiga no te importa. Lo importante es que Yumiko sea tu amiga.

Después de cenar, ante la insistencia de su madre, Tsubaki se retira de la sala para ir a tomar un baño.

Natsuko sigue hablando del mismo tema con su padre. Fuyuki, su hermano menor, los escucha.

Ella pregunta:

—Papá, ¿cuántos *zainichi* coreanos hay?

—Creo que unos seiscientos cincuenta mil.

—¿Tantos?

—Sí.

—Son los descendientes de la gente traída a Japón para hacer trabajos forzados durante la colonización japonesa, ¿no es cierto?

Mi hijo dice, reflexionando:

—No exactamente, Natsuko. Hace poco me enteré por un libro de que la mayoría de esas personas habían sido devueltas a Corea al finalizar la guerra por el Gobierno japonés.

Miro a mi hijo. Es la primera vez que lo oigo hablar de estas cosas. Dice:

—Los *zainichi* coreanos son más bien los descendientes de la gente que vino aquí por propia voluntad durante la colonización.

Eso me hace pensar en la historia de la señora Kim. Él agrega:

—Estaban también los descendientes de los clandestinos que llegaron inmediatamente después de la guerra, o en la época de la rebelión en Corea.

Natsuko dice:

—Ah, ¿sí?

«¿Clandestinos?» La palabra me duele. Veo la imagen de mi madre y mi tío. La pérdida del trabajo, de la patria, de la libertad. Lo que le espera a esa gente en un país desconocido es una vida miserable.

Natsuko continúa:

—¿Por qué esa gente, como la familia de Yumiko, sigue teniendo un nombre japonés, cuando la colonización ya terminó hace mucho? ¿Para evitar que los discriminen?

Con el rostro crispado, mi hijo dice:

—Desgraciadamente.

Fuyuki abre la boca por primera vez:

—No es nada sano.

Natsuko le pregunta:

—¿Qué es lo que no es sano? ¿Que oculten su identidad?

Él dice:

—Al contrario. La que no es sana es la sociedad japonesa. Esa gente no puede estar aquí con su propio nombre.

Mi hijo dice:

—Tienes razón, Fuyuki.

Los nietos se retiran de la sala a hacer sus deberes. Mi hijo lee el periódico. Yo me pregunto: «¿Habrá artículos sobre los acontecimientos de la ribera de Arakawa?». Pero no me atrevo a decírselo. Abro una revista y paso las páginas al azar. Miro el rostro de mi hijo. Me ignora. Al cabo de un instante le digo, vacilando:

—¿Sabes, Yukio?...

—¿Qué? —contesta sin mirarme.

Me callo. Me echa un vistazo por encima de sus gafas.

Balbuceo:

—¿Te... te acuerdas de la historia de mi madre y mi tío, que murieron en el Kanto-daishinsai?

—Por supuesto. De hecho, estaba pensando en ellos.

«¿Qué? ¿Estaba pensando en ellos? ¿Qué quiere decir eso?»

Él continúa:

—Hoy es el aniversario de su muerte, ¿verdad?

—Sí...

—Ayer oí en la radio que la exhumación de los cuerpos de los coreanos tendría lugar esta semana, en la ribera de Arakawa. ¿Lo sabías?

No sé qué contestar. Mis miembros se congelan. Trato de ocultar mi turbación. Simplemente digo:

—No.

Mi hijo deja el diario y las gafas sobre la mesa y me cuenta lo que oyó por la radio. Lo escucho distraída. La imagen de la señora Kim me da vueltas en la cabeza. Mi hijo termina:

—Sé que esta historia no tiene nada que ver con la muerte de tu madre y de tu tío. Me pregunto si podríamos erigirles una tumba.

Asombrada, repito:

—¿Una tumba para ellos?

—Sí. Aun después de cincuenta y nueve años, no es demasiado tarde para rezar por el descanso de su alma, como intentan hacer los coreanos.

Yo digo:

—Tu padre me había propuesto lo mismo, y le dije que no.

—¿Por qué?

—Nunca podré recuperarme de la pérdida de mi familia. Ese terremoto ya me ha hecho sufrir demasiado. En ese momento apenas tenía doce años. Si viera su tumba, mi tristeza sería más profunda que antes.

Mi hijo está de acuerdo:

—Entiendo. En realidad, la idea era de Shizuko. Como bien sabes, ella perdió a sus padres en el bombardeo de Yokohama.

Nos callamos. Él vuelve a coger el diario y sus gafas.

—¡Querido! ¿Puedes echarme una mano?

Shizuko llama a Yukio desde la cocina. Él contesta:

—¡Espera! Voy enseguida. —Se levanta y me pregunta—: ¿Por qué has hablado esta noche de tu madre y tu tío? ¿Tenías algo que decirme?

Contesto:

—No, nada.

Se va.

—¡Detente!

He oído a mis espaldas la voz amenazante de un hombre. Me apunta con algo, como si fuera la punta de un bastón. Antes de que me dé la vuelta, dice:

—¡Manos arriba!

Se me hiela la sangre de espanto. «¡Tiene un revólver!» Levanto las manos.

—Bien. Ahora, camina.

Camino tímidamente. Él grita:

—¡Rápido! ¡Todo el mundo te espera!

«¿Todo el mundo? ¿Quiénes son?» A empujones, llego al dique sobre el río. Veo en la ribera una fosa gigantesca y, alrededor, miles de personas.

Grito:

—¡No, no!

El hombre me empuja más fuerte.

—¡Baja! Tu madre está ahí.

«¿Mi madre está ahí?» Grito con todas mis fuerzas:

—¡Mamá!

Alguien agita la mano entre la multitud. «Debe de ser mamá.»

Bajo corriendo por la cuesta del dique. El hombre grita detrás de mí:

—¡Detente! ¡Detente o disparo!

Lo ignoro y sigo corriendo. Un disparo. De pronto, mi cuerpo flota en el aire y se eleva al cielo. «¡Estoy volando!» La fosa se hace pequeña. Doy vueltas encima de la gente con los brazos extendidos. Busco a mi madre.

—¡Socorro!

Ahora todo el mundo agita la mano hacia mí. Me acerco. Alguien me atrapa las manos y alguien los pies. Me contorsiono. Veo el fondo de la fosa. Entro en pánico:

—¡Suéltenme!

Despierto en la negrura. Por un momento me pregunto: «¿Dónde estoy? ¿En la fosa?». Mis ojos se adaptan lentamente a la oscuridad. Miro las cortinas, el reloj, el calendario sobre la pared. Respiro profundamente y me levanto. Saco el diario de mi madre del cajón. Sentada en la cama, permanezco inmóvil hasta bien entrada la noche.

La puerta de la entrada está abierta. Llamo:

—Buenos días, señora Kim. ¿Está usted en casa?

La voz contesta desde el interior:

—¡Entre!

Está en casa. Apenas me ve, exclama:

—¡Qué sorpresa! Pase.

Está sentada ante la mesa baja, lápiz en mano. Veo unos pedazos de papel con una cifra escrita. Hay juguetes desparramados a su alrededor. Digo:

—¿La molesto?

—No. Al contrario, me alegra mucho volver a verla. Lamenté no haberle dado mi número de teléfono el otro día.

Mueve los juguetes y me da un *zabuton*. Dice:

—Son los regalos que mi hijo menor me mandó para repartir entre los hijos de los vecinos. Mire. Son todos diferentes. Difícil satisfacer a todo el mundo. Así que decidí sortearlos. De ese modo evitaré el problema de tener que elegir uno para cada niño.

—Tiene razón —digo.

Me prepara una taza de té y sigue hablando de sus hijos y sus familias, que regresarán a Japón para las vacaciones de invierno.

—Anoche mi nieta de diez años me cantó una canción coreana por teléfono. Fue precioso. Habla inglés, español y un poco de coreano. Su madre es mexicana... Tras la muerte de mi marido, mi hijo menor me invitó a vivir allí con su familia, pero no acepté. Soy feliz aquí, en compañía de nuestros compatriotas y nuestros vecinos japoneses.

La señora Kim deja de hablar un segundo y me mira:

—Tiene mala cara. ¿Está usted enferma?

—No. Casi no he dormido. Eso es todo —digo—. En realidad, he vuelto porque quisiera pedirle un favor...

Sonríe.

—¡Lo que quiera! Espero poder ayudarla.

Saco el cuaderno de mi madre de mi cartera y lo pongo sobre la mesa. Ella mira con curiosidad la tapa, que no tiene nada escrito.

—¿Qué es eso? Ese papel viejo me recuerda a antes de la guerra —dice.

—Es el diario que mi madre me dio poco antes de morir.

Ella repite:

—¿El diario de su madre?

—Sí. ¿Podría usted leerlo?

—¿Leérselo? ¿Por qué?

Ella coge sus gafas y se inclina otra vez sobre el cuaderno. Apenas pasa la portada, grita:

—¡Su madre era coreana!

Me mira, estupefacta. Le hago una seña con la cabeza. Un segundo después, murmura:

—Quiere decir que usted también es coreana...

—Lo soy a medias, al menos —digo.

—¿A medias? ¿Su padre no era japonés?

—No lo sé.

—¿No lo sabe? ¿Cómo es posible?

—Fui hija natural. Mi madre nunca me habló de mi padre.

Me quedo callada. Temo su reacción. El otro día no le dije la verdad. La señora Kim clava largamente los ojos en la primera página del diario. Me da la impresión de que no lo lee. Parece estar reflexionando. Yo bajo los ojos. Pregunta:

—¿Su madre también murió en el terremoto?

—Creo que sí. Desapareció al día siguiente, después de dejarme a salvo en una iglesia. Había salido en busca de su hermano, que por entonces trabajaba en el dique de Arakawa.

—¿Y qué le sucedió a su tío?

—No lo sé exactamente. No regresó, igual que mi madre.

—Dios mío... ¡Pobre de usted!

La señora Kim se quita las gafas y añade:

—Por eso estaba usted el otro día en el dique. Debió de ser duro para usted asistir a esa exhumación.

Se aplasta una lágrima en la comisura de un ojo. Yo callo. Después de un momento, pregunta, indecisa:

—¿Su familia conoce esta historia?

Sacudo la cabeza sin mirarla.

—No. Nadie la conoce.

—Es lo que me figuraba... Pero al menos su difunto marido japonés debía de conocer su origen coreano. En los matrimonios, la identidad de la esposa siempre queda inscrita en el *koseki*.

—Yo era japonesa ya antes de casarme.

—¿Y eso?

Le cuento lo que hizo el cura de la iglesia para conseguirme la nacionalidad japonesa.

—No estaba en condiciones de rechazarla —digo—. Lo hizo lo mejor que pudo pensando en mi futuro.

—¿De modo que su marido se casó con usted sin conocer su origen?

—Sí.

La señora Kim ya no sabe qué decir. Se instala un silencio pesado. Solo oímos el tictac del reloj. Contengo el aliento. Me parece que, si no la rompo, la pesadez durará eternamente. Digo:

—Mi hijo es una persona instruida y trabaja en una buena empresa. Tengo ahora tres nietos. Vivo tranquilamente con su familia. Jamás podría trastornar su existencia con mi historia. Entiéndalo, por favor...

Me quedo en silencio unos instantes. La señora Kim se cubre la cara con las manos.

—¡Qué complicación! ¡Qué carga!

Intento contener las lágrimas, pero es inútil. Sollozo. Me da un pañuelo de papel. Mientras me enjugo las mejillas me doy cuenta de que no he llorado en mucho tiempo.

Una vez que me tranquilizo, la señora Kim vuelve a ponerse las gafas y mira de nuevo la primera página del diario de mi madre. Dice:

—Creo, viendo su bella letra, que su madre era una persona instruida.

Digo:

—En Corea era profesora en un colegio para muchachas.

—¿Profesora? ¿Por qué se fue del país?

—A mi tío y a ella los perseguían los japoneses por su actividad en favor de la independencia.

—De modo que su madre y su tío son héroes de nuestra patria. ¡Qué lástima! No puede decírselo a su familia.

La señora Kim empieza a leer el diario y me lo traduce. La escucho con los ojos cerrados. Mi madre anotó todos los sucesos de la vida de los coreanos a los que frecuentó. Las fechas no siempre se suceden, a veces faltan días, a veces semanas. Me da la impresión de que envió esa información a Corea, donde sus compañeros continuaron con el movimiento por la independencia. No escribió nada sobre mí. Ni siquiera mencionó mi nombre, ni el de su hermano.

Tras haber leído la mitad del diario, la señora Kim dice:

—Es un documento precioso para la historia coreana de aquí.

No contesto. Ella sigue leyendo. Se acerca el día del terremoto. Me pongo tensa. Cuando pronuncia la fecha «el primero de septiembre de 1923», un escalofrío me recorre la espalda. Mi madre describió exactamente lo que sucedió ese día. «¿Dónde habrá anotado todas esas cosas?» Trato de recordarlo. Debió de hacerlo en la cima de la colina, mientras yo dormía en sus rodillas.

La señora Kim dice, pasando la página:

—El diario termina aquí.

Hojea el cuaderno hasta la última página y dice:

—Ah, hay unas palabras en la contratapa. La letra es apresurada. Su madre debió de escribirlas a toda prisa. No es fácil descifrarlas. Espere...

Lee estudiando cada palabra: «2... de septiembre... de 1923... Para... mi... querida... la hija... del... señor...». Ahí se detiene un momento. Se queda pensando. Yo me lo repito: «Para mi querida, la hija del señor ¿quién?». Mi corazón late muy fuerte. Miro fijamente los labios de la señora Kim. Espero. Ella sigue buscando el siguiente carácter. Y de golpe exclama:

—¡El señor Tsubame!

«¿Qué? ¿El señor Tsubame? ¡Es el cura extranjero del orfanato!» La señora Kim me mira. En su rostro veo el de la señora Tanaka diciendo: «Mariko, nosotras, las mujeres, lo hemos apodado el señor Tsubame».

Atónita, le pregunto a la señora Kim:

—¿Podría leerlo otra vez?

Ella repite, confirmando:

—«2 de septiembre de 1923. Para mi querida, la hija del señor Tsubame».

Se quita las gafas y me devuelve el diario:

—Así que ahora sabe quién fue su padre. ¿Conoce usted a esa persona, el señor Tsubame?

—No...

Sonriendo, dice:

—Es la primera vez que escucho que Tsubame es un apellido en japonés. Quizá sea un apodo.

No contesto. Vuelvo a poner el diario de mi madre en mi cartera y digo:

—Perdóneme por no haberle dicho la verdad el otro día. Me sentía incapaz.

—No se preocupe. Entiendo perfectamente su situación. Jamás le contaré su historia a nadie.

Me inclino profundamente. Ella agrega:

—Usted no es responsable de su carga. Nadie tiene derecho a acusarla.

Mientras bebe su té, trata de cambiar de tema y habla de su hija. Yo ya no consigo concentrarme, no importa lo que diga. Toda mi cabeza está ocupada por la imagen del cura extranjero. «El señor Tsubame, él era mi padre...» Recuerdo que sus padres habían muerto en una guerra en Europa. ¿Qué país era? ¿Seré entonces mitad europea? El cura tenía el pelo completamente negro. ¿Cómo lo había conocido mi madre poco después de llegar a Japón?

Miro el reloj en la pared. Ya son las cinco de la tarde.

Cuando la dejo, la señora Kim me da su número de teléfono en un pedazo de papel. Mientras me lo tiende, pienso que no lo usaré para venir a visitarla de nuevo.

Hoy es 9 de septiembre. Después de la escuela, Tsubaki juega con su amiga Yumiko, que ya está recuperada de su operación. Sentadas en el *engawa*, dibujan mientras charlan. Yo arranco la maleza en la huerta. La época de las verduras casi ha terminado. Las hojas de calabaza y de sandía se han marchitado. Todavía cuelgan algunos pepinos de los sarmientos enrollados en una vara de bambú. Recojo las plantas que dejé en el suelo el otro día. Están bien secas. No hay viento. Decido quemarlas.

Oigo que Tsubaki le dice a Yumiko:

—¡Tengo una sorpresa para ti!

Entra en la casa y sale con libros. Le dice:

—Mi abuela nos compró el mismo libro a las dos.

Yumiko exclama:

—*Oyayubi-hime!* Hace mucho que quería tenerlo.

Baja enseguida del *engawa* y se acerca a mí corriendo:

—¡Gracias! —dice, abrazando el libro contra su pecho.

Me agacho hacia ella y miro sus ojos, que brillan de alegría. Sonrío.

—Qué gusto me da. Estoy contenta de que estés completamente curada...

Vuelve al *engawa*. Las dos miran los dibujos del libro mientras repiten: «¡Ah, qué bonito!». Luego leen juntas.

Sigo arrancando maleza mientras escucho la historia. Desfilan por mi cabeza las imágenes de los animales que Poucette va encontrando uno tras otro: los sapos, los peces, las mariposas, el ratón, el topo... Cuando veo la imagen de la golondrina que se va rumbo a los países cálidos llevando a Poucette en el lomo, pienso en el cura extranjero. Me mira. Tiene en sus brazos a Yukio, su nieto.

Cuando Yukio tenía cuatro años, trabajé unos meses en la iglesia. Yukio se quedaba conmigo y jugaba con unos pequeños huérfanos. Fue el único momento en que el cura pasó algún tiempo con Yukio. Me presentó a un hombre encantador llamado Takahashi. Nos casamos. Cuando le dije al cura: «Yukio y yo nos iremos a Nagasaki con mi marido», pareció ponerse triste. Me repetía: «No olvides que puedes regresar aquí en todo momento».

Recojo las ramas caídas y las pongo sobre las plantas. Empujo un poco de papel de periódico hasta el fondo y enciendo un fósforo. Las hierbas arden poco a poco y el fuego se extiende a las ramas. Lo miro, distraída.

Pienso en el diario de mi madre. Entro en casa a buscarlo y lo traigo ante el fuego. Acaricio la portada amarillenta y lo dejo sobre las ramas medio encendidas. Las esquinas del cuaderno arden, doblándose. Los papeles ennegrecidos se elevan y balancean en el aire. Escucho que mi madre dice: «No hay nada más precioso que la libertad». Me caen las lágrimas. Me digo: «¡Adiós, mamá!». En ese mismo momento, Tsubaki grita:

—¡Mira! *Tsu-ba-me!*

Señala el techo. Veo una golondrina en el borde del nido seco. Entusiasmada, Yumiko dice:

—¡Allí está! Ha vuelto a buscar a Poucette.

Llega otra golondrina. Tsubaki dice:

—Pero ¡no! Es una pareja, papá y mamá.

Las dos observan a los pájaros, que permanecen inmóviles. Tsubaki dice:

—Espero que la pareja vuelva a nuestra casa el año que viene.

Las golondrinas levantan el vuelo. Las chicas gritan sacudiendo la mano:

—¡Buen viaje!

Las golondrinas vuelan siguiéndose una a la otra, como una pareja. Las miro hasta que se vuelven manchas negras en el cielo azul.

Cae la primera nieve. Es domingo. Por la tarde me quedo sola en la casa. Ordenando la cómoda de mi habitación, encuentro en un cajón un pedazo de papel plegado en cuatro. Es el número de teléfono de la señora Kim. Hace ya tres meses que la vi. En el momento en que voy a tirarlo a la basura, veo la imagen de la señora Tanaka. Trato de recordar el rostro de la señora Kim. Recojo el papel y marco el número.

—Hola...

Del otro lado de la línea oigo la voz de una mujer, pero no es la de la señora Kim. Como no contesto enseguida, la mujer repite:

—¿Hola?

Digo, indecisa:

—Quizá me he equivocado de número. Quisiera hablar con la señora Kim.

La mujer dice:

—Falleció.

«¿Qué?» No doy crédito a lo que oigo. La mujer dice:

—Falleció de un ataque cardíaco hace dos meses. Soy una vecina, pero puede dejarme su mensaje. Se lo daré a su hija, que estará de regreso mañana.

Desorientada, me he quedado sin voz. La mujer prosigue:

—Dígame su nombre y su número.

Digo:

—No hace falta que los anote. No conozco a la hija.

La mujer cuelga. Me doy cuenta de que es la voz de la vecina de la señora Kim que trajo las mazorcas de maíz en una cesta de bambú.

Me siento en la silla junto a la ventana. El jardín está ligeramente cubierto de nieve. Alzo los ojos al cielo gris. Pienso en la señora Kim. Su cara sigue superponiéndose a la de la señora Tanaka. La mujer a la que los niños llamaban *obâchan*. Mientras asaba unas *hamaguri*, me dijo: «Mariko, conocerás al hombre que te hará feliz».

Veo en el jardín al cura lavando unos *daikon*. Bombea el agua del pozo en el balde de madera. La señora Tanaka sale de la iglesia con el niño pequeño, que corre lanzando un avión de papel. El cura lo toma en sus brazos. Me asomo por la ventana y lo llamo: «¡Señor Tsubame!». Él me sonríe. El niño vuelve la cabeza hacia mí. Es Yukio. Sacude su mano: «¡Mamá! ¡Mamá!».

Wasurenagusa

I

La mañana del primer domingo de mayo.

Estoy sentado en un sillón de bambú, instalado en el espacio que queda entre la ventana y la habitación de tatamis donde duermo. Un viento fresco me roza la mejilla. Tilín..., tilín..., tilín... El *fûrin* de cobre tintinea suavemente por encima de mi cabeza. Alzo los ojos, mi mirada permanece inmóvil unos instantes.

Tengo un libro en una mano y un señalador en la otra. Es un libro farmacéutico redactado por mi colega, el señor Horibe. Me resulta muy necesario para mis investigaciones. Trato de concentrarme, pero me cuesta leer. Mis ojos leen varias veces las mismas líneas. No capto bien el sentido del contenido. Me pregunto: «¿Qué es lo que me molesta?».

Miro distraídamente las pequeñas flores secas del señalador. Ya han perdido el color. En la punta hay escrita una palabra en *katakana*: *niezabudoka*. No conozco esa palabra de origen ruso, pero ha de ser el nombre de la flor. Se trata de un recuerdo enviado hace poco por Sono, que reside en Harbin, en Manchuria. Cada vez que veo este señalador pienso en ella. La conozco desde la infancia, era mi niñera cuando yo tenía cuatro años. Ahora ronda los sesenta.

En esa época, antes de que ella llegara a casa de mis padres, hubo un período en que yo gritaba de noche. La cosa se prolongó unas semanas, y mi madre enfermó. Sufría de gastralgia y falta de sueño. Mi padre decidió enviarla a descansar a la casa de Kamakura. Buscó a alguien que pudiera ocuparse de mí en ausencia de mi madre y encontró a una mujer llamada Sono a través del superior del templo S., que conocía a mis padres desde hacía años. El templo también estaba en Kamakura, mientras que nuestra casa estaba en Tokio.

Recuerdo el día que Sono vino a casa, acompañada por el superior del templo S. Vestía un kimono con flecha color violeta. Era mucho mayor que mi madre, pero muy activa. Me llevaba todos los días afuera, al río, a la montaña, a la colina. Por la mañana preparaba la cesta de víveres para nuestros picnics y pasábamos todo el día de paseo. Era en primavera. Yo capturaba renacuajos, insectos, peces, y me los llevaba a casa.

Al acostarme, Sono cantaba frotándome la espalda. Agotado, me dormía sin problemas. Me despertaba temprano. Entraba en su habitación, que estaba junto a la mía, y me deslizaba dentro de su futón.

Sono también cuidaba del hijo del superior del templo S. Se llamaba Kensaku, tenía la misma edad que yo. Había venido con su madre, cuya casa natal estaba cerca de la de mis padres. Nos divertíamos corriendo por todo el barrio. Había gente que creía que éramos hermanos. Nos llevábamos muy bien.

Un mes más tarde, repuesta, mi madre volvió de la casa de Kamakura y Sono se fue. Mi madre estaba feliz de que yo hubiera dejado de llorar. Mi padre le dijo: «Todo eso ha sido gracias a Sono, que es buena con los niños». Sin embargo, mi madre le dijo: «Su origen es dudoso. No le conviene a nuestra familia». Como yo todavía era pequeño, no entendía lo que quería decir. Pero me pareció que las palabras «origen dudoso» eran muy negativas. Sono jamás volvió a nuestra casa cuando mi madre necesitó una niñera para mí.

Yo extrañaba a Sono. Un año después de su partida, me la crucé por casualidad en la calle. Me puso muy contento. Supe que no vivía lejos de nosotros. Empecé a frecuentar su casa sin decírselo a mis padres. Allí la oí por primera vez tocar el *shamisen*. El sonido era agradable de escuchar. De vez en cuando, Kensaku venía con su madre cuando su padre se quedaba en Tokio. Nos divertíamos juntos como antes. Sono jamás me hacía preguntas sobre mis padres.

Seguí viéndola hasta que se mudó a Kamakura. Ese año entré en la universidad en Tokio. Atareado en mis estudios, y luego en mi trabajo en la empresa y más tarde en mi matrimonio, rara vez fui a visitarla. Hace tres años que comencé a verla de nuevo, después de divorciarme.

La última vez que fui a su casa, se disponía a ir a Manchuria. Era a principios del año en que el Ministerio de la Guerra insinuó la posibilidad de que nos retiráramos de la Sociedad de las Naciones. Se oía por la radio el eslogan del Gobierno: «¡Hay que quedarse con Manchuria! ¡Es la arteria de nuestro imperio!». Me preocupaba que Sono viajara en semejante coyuntura, pero ella me dijo: «Quizá sea mi última oportunidad de ir. Hay alguien allí a quien me gustaría mucho volver a ver».

Sono, que nunca se casó, sigue viviendo sola. Sus padres murieron cuando aún era pequeña. No tiene hermanos ni hermanas, no conoce a nadie de su familia, ni siquiera a algún pariente lejano. No sé cómo puede ser posible eso, pero es lo que ella me dice. Pese a todo, no creo que sea una persona solitaria. «Soy demasiado curiosa. No estoy hecha para el matrimonio. No tengo paciencia para quedarme en casa.» Se gana la vida enseñando *shamisen* a las geishas y gasta lo que gana en viajes.

Envidio su suerte. Ella hace lo que quiere. Yo no. Yo soy el heredero de una familia ilustre. Mi abuelo era un político muy conocido en Tokio, y mi padre también lo es. En cuanto a mí, soy farmacólogo en una gran empresa de medicamentos. Desde que tengo uso de razón, mis padres me repiten: «Kenji, no olvides que eres el heredero de la familia Takahashi. Debes comportarte como un digno hijo de nuestros antepasados». Según nuestra genealogía, descendemos de nobles de la corte imperial.

Vuelvo a poner el señalador en el libro que apenas he leído. Me tumbo en los tatamis y miro largamente las vetas de madera del techo. Suspiro. Por un momento veo la imagen de mi primera mujer, Satoko.

Nuestro matrimonio, arreglado en aras de la familia, solo duró tres años y dos meses. Satoko y yo no tuvimos hijos. Esa fue la causa principal de la separación. Mis padres me decían: «La culpa es suya. Hay que hacer algo para que nuestra estirpe no se extinga».

Quieren que vuelva a casarme lo antes posible. Todo el tiempo me hablan de las chicas que eligieron como candidatas a ser mi esposa, o mejor dicho, su nuera. Yo no quisiera seguir soltero toda mi vida. Pero todavía no estoy preparado para aceptar la idea de volver a casarme: tengo un gran problema. Tarde o temprano tendré que decírselo a mis padres. Es algo que me pesa mucho, más que el problema mismo.

Hablando con franqueza, me gustaría irme a cualquier parte y desligarme de todas mis obligaciones. Quisiera estar solo como Sono, como un huérfano.

Recuerdo mi primer encuentro con Satoko.

Intimidada, ella hablaba poco, pero sus palabras eran claras y sensatas. Lo que me gustó es que le interesara mucho la naturaleza. Cuando le conté la historia de mi infancia en la que jugaba con la niñera en el campo, me escuchó con curiosidad. Noté que estaba bajo la influencia de su padre, profesor de ciencias en la universidad. Ese día charlamos agradablemente.

Mis padres insistían en que me casara con ella. Me dijeron: «Es una chica bien educada. Parece obediente. Además, es hermosa». Acepté la propuesta con placer. Y tres meses después nos casamos con los mejores deseos de todo el mundo.

Pasaron seis meses sin problemas. Luego mi madre empezó a preguntarme a menudo: «¿Mi nuera no está embarazada todavía?». Como si me preguntara: «¿Ya ha desayunado?». Yo trataba de ignorarla. Pero también empezó a intervenir en nuestra vida y a quejarse del comportamiento de mi mujer. «¡Satoko no es obediente en absoluto! Replica. ¡Qué educación!», decía mi madre.

Pasaron tres años sin hijos. «Casada con un heredero, la mujer que no puede dar hijos debe irse de la familia.» Mi madre me recordó esa costumbre tradicional y un día le soltó a mi mujer: «¡La infertilidad es culpa suya!». Mi padre me sugirió que tuviera una amante, y agregó: «Podrías conservar a tu mujer». Me negué. Satoko ya no soportó las presiones que ejercían mis padres y me dijo: «Me gustaría vivir en otro sitio». Yo entendía su deseo. Pero no me animaba a contestarle que también yo lo deseaba. «Soy un heredero», dije. «No puedo abandonar mi casa ni a mis padres.» Entonces decidió irse.

El último día que pasó en casa de mis padres alivió su corazón diciendo cosas que yo no esperaba: «Estoy harta de tu madre. Actúa como si fuera tu mujer. Está celosa de mí y lo estará de toda mujer con la que te cases. ¡Se ocupa de ti hasta en el baño!». Contesté: «¡Qué cosas se te ocurren! Mi madre me ama ciegamente porque soy su único hijo. Eso es todo». Ella gritó: «Tu excusa no se sostiene. A decir verdad, estoy harta de ti. Ya no puedo vivir con un niño grande. Todo el mundo dirá que nuestro matrimonio no funcionó porque soy estéril. ¡Me importa un bledo!».

Nuestro divorcio decepcionó a Sono. Aunque nunca hubiera visto a mi mujer, había oído al superior del templo S. hablar de ella y de nuestro matrimonio. «Qué lástima», dijo. «Me parecía que Satoko estaba bien para ti. De hecho, pensé que te salvaría.» Yo no entendía lo que quería decir. En contra de mi primera impresión, Satoko tenía un carácter firme y resistente. Sono dijo: «Te dio lo que te hacía falta. Eres demasiado obediente con tus padres».

Un año después de nuestro divorcio, Satoko volvió a casarse. Lo supe a través del señor Horibe, cuya esposa la conocía. Y al principio de ese año también me enteré de que Satoko y su marido habían tenido un hijo. El hecho me impactó, y comprendí: «¡Así que yo soy el responsable de nuestra infertilidad!».

Ese día Japón se retiró oficialmente de la Sociedad de las Naciones. La gente en la calle repetía el eslogan que se oía por la radio.

Mis amigos y colegas discutían enérgicamente el acontecimiento histórico. Todo el mundo se preocupaba por el futuro del país. Demasiado deprimido por mi propia situación, yo me mantenía al margen.

Al menos tomé la decisión de vivir solo. Les dije a mis padres que estaba muy ocupado con mi trabajo y que tenía que instalarme momentáneamente cerca de mi laboratorio. Mi padre me dijo: «Entiendo. El Estado atraviesa un momento crítico. Hay que colaborar con las necesidades del país. Trabaja duro por nuestro futuro. Podrás regresar aquí cuando te cases de nuevo. Tal vez el año que viene». Mi madre agregó: «Podemos contratarte a una mujer de la limpieza, o bien puedo acompañarte yo». Me negué. «Gracias, pero no vale la pena. Tengo mucho que hacer en el trabajo. Me gustaría estar solo, así podré concentrarme en mis investigaciones.»

Hace cuatro meses que vivo aquí, en una pequeña casa alquilada a quinientos metros del laboratorio. Paso el día entero en el trabajo, y en casa no hago más que dormir y comer ligero. El señor Horibe me invita a veces a cenar a su casa. Aprecio su generosidad, pero ahora no tengo ganas. Está casado y tiene una hija de cuatro años que se llama Yukiko. Me habla de ella a menudo. En realidad, tampoco tengo ganas de comer en casa solo. Todos los domingos voy al restaurante.

Al principio, a decir verdad, me entregaba a la desesperanza. Deambulaba por el centro para matar el tiempo. A veces entraba en un bar. Cuando veía una camarera que me gustaba, le pedía que se acostara conmigo. Si decía que sí, la llevaba a un hotel. Cambiaba de mujer casi todas las semanas. No tenía que preocuparme por la idea de que las mujeres se quedaran embarazadas de mí. Sin embargo, cuanto más hacía el amor con desconocidas, más vacío me sentía.

Una vez me acosté con una prostituta. Cuando intenté besar sus ojos y su boca, se negó enseguida diciendo: «No. Eso solo se lo acepto a mi novio». Esas palabras me deprimieron aún más. Desde entonces no me acosté con ninguna mujer.

Me gustaría conocer a una mujer que me necesite y a la que yo también necesite. Me gustaría dormir abrazándola, tocando su piel suave y cálida, acariciando su pelo, su cara, su cuello...

Sigo sintiéndome deprimido. Pero quiero hacer algo para salir adelante, como hizo Satoko. Cierro los ojos. Veo su imagen con su nuevo marido y su hijo. Me sonríen, muy felices. Lamento no haberla defendido ante mis padres. Ahora no puedo desear otra cosa que su felicidad.

Son las dos. Hoy debo hacer la compra. Durante la semana nunca vuelvo a casa antes de las diez, y las tiendas están todas cerradas.

Me visto escuchando una canción popular por la radio. Unos minutos después empieza el boletín informativo. Hablan del cierre provisional de la Bolsa por la crisis financiera norteamericana. A continuación mencionan la situación del ejército japonés en China, que logró cruzar la frontera tras haber librado una batalla. Al parecer, Japón separa el Estado de Manchukuo de la China continental.

Recuerdo lo que decía Sono en la carta que me envió con el señalador. «China es un territorio inmenso. Lo atravesé en tren día tras día. Esto que hacemos aquí es como si un gato tratara de morder a un elefante.» Quizá sea cierto. Tengo la sensación de que Japón se equivoca al salir de la Sociedad de las Naciones. Temo por el futuro de nuestro país. Tarde o temprano, estaremos todos acorralados en una situación catastrófica: la guerra contra el mundo entero.

Apago la radio y salgo de la casa con una mochila. Voy hacia la calle comercial donde hago la compra los domingos. El cielo está límpido. Respiro profundamente. Siento el aire más cálido y húmedo que antes. Pronto llegará el verano. Sono regresará a Kamakura antes de la época de lluvias.

Camino más despacio. Decido pasear un poco antes de la compra. Vivo en un barrio agradable. Las casas están bien mantenidas y hay muchos árboles. Camino mientras los observo. Cuando encuentro una pareja de golondrinas que ha anidado bajo el techo de una casa, me detengo y las miro un momento.

A medida que bajo por el camino, el paisaje se vuelve cada vez más modesto. Tomo un callejón por el que nunca antes he pasado. Al borde del camino crecen unas hortensias que esperan que llueva. Unos metros más lejos veo un edificio con una cruz sobre la puerta. Ha de ser una iglesia cristiana. Está rodeada por una cerca de madera. Veo ante mí un pequeño anuncio escrito en un papel viejo. «La iglesia busca a alguien para reparar el techo. Padre S.» El nombre del cura no es japonés. Es un nombre occidental. Me pregunto en el acto: «¿Qué estará haciendo en un país budista y sintoísta? Si estalla la guerra, los extranjeros como él tendrán que abandonar el país».

No veo a nadie alrededor del edificio. En el momento en que me dispongo a irme oigo voces de niños. Avanzo bordeando la cerca que lleva al patio trasero, donde hay otro edificio del que están saliendo algunos niños pequeños. Se ponen a lanzar una pelota en el jardín. A continuación, baja una anciana en kimono que tiene en la mano una cesta de verduras. Va hasta el pozo que está en el fondo del terreno y bombea agua en un balde. Yo levanto los ojos hacia el techo. Veo tejas rotas donde termina el primer edificio.

—¡Señor!

Un chico me llama desde el jardín. Señala con un dedo la parte de la cerca donde estoy. Veo en el suelo una pelota de goma. La recojo y se la lanzo al chico, que la atrapa muy bien.

—¡Gracias, señor! —dice.

Mirando su rostro cándido pienso en el hijo que podría haber tenido con Satoko. Ahora tendría cuatro o cinco años, como este niño.

Le pregunto:

—El edificio de la izquierda es una iglesia, ¿verdad?

—Sí.

—¿Y el de la derecha?

—Es nuestra casa.

Se pone a jugar de nuevo con la pelota. «¿Nuestra casa? ¿Vivirán estos chicos en la iglesia?» Me sorprende.

La anciana me echa un vistazo y se levanta. Se me acerca secándose las manos en el delantal. Con aire desconfiado, me pregunta:

—¿Qué desea, señor?

Balbuceo, buscando las palabras:

—He visto el pequeño aviso sobre la cerca.

Su cara se suaviza en el acto. Tiene los ojos redondos y los labios gruesos. Su expresión un poco infantil me hace pensar en Sono.

—Es usted la quinta persona que viene —dice la anciana.

—¿La quinta?

—Sí, todos creen que es un trabajo remunerado —dice.

—¿A qué se refiere?

—Esto es un orfanato. No tenemos dinero.

«¿Orfanato?» Miro de nuevo a los niños que juegan en el jardín.

—He visto en el anuncio el nombre del cura extranjero —digo—. ¿Él es el que se ocupa de los huérfanos?

—Sí. Son diez en total.

—¿Diez? ¿Cómo se las arregla él solo para cuidarlos?

—Trabaja de intérprete en una compañía de importación y exportación. Habla varias lenguas europeas.

—¿Y japonés?

—Por supuesto —dice ella.

—Con todos esos niños, ¿le queda tiempo para difundir la fe? Ella sonríe.

—No, pero para él vivir así es la misión misma. A decir verdad, aunque tuviera tiempo, no trataría de convertir a la gente, que ya tiene la fe de sus antepasados, ni a los niños de los que cuida.

Sigue hablando del cura y de los niños. La escucho sin decir palabra. Cuando acaba, le pregunto:

—¿Es usted cristiana?

—Sí —dice—. Soy católica. Mis padres también lo eran.

—¿Es usted de Tokio?

—No. Vine de Nagasaki.

La miro a los ojos:

—Señora, debo irme ahora. Pero dígale al cura que vendré a reparar el techo mañana, después del trabajo.

Ella vuelve a sonreír:

—¡De acuerdo, señor! Se pondrá contento de verlo. ¿Cómo se llama usted?

—Soy el señor Takahashi. ¿Y usted?

—La señora Tanaka. ¡Hasta mañana!

La mujer vuelve al pozo a lavar las verduras. Los niños siguen jugando en el jardín.

Salgo del callejón y voy hacia la calle principal. Renuncio a la idea de dar un paseo por el barrio. Decido hacer la compra y volver a casa directamente.

Mientras camino, reflexiono. La imagen de la anciana ronda en mi cabeza. Jamás he visto ojos tan puros como los suyos, como los de un recién nacido. Tiene una mirada dulce. Pero me ha dado la impresión de que en el fondo es muy firme. Me recuerda la verdadera naturaleza de Satoko.

Pienso en la historia de los católicos en Japón, que debieron exiliarse o fueron torturados o asesinados por resistir contra el régimen. La conocí por un libro, cuando aún era adolescente. No entendía la mentalidad de esa gente. Me preguntaba: «¿Por qué sacrificar tu vida con tanta obstinación por una religión occidental que no se adecúa a la cultura japonesa?». Yo no creía que fuéramos capaces de entender el concepto de un Dios absoluto, al que estamos unidos por un contrato, ni la idea de que Jesús hubiera nacido de una virgen. Dudaba mucho de que se pudiera implantar esa religión en un terreno ya impregnado de budismo y sintoísmo.

No he cambiado de opinión desde entonces. Sin embargo, cuando pienso en los católicos que defendieron su fe contra viento y marea, no puedo evitar reconocer mi punto débil. La palabra «resistencia» me pincha el corazón.

Siempre he sido un niño modelo, educado y obediente. Casi no he avergonzado a mis padres. He estudiado con ahínco y obtenido buenas calificaciones. Todos los años el profesor me nombraba delegado y les decía a los demás alumnos: «Comportaos como Kenji, que es un ejemplo para todos». Mis padres, como es evidente, estaban orgullosos, sobre todo mi madre.

En realidad, tenía miedo de enfrentarme con los problemas, cualesquiera que estos fueran. Tenía miedo de las reacciones negativas. Hoy me pregunto por qué. Por un momento me vuelve a la mente una imagen de mi infancia: yo llorando en la oscuridad. Llamo a mi madre: «¡Mamá! ¡Mamá! ¡Tengo miedo!». Quiero dormir con ella, pero ella no quiere. Simplemente me dice: «¡Ya no eres un bebé!».

Por su manera de decir que no, sabía que jamás cambiaría de idea. Conservaba el buen humor siempre y cuando yo no le replicara. Mi padre me entendía, pero dejaba que mi madre decidiera sola por mí. Entonces mi madre decía que no y ponía fin a nuestra conversación. De modo que no había posibilidad alguna de pedirle permiso para volver a ver a Sono. Mi corazón de niño conocía de antemano su respuesta: «Olvídala. Todo ha terminado entre nosotros».

Mi padre siempre estaba ocupado trabajando. Regresaba cuando yo ya estaba acostado. Cuando me despertaba, él ya se había ido. No hacía esfuerzos por pasar momentos agradables con mi madre, que se ocupaba de mí y de la casa. Mi madre estaba frustrada todo el tiempo. Me quería como si intentara compensar el amor que le faltaba. Me asfixiaba, pero yo no tenía más remedio que tolerarlo. Aún hoy las cosas entre nosotros no han cambiado, y tampoco entre mis padres.

Después de hacer la compra, regreso enseguida a casa, donde no hay nadie. Preparo un almuerzo ligero y como en silencio. Luego me tumbo en los tatamis y sigo leyendo el libro que intentaba terminar esta mañana. El viento entra en la habitación. Tilín..., tilín..., tilín... El *fûrin* tintinea. El sonido me adormece.

Satoko y yo caminamos por el camino del dique. Ante nosotros se extiende un río inmenso. El agua es profunda, la corriente rápida. El viento sopla contra nosotros.

Ella canturrea con voz vibrante. La llevo del hombro. El calor de su piel se propaga a través de su camisa. Acaricio sus largos cabellos negros. Beso su frente. Con los ojos cerrados, ella permanece inmóvil. Olor a jabón. En el momento en que nuestros labios se superponen, abre mucho los ojos y dice:

—Escucho una balalaika.

Aguzo el oído. Solo oigo el ruido de la corriente. Digo:

—Tú eres la balalaika.

Sonríe. Le tomo de la mano y sigo caminando.

Veo un bote unos metros más allá, sacudido por las olas. Está atado a un árbol. No hay nadie alrededor. Me pregunto quién se atrevería a remar en un lugar tan peligroso.

Satoko exclama:

—¡Mira eso! ¡Qué hermoso!

Señala con el dedo las florecillas azules en la orilla, entre las rocas. El agua está muy cerca.

Pregunta:

—¿Puedes recoger una para mí?

—¡No! Si llegara a tropezar, la corriente me arrastraría con facilidad.

Ella dice con una sonrisa débil:

—Tienes razón.

Cuando llegamos a un sendero que lleva hasta el borde del agua, dice bruscamente:

—Ahora te dejo.

—¿Me dejas? ¿Adónde vas?

Contesta mirándome fijamente:

—Quisiera divorciarme.

«¿Divorciarme?» No doy crédito a lo que oigo. Me mira con seriedad. Antes de que yo pronuncie las palabras «¿Por qué?», ya ha bajado del dique. Trato de correr hasta ella. Pero mis pies no se mueven. Se dirige hacia el bote que he visto hace un rato. Ahora hay un hombre y un niño sentados en el banco. Me echan un vistazo. Me pregunto: «¿Quiénes serán?». Le grito a mi mujer: «¡Espera!». Ella me ignora y sube al bote. Cuando se da la vuelta un instante, las flores azules que quería aparecen en sus brazos. El hombre se pone a remar a contracorriente. Se alejan gradualmente.

Despierto. La luz del atardecer penetra por la ventana. Veo el libro y el marcador, que he dejado caer sobre los tatamis. Me he quedado dormido leyendo. Reflexiono sobre mi sueño con las manos cruzadas bajo la cabeza. Satoko no tenía el pelo largo ni una voz melodiosa. El hombre y el niño que estaban con ella no me resultan familiares. «¿Quiénes serán? ¿Acaso el nuevo marido y el recién nacido de Satoko?»

Cierro los ojos. Tengo la sensación de que el sonido de la balalaika sigue en mis oídos. He visto ese instrumento en casa de Sono. Lo consiguió hace mucho, según decía, gracias a un músico ruso que había venido a tocar a Tokio.

Tengo calor. Me levanto y voy al baño a lavarme la cara. El agua está fría. Me siento fresco ahora. Mientras me seco con una toalla me miro en el espejo. Mi rostro está inerte. La imagen del hombre que rema contra la corriente permanece para siempre en mi cabeza.

Al día siguiente me voy del laboratorio a las cinco. Todo el mundo se sorprende, porque es la primera vez que ocurre desde principios de año. El señor Horibe me provoca: «¡Debes de tener una cita!». Le contesto: «Me encantaría que estuviera en lo cierto». Al salir, recuerdo el dato sobre él que me contó esta mañana otro colega: «El señor Horibe tiene una amante. Tiene un hijo con ella».

Voy a la iglesia. Una mujer de unos cuarenta años me recibe a la entrada de la casa donde viven los niños.

—Ah, usted es el señor Takahashi, ¿verdad? La señora Tanaka me habló de usted. En este momento ella está ocupada en la cocina. Le voy a presentar al padre S. Sígame —dice con una sonrisa.

Me lleva a la iglesia y sube a una habitación en el primer piso.

—Padre, ¡aquí está el señor Takahashi!

El cura está trabajando. En la mesa que hay en medio de la habitación hay varios diccionarios abiertos. Apenas me ve, detrás de su escritorio, se levanta de la silla. Es un hombre muy corpulento con una barba negra.

—Sea usted bienvenido, señor Takahashi —dice.

Veo su hábito de verano blanco y largo, gastado pero limpio. Se presenta y habla de la iglesia y de los niños. Y luego me muestra por la ventana el techo que hay que reparar y me explica lo que debo hacer: sacar las tejas de la esquina, retirar las tablas podridas, instalar las nuevas, que él mismo acaba de cortar, y colocar de nuevo las tejas en su lugar. Agrega que mañana comprará tejas nuevas para reemplazar las que están rotas. Me parece un trabajo sencillo. Me llevará alrededor de una semana. Será un buen ejercicio para mí, que paso todo el día sentado. El cura dice:

—Tenga cuidado de no resbalar. El techo es bastante alto.

Pregunto:

—¿Usted no sube?

Contesta, avergonzado:

—Tengo miedo a las alturas.

Me visto con la ropa vieja que he traído y me pongo a trabajar de inmediato. Las tablas se despegan sin problemas. Las dejo caer al suelo una por una, cerciorándome de que no haya nadie a la vista.

Unos niños pequeños juegan en el jardín. Una chica, de diez u once años, quizá, los vigila barriendo la basura. Un niño tropieza con una piedra y llora. La chica lo abraza para calmarlo, como si fuera su madre.

Recuerdo lo que el cura me dijo hace un rato: «Una vez concluida la enseñanza obligatoria, los niños dejan la iglesia para ganarse la vida». Significa que esa chica también se irá de aquí dentro de uno o dos años. Y agregó: «A nuestros niños les va bien en la escuela. Los profesores nos ayudan a encontrarles un trabajo adecuado. La mayoría trabaja en la fábrica».

Oigo abrirse la ventana de la casa de los niños. Siento olor a pescado a la parrilla. La señora Tanaka habla con la muchacha en el jardín. Luego esta me llama en voz alta:

—Señor Takahashi, *obâchan* lo invita a cenar. ¿Quiere usted comer con nosotros?

Tengo hambre. Contesto:

—¡Con mucho gusto!

Termino de arreglar el techo antes de lo previsto. Sin embargo, sigo echándole una mano al cura. Como los dos edificios son muy viejos, siempre encuentro algo que reparar. Parecen haber sido construidos en plena era Meiji. En realidad, es un milagro que hayan escapado al terremoto de 1923.

Llevo medicamentos a la iglesia cuando hay excedente de existencias en el laboratorio. Mi superior conoce al cura, pues también es católico. Me dijo que hace siete años la empresa había contratado a una chica de quince años de ese orfanato. Había trabajado como mensajera en la oficina de la fábrica. «Yo fui quien la recomendó», dijo. «Pero no lo hice por piedad ni por simpatía religiosa. Sabía que allí los niños, pese a su desgracia, eran bien educados. Esa chica era seria y discreta. Confiábamos en ella. Ya no trabaja en la empresa, pero todavía recuerdo su nombre: Mariko Kanazawa.»

Domingo de la primera semana de junio.

Esta noche debo ir a casa de mis padres. Ayer mi madre me llamó al laboratorio para decirme que mi padre deseaba cenar conmigo. Enseguida tuve la impresión de que otra vez me hablarían de volver a casarme. Me pesa tener que verlos. Pienso en mi «problema», cuya existencia ignoran. Tal vez tenga que decírselo hoy.

Apenas es la una de la tarde. Decido ir a la iglesia para estar con los chicos. Luego podré ir a casa de mis padres directamente.

Camino de la iglesia compro unos pasteles que les gustan a los chicos. Cuando llego no hay nadie salvo el cura, que trabaja en su oficina. Me dice que la señora Tanaka y los niños mayores han salido a hacer compras y que los pequeños han ido a pasear con la mujer que vino hace poco a colaborar. En ese caso, podré arreglar una ventana de la planta baja, donde hay una estatua de la Virgen María. La ventana se desliza con dificultad.

El cura baja para preguntarme por unas palabras japonesas sofisticadas relacionadas con la música clásica. Me dice que al día siguiente hará de intérprete de un músico japonés que debe encontrarse con un violinista extranjero.

—Es un ruso —dice— que vive en Harbin.

—¿En Harbin?

—Sí, es miembro de la orquesta sinfónica que los rusos fundaron allí. Son expatriados de la Revolución.

Escuchándolo, recuerdo la última carta que me escribió Sono, en la que hablaba de la orquesta y de esa ciudad. «Harbin es maravillosa. La llaman "la pequeña París" o "la pequeña Moscú". Al bajar de la estación se ve la cúpula de la iglesia ortodoxa y una hermosa calle europea...»

Le digo al cura:

—No sabía que también entendiera ruso.

Él contesta:

—No lo entiendo en absoluto, pero este violinista habla varias lenguas europeas.

Vuelve a subir mientras repite las palabras japonesas que acabo de enseñarle.

Son casi las cinco. Me pongo a guardar las herramientas de carpintería. En el momento en que subo a la oficina para despedirme del cura, oigo las voces familiares de los niños que cantan. Veo por la ventana a los pequeños entrando al jardín. Los últimos que llegan son una mujer joven y un chico que nunca he visto por aquí. Debe de ser la mujer de la que el cura me habló hace un rato. Al chico no lo mencionó. Ella cierra la cerca y pasa delante de la ventana sin verme. Su aspecto me recuerda a alguien. «¿Quién será?» La sigo con la vista. Largo pelo negro, falda acampanada, camisa blanca de verano. Lleva en la mano un ramo de flores azules. Me repito: «¿Quién será?». Y de golpe recuerdo el sueño que tuve hace unas semanas. Me quedo inmóvil mirando cómo la mujer desaparece en el otro edificio.

La señora Tanaka y los niños mayores también han regresado. El cura baja de nuevo. Parece muy cansado. Me dice:

—Dentro de un rato los mayores entrarán en la iglesia para hacer sus deberes. Yo tengo que ocuparme de los pequeños mientras las mujeres preparan la comida. Se queda a cenar con nosotros, ¿verdad?

—Gracias, pero no puedo. Esta noche tengo que ir a casa de mis padres.

Se acerca a la ventana que acabo de arreglar. La abre y exclama:

—Se desliza bien. ¡Gracias!

Mientras me pongo los zapatos, le pregunto quiénes son la joven y el chico que he visto. Me explica:

—Son madre e hijo. En realidad, esa mujer vivió aquí tres años de joven.

—¿Era huérfana?

—Sí, pero por el terremoto de hace diez años. Perdió a su madre y su tío, que eran su única familia.

Se queda callado un momento. Yo pregunto:

—¿Qué edad tenía en esa época?

—Doce años.

—Debió de ser duro para ella. Espero que ahora tenga una vida feliz con su propia familia.

No contesta. Lo miro. Indeciso, dice:

—El niño nació fuera del matrimonio. No sabe quién es su padre.

Dejo de hacer preguntas. Abro la puerta de entrada. Él dice:

—Me gustaría presentárselos la semana que viene. Hoy estoy demasiado cansado.

Asiento con la cabeza. Él añade:

—La madre se llama Mariko Kanazawa, y su hijo, Yukio.

Me voy de la iglesia. Me dirijo a la estación para ir a casa de mis padres. Mientras camino me doy cuenta de que Mariko Kanazawa es la misma persona de la que me habló mi superior.

Estamos sentados a la mesa, en la sala de tatamis. Mi padre está en la cabecera, en su lugar habitual. Mi madre y yo ante él, frente a frente. La mesa está llena de platos refinados que exigen mucha preparación. Supongo que mi madre habrá hecho trabajar a Kiyo todo el día. Es la empleada doméstica que mis padres contrataron hace poco. Tiene unos sesenta años, como Sono y la señora Tanaka. A mi madre le gusta su manera de cocinar y aprecia su actitud obediente. Es una persona educada, por la que aún no siento simpatía.

Le digo a mi madre:

—Qué rica comida. ¿Celebramos algo?

Ella sonríe:

—Sí. Que hayas regresado a tu casa después de una larga ausencia. Es por ti.

Ha enfatizado las palabras «tu casa». Mientras me sirve sake, mi padre me pregunta:

—¿Cómo va tu trabajo, Kenji?

Contesto sin mirarlo:

—Estoy muy ocupado todos los días.

Hace preguntas sobre la empresa y sobre mi colega, el señor Horibe, a quien conoce bien. Le doy respuestas evasivas mientras pruebo los entrantes uno tras otro. Tengo tanta hambre que los termino en un segundo. Mi madre me dice con aire feliz:

—Tómate tu tiempo. Esta noche dormirás aquí.

Siento su mirada elocuente. Es seguro que mis padres quieren hablar de mis segundas nupcias. Me vuelve a la cabeza la imagen de Satoko, mi primera mujer, sosteniendo a su recién nacido. Mi apetito se resiente. Dejo los palillos sobre la mesa y vuelvo a tomar un poco de sake.

—Ya han pasado tres años desde tu divorcio.

Me quedo callado. Él continúa:

—Entiendo que trabajes mucho para tu empresa. Pero creo que es hora de que pienses también en ti. Se trata de tus segundas nupcias. Eres un heredero. Sé razonable.

Mi madre me sonríe.

—Te hemos encontrado a una mujer ideal. La familia está segura.

Mi padre agrega:

—Todavía es joven. Tendrás muchos hijos con ella.

Los miro de frente y digo con toda seriedad:

—Antes de aceptar a quien sea, tengo que confesaros algo.

Mi padre me pregunta:

—¿Qué sucede?

Respiro y después contesto:

—Creo que soy estéril.

Muy sorprendida, mi madre se vuelve hacia mi padre, que repite:

—¿Estéril?

—Sí —digo.

Mi madre me pregunta:

—¿Cómo puedes estar seguro? Yo pensé que era culpa de Satoko.

—Satoko ha tenido un hijo con su nuevo marido.

La cara de mi madre se crispa. Mi padre me mira con los ojos muy abiertos. Ninguno de los dos sabe qué contestar. Digo con calma:

—No tengo intenciones de seguir soltero. Me gustaría volver a casarme algún día. Pero quiero que seáis realistas en relación con esto.

Mi madre adopta un tono severo:

—No hay que decírselo a nadie.

Pregunto:

—¿Por qué?

—Primero, no sabemos si eres realmente estéril y...

Se detiene un instante y añade con toda serenidad:

—... eres el heredero de la familia Takahashi, que hasta aquí lleva más de quince generaciones. Espero que seas discreto con el tema.

Sigue hablando de la chica que encontró como si no hubiera pasado nada. Yo siento que nuestra conversación ha terminado: le resulta imposible enfrentarse a la realidad. Me invade la imagen de mi infancia: yo llorando en la oscuridad, solo. «¡Mamá! ¡Mamá! ¡Tengo miedo!» Nadie entra a mi habitación... Tengo el corazón encogido. Miro con fijeza a mi padre, que guarda silencio con los brazos cruzados. Incómodo, bebo un poco de té.

No tengo ganas de dormir aquí esta noche. Echo un vistazo al reloj de pared. Son las diez. Llegaré a tiempo de tomar el último tren. Me levanto.

—¿Adónde vas? —pregunta mi madre.

—A mi casa. Mañana por la mañana debo estar temprano en el laboratorio.

Llevo la caja de herramientas que el cura me dio y entro en la habitación de la planta baja de la iglesia. Allí es donde hacen sus deberes los niños. Hay ocho mesas rectangulares y bajas, que son las que arreglaré hoy. También las usan las mujeres para trabajos de costura. Cosen ropa para los niños.

A la entrada está la estatua de madera de María. Creo que originalmente esa habitación se hizo para la misa. Pero nunca he visto al cura oficiar aquí. Solo veo de vez en cuando a gente arrodillada ante la estatua.

Hace calor. Abro la ventana que reparé el otro día. Comienzo a examinar el estado en que se halla cada mesa. La mitad no están lo suficientemente firmes. Elijo una y la pongo del revés. Arranco los clavos doblados.

Oigo el ruido de la puerta de entrada. Alguien entra en la habitación. Vuelvo la cabeza. Se me corta el aliento. Allí está Mariko, de pie, con un jarrón con flores azules. Dejo de mover las manos. Sorprendida por mi presencia, me dice:

—Disculpe que lo moleste.

Deposita el jarrón delante de la estatua de María. Yo me levanto y me acerco a ella. Me presento:

—Me llamo Kenji Takahashi.

Ella dice:

—Ah, usted es el señor Takahashi. He oído a la señora Tanaka hablar de usted. Me llamo Mariko Kanazawa.

Veo su rostro de cerca. Su piel completamente blanca y sedosa. Sus grandes ojos. Sus párpados un poco pesados. Largas cejas. Pequeños labios rojos y redondos. Es un rostro hermoso y atractivo, pero tiene una expresión de profunda tristeza. Recuerdo la historia de su pasado que me contó el cura.

Digo:

—Esas flores azules me resultan familiares. Qué pequeños son los pétalos. ¿Cómo se llaman?

Ella contesta con una sonrisa débil:

—Se llaman *wasurenagusa*.

Sale de la habitación. Me siento sobre una mesa y miro por la ventana. Ella pasa por delante y se dirige hacia la casa de los niños.

Cierro los ojos. Ahora la imagen de Mariko está grabada con claridad en mi cabeza. Tengo palpitaciones. «¿Estaré enamorado de ella?»

En el jardín juegan unos niños. Entre ellos reconozco a su hijo, Yukio. Solo, lanza una pelota. Me echa un vistazo. Su mirada es tan nostálgica como la de su madre.

Por la noche no consigo dormir. Pienso en Mariko y en su hijo. Me preocupan mis padres, que prácticamente han decidido casarme con esa chica que les gusta. Tengo que hacer algo.

A la semana siguiente voy a la iglesia después de trabajar. Subo directamente al primer piso, donde trabaja el cura. Llamo a la puerta deseando que esté.

—¡Entre!

Está.

—¡Ah, señor Takahashi!

Veo hojas de papel de carta desparramadas sobre la mesa. La tinta negra aún está húmeda. Digo:

—Sé que estoy molestándolo, pero ¿podría dedicarme un poco de tiempo? Tengo algo que preguntarle.

Me mira con aire sorprendido y deja que me siente en el viejo sillón. Espero a que se acomode en su silla, frente a mí.

—Parece algo muy serio —dice.

Yo digo:

—Sí, mi vida depende de ello.

—¿De veras? ¿De qué se trata?

Digo de un tirón:

—Quisiera pedir a Mariko en matrimonio.

—¿Qué? ¿Qué ha dicho?

Se inclina hacia delante. Repito:

—Quisiera pedir a Mariko en matrimonio.

Está atónito. Sus ojos siguen muy abiertos unos instantes. Respira profundamente antes de decirme:

—Escuche, señor Takahashi. Seamos realistas. Usted viene de una familia ilustre, mientras que Mariko no, en absoluto. Es incluso huérfana, y ahora tiene un hijo natural, como ya le he explicado. Mariko vivió una experiencia muy dura con un hombre rico que los abandonó, a ella y a Yukio.

—¿Lo conoce usted?

—No, nunca lo he visto. En realidad, según Mariko, él deseaba casarse con ella, pero sus padres no aceptaron ese matrimonio. Al ser huérfana, lo único que ella quería era fundar su propia familia. Era demasiado ingenua. Obviamente, quedó profundamente herida. Cuando descubrió que estaba embarazada, el hombre ya se había casado con otra mujer que le habían elegido los padres. El día del parto, la señora Tanaka fue con una partera a su apartamento.

Continúa. Lo escucho en silencio. Me cuenta que Mariko dejó la empresa hace cinco años por el embarazo. Desde entonces, se gana la vida cosiendo en casa. Volvió a la iglesia para que su hijo hiciera amigos. Al mismo tiempo ayuda a la señora Tanaka a preparar la comida de la noche. Quisiera conseguir un trabajo estable antes de que su hijo empiece la escuela.

—Estoy orgulloso de Mariko —dice—. Se las arregla como puede. Es buena cocinera, también. Según ella, su madre era profesora de educación doméstica en un colegio para muchachas. Aunque solo tuviera doce años cuando perdió a su madre y su tío, ya podía ocuparse muy bien de la limpieza.

Pregunto:

—Y su tío, ¿qué hacía?

—Era escritor y periodista —dice el cura.

—De modo que Mariko fue criada en una familia instruida.

—Creo que sí —dice—. Pero nadie conoce a su familia ni su pasado. Y Mariko ya no quiere hablar del asunto, sobre todo del terremoto. ¿Recuerda usted esa catástrofe que provocó más de ciento cuarenta mil muertos y desaparecidos?

—Sí, muy bien —digo—. Tenía veinte años en ese momento. Lo más atroz, para mí, fue la masacre de los coreanos a manos de los japoneses durante el caos y el pánico.

El cura se cubre el rostro con las manos y se queda inmóvil un instante.

—Fue realmente espantoso —dice—. Mariko no tiene nada que ver con esos sucesos, pero también sufrió durante el terremoto al perder a toda su familia. Pobre muchacha, es demasiado.

Baja la cabeza, las manos cruzadas. Nos callamos largo rato. Digo:

—Entiendo la situación de Mariko. No obstante, ¿podría al menos darme una oportunidad? Me gustaría invitar a Mariko y Yukio a salir conmigo.

Me mira fijamente, pero no contesta de inmediato. Reflexiona. Espero sin decir nada.

—Acepto, con una condición —dice por fin, como si fuera el padre de Mariko.

—¿Cuál?

Contesta:

—Si le cae usted bien a Mariko y la pide en matrimonio, quiero que mantenga su palabra pase lo que pase. Si no lo cree posible, hágame el favor de dejarla en paz ahora. No quiero que vuelvan a herirla.

Miro el cielo nublado.

Pienso en Sono, que tiene que volver de Manchuria antes de la época de lluvias. Espero poder darle una buena noticia en nuestro próximo encuentro. Veo a Sono y a Mariko codo con codo, como en una foto.

Sono es la única persona con la que puedo hablar de mi complicada situación: mi responsabilidad de heredero, mi esterilidad, mi encuentro con una huérfana que tiene un hijo natural, mi dificultad para convencer a mis padres. Extraño a Sono.

A decir verdad, ya hubo un período en el que me alejé de ella. Yo estudiaba en la universidad. No soportaba su falta de educación. No iba a presentarle a mi primera mujer a alguien que se ganaba la vida enseñando el *shamisen* a las geishas. Fue justo después de divorciarme cuando entendí lo que quería decirme sobre mi vida. En realidad, Sono es una persona muy sabia. Me avergüenza el modo en que me porté con ella.

Tres días han pasado desde que hablé de Mariko con el cura. No dejo de reflexionar. Después de todo, se trata de mi vida, no importa lo que digan mis padres. Tengo que decidir por mí mismo.

Me instalo en mi silla. El señalador de flores secas que me envió Sono está sobre el escritorio. Al ver los pequeños pétalos recuerdo la palabra *wasurenagusa*, que Mariko me enseñó el otro día. Escribo esa palabra junto a las letras *niezabudoka*.

—¡Mariko!

El cura la llama por la ventana de la iglesia. Yo estoy de pie detrás de él. Ella está barriendo en el jardín. Su hijo juega solo cerca de la valla de la entrada. Dibuja en el suelo con ayuda de un palo. Nos mira un instante, al cura y a mí. Mariko se dirige hacia nosotros y entra por la puerta que está al lado de la ventana. Me pongo tenso. El cura le dice:

—Este es el señor Takahashi. Como ya te expliqué ayer, Mariko, le gustaría hablar contigo.

Y nos dice:

—Subid a mi oficina. Os dejo solos.

Nos sonríe y baja al jardín. Ya no veo a Yukio. Subimos al primer piso. La puerta de la oficina está abierta. Mariko se sienta en el viejo sillón y yo en la silla del cura. Estamos uno frente al otro. Después de un momento de silencio, digo con franqueza:

—He sufrido un flechazo con usted el otro día. Desde ese momento no hago otra cosa que pensar en usted. Parece muy infantil, pero eso es lo que siento de verdad.

Su rostro enrojece. La miro fijamente.

—Quisiera frecuentarla con vistas al matrimonio.

Ella contesta:

—Está al tanto de mi situación familiar, ¿verdad?

—Sí. Estoy dispuesto a convencer a mis padres de que comprendan su situación y la acepten como mi novia.

—¿Y si dicen que no?

—Los abandonaré.

Ella está sorprendida:

—¿Abandonarlos? ¡Imposible! He oído decir que es usted heredero de una familia tradicional.

—Mariko, hablo en serio. Haré todos los esfuerzos necesarios para que mis padres consientan nuestro matrimonio.

—No comprendo —dice ella sacudiendo la cabeza.

—¿Qué es lo que no comprende?

—¿Por qué correr semejante riesgo al elegirme? Si abandona a sus padres, su estirpe de extinguirá. Es grave.

Me callo. Ella me mira de frente. Indeciso, digo:

—Debo confiarle algo muy importante sobre mi persona.

Abre mucho los ojos:

—¿Algo muy importante?

—Sí. Es probable que sea estéril.

—¿Estéril?

—Sí.

No sabe qué contestar. Nos callamos un rato largo. Digo:

—Quisiera adoptar a su hijo Yukio.

—¿Adoptar a Yukio?

Me mira con aire desconcertado. Le tiemblan las manos. Las tomo entre las mías. Digo con fuerza:

—Mariko, se lo repito. No me veo con una mujer que no sea usted.

Ella dice, con los ojos bajos:

—Entiendo lo que me ha dicho, pero por hoy es demasiado.

—Tiene razón. Esperaré a que usted decida si sí o si no.

Se levanta del sillón y sale de la oficina. La oigo bajar lentamente los escalones y cerrar la puerta de la entrada.

Llueve todos los días. Es época de lluvias. Voy al laboratorio andando. Mientras camino veo hortensias en flor por todas partes. Me detengo y las miro, maravillado por la belleza de esos colores vivos. Cuando encuentro un caracol entre las hojas recuerdo mi infancia con Sono. Iba a visitarla después de la escuela. Buscaba caracoles en su pequeño jardín y los metía en una botella con hojas mojadas. Disfrutaba observando a esos animalitos.

Me pregunto: «¿Dónde estará Sono ahora?». No tengo noticias. Debía de estar de regreso en Kamakura antes de esta época. Si ya se fue de Harbin, he perdido todo medio de comunicarme con ella. Lo único que puedo hacer es esperarla. Siento una vaga inquietud.

Después de trabajar vuelvo a casa directamente. Desde que hablé con Mariko no he ido a la iglesia. Sigo esperando su respuesta, ansioso. Pero me siento mucho más liviano y tranquilo que antes.

Hoy todo el mundo deja de trabajar antes de lo habitual. El servicio meteorológico anuncia tormenta para esta noche. Cuando llego a casa se levanta viento y la lluvia cae cada vez más fuerte. Tengo la camisa medio empapada. Me pongo el *yukata*.

Me preparo una taza de té y me instalo en el sillón de bambú ante la ventana. Abro el diario de hoy, que acabo de comprar. De golpe hay relámpagos. Unos segundos después retumba el trueno. Esto se repite varias veces. Apago la luz y miro el espectáculo del cielo.

Reflexiono sobre lo que decía mi superior en la reunión de esta mañana. Hablaba de una sucursal de la empresa en Nagasaki, que necesitaba a otro farmacólogo. Todos se miraban. La ciudad está a unos setecientos kilómetros de Tokio. Nadie parecía tener ganas de ir. Es demasiado lejos de la capital, y el traslado suena a una destitución. Escuchando a mi superior recordé que la señora Tanaka era de Nagasaki. Decía que la ciudad era el refugio de los católicos que habían sufrido la opresión del Gobierno feudal, sobre todo en la región de Uragami.

En realidad, tengo curiosidad por vivir fuera de Tokio. Ahora pienso que ir a Nagasaki no está tan mal, aunque no sea algo realista para mis padres.

Hacia las siete, la tormenta para y el tiempo se calma. Veo que el cielo, hacia el oeste, se despeja. Mañana tendremos buen tiempo.

Oigo el ruido de la puerta corrediza de la entrada. Alguien me llama:

—¡Señor Takahashi!

Es una voz de mujer. Me acerco a la entrada. Reconozco a Mariko de pie en la penumbra. Enseguida digo:

—¡Qué sorpresa!

Ella dice:

—Le pedí su dirección al cura. Perdone que lo moleste de este modo.

—Al contrario, estoy muy contento de que haya venido. ¡Entre! Enseguida le preparé una taza de té.

—No, gracias —dice—. Yukio me espera en la iglesia. Nos quedamos allí un poco más debido a la tormenta. He venido porque mi decisión está tomada.

—¿Su decisión está tomada? ¿Entonces?

Baja los ojos un momento y luego me mira de frente:

—He decidido aceptar su propuesta de matrimonio.

—¿De veras?

Tomo sus manos. Ella asiente con la cabeza.

—Pero todavía no he hablado de mi decisión con Yukio —añade—. Es muy sensible. Necesito tiempo con él.

—Sí, tiene razón. Esperaré a que se acostumbre a mi presencia. No se preocupe.

Abrazo a Mariko y digo:

—Gracias por haber aceptado. Escribiré una carta a mis padres para decirles que nos hemos comprometido. Cuando Yukio se haga a la idea de nuestro matrimonio, os presentaré a mis padres. ¿De acuerdo?

Asiente otra vez. Levanta la cara. Nos miramos. La estrecho fuerte contra mi pecho. Su calor se propaga en mí. Mi respiración se acorta cada vez más. Trato de calmarme. Acaricio la piel sedosa de su rostro. Ella cierra los ojos. Sus mejillas están mojadas. La beso en la frente, en los párpados, en los labios. Vacilando, ella dice:

—Ahora debo irme, pero ¿quiere cenar en mi casa mañana?

—¡Será un placer!

Se va. Mientras sigo su silueta con la mirada, pienso en Sono, a quien me gustaría presentarle a Mariko y Yukio en primer lugar.

Salgo del trabajo con puntualidad y me encuentro con Mariko y Yukio en la esquina del callejón y la calle principal, cerca de la iglesia. Ella lleva su cesta de la compra. Vamos al *yaoya*, que yo frecuento todos los domingos.

Cuando entramos en la tienda, la mujer del dueño nos mira sonriendo. Es la primera vez que vengo aquí con otra persona. Mariko y yo elegimos verduras, pescados, frutas. Yukio observa con curiosidad las conchas en una caja de madera. Cuando pago, la mujer le da a Mariko una bolsa de red con *hamaguri* diciendo:

—*Okusan*, es un amuleto. Se las regalo.

Mariko se ruboriza. Yo contesto enseguida:

—Gracias, señora. Es muy amable.

Pongo las cosas pesadas en mi bolso. Mariko coloca el resto en su cesta. Llevo a Yukio sobre mis hombros. Salimos de la tienda.

El apartamento de Mariko está en un barrio alejado de la calle comercial. A lo largo del caminito se extienden viejas casas de un piso, como un *nagaya*. Veo gente en la calle que susurra al mirarnos. Mariko camina a paso rápido, en silencio. Cuando entramos en el apartamento me dice:

—No se preocupe. La gente es curiosa.

Yukio, sobre mis hombros, me dice:

—Son malvados porque no tengo padre.

Mariko desvía los ojos. Bajo a Yukio al suelo y le pregunto:

—¿Quieres hacer barcos de papel, Yukio? He traído muchas hojas usadas del laboratorio.

—De acuerdo —contesta.

Mariko empieza a preparar la cena en la pequeña cocina que está junto a la entrada. Solo hay dos habitaciones: una para dormir y otra para comer. Veo varios vestidos colgados de la pared. Son de un color llamativo. Mariko me dice:

—La costura es mi trabajo.

Juego con Yukio mientras oigo a Mariko cortar las verduras. El olor de las *hamaguri* a la parrilla se expande. Huelen muy bien.

Cenamos. La comida es excelente. Los pescados, los mariscos y las verduras están apenas cocidos y son muy sabrosos. Me deleito.

Después de la cena, Yukio nos pregunta:

—¿Podemos jugar al *kaiawase*? Os muestro cómo.

Pone las valvas de las *hamaguri* sobre la mesa. Explica:

—Las reglas del juego son muy sencillas: hay que encontrar las dos valvas que formaban la pareja original.

Conozco el juego, pero digo de todos modos:

—¡Son todas iguales!

—No, mire bien —dice él.

Toma dos valvas y las pega una contra la otra.

—No son del mismo tamaño, ¿verdad?

—Tienes razón —digo.

—¡Así que no será fácil, señor Takahashi!

Mariko sonríe.

En realidad, es un juego arcaico cuyo origen se remonta a la época de Heian. Los nobles lo jugaban con valvas en las que escribían poemas. Pregunto a Yukio:

—¿Dónde aprendiste este juego?

Él no contesta. Mariko me dice:

—Tal vez de la señora Tanaka. Le gustan las *hamaguri*. Ella también dice que solo hay dos partes que encajan, como una pareja que se lleva bien.

Yukio gana, muy satisfecho de sí. Mariko le dice que vaya a lavarse. Yo friego los platos mientras ella se ocupa de su hijo. Frotándose los ojos, Yukio me pregunta:

—Señor Takahashi, ¿puede venir a nuestra casa también mañana?

Miro a Mariko, que le contesta:

—¡Por supuesto!

Mariko y Yukio entran en su habitación. Oigo a Mariko que canta con voz suave. Me quedo inmóvil y la escucho. Me recuerda a Sono, que todas las noches me cantaba para dormirme. Tengo el corazón encogido.

Mariko sale de la habitación y me dice:

—Yukio duerme. Gracias, señor Takahashi, por esta velada tan agradable.

Pongo mis manos en sus hombros.

—Estamos comprometidos, Mariko. No me agradezcas como a los demás. Llámame Kenji y a partir de ahora tuteémonos.

Ella se cubre la cara con las manos y se pone a llorar. La estrecho contra mí y nos quedamos así un rato largo.

Estamos a mediados de junio.

Llueve. Sentado en el sillón de bambú, leo un libro con el señalador de Sono en la mano. Veo las palabras «niezabudoka» y «wasurenagusa» y me pregunto: «¿Qué es lo que pasa? Sigo sin noticias de Sono. ¿Habrá enfermado después de un viaje tan largo?».

Me quedo pensando un momento y decido ir pronto a Kamakura, donde está su casa. Podría llevar conmigo a Mariko y Yukio. De todos modos, quiero mostrarle el mar a Yukio, que nunca lo ha visto.

El domingo siguiente, el cielo se despeja después de cinco días de lluvia. Por la mañana, temprano, voy a buscar a Mariko y a Yukio, que me esperan con una cesta de picnic.

Vamos a la estación de Tokio. Yukio está excitado por su primera salida en tren. Está impresionado por el tamaño de la locomotora a vapor. En el tren no para de hacerme preguntas sobre el funcionamiento de la máquina. Su curiosidad es asombrosa: su madre no se interesa en absoluto por ese tipo de detalles técnicos.

Bajamos en la estación de Kamakura y tomamos el autobús hasta la playa Shichirigahama. Yukio echa a correr apenas ve el mar. Recogemos conchas con una red. Construimos un enorme tren de arena. Yukio parece feliz. Después de comer, Mariko y yo nos acostamos sobre un pedazo de tela que ha traído. Yukio sigue jugando con la arena.

Dejamos Shichirigahama hacia las cuatro y vamos a casa de Sono pasando por otra playa, Yuigahama. La casa queda a diez minutos del mar. Como era previsible, Sono no está. Los vecinos tampoco saben cuándo regresará. Y de golpe me acuerdo del templo S., que está cerca de casa de Sono. Le propongo a Mariko que lo visitemos.

Llegamos unos minutos más tarde. Está tranquilo. No hay nadie. Subimos al cementerio que está detrás del santuario. Mientras caminamos, le cuento a Mariko la historia del templo S. y del hijo del superior, Kensaku, con el que jugaba en mi infancia.

A la entrada del cementerio, Yukio exclama:

—¡Qué grande es!

Yo digo:

—La próxima vez te mostraré también el templo M., donde están enterrados mis antepasados. El cementerio es mucho más grande que este.

Me pregunta:

—¿Dónde está?

Contesto:

—En Tokio, en el barrio donde viven mis padres.

Me inclino ante una lápida para leer las letras. Oigo a Yukio detrás de mí:

—¿Dónde está la nuestra, mamá?

—Nosotros no tenemos tumba —responde Mariko.

—¿Qué quieres decir? ¿Que no tenemos antepasados?

—Tenemos, pero no sabemos quiénes son.

Yukio se queda callado un instante. Mariko dice bruscamente:

—Yukio, pronto me casaré con el señor Takahashi.

Se me corta el aliento.

Ella prosigue:

—Viviremos los tres juntos. El señor Takahashi te quiere mucho.

Yukio sigue en silencio un rato largo.

—Señor Takahashi... —dice por fin.

Me vuelvo hacia él. Dice:

—Yo también lo quiero mucho. Sabía que usted quería casarse con mi madre, pero ¿puede prometerme algo?

Está muy serio. Su mirada y sus palabras me recuerdan al cura extranjero. Mariko está a punto de decir algo. Miro a Yukio a los ojos con fijeza:

—Te escucho.

Dice:

—Quiero que me prometa que nunca hará llorar a mi madre.

—¡Yukio! —grita Mariko.

Está atónita. Tomo las manos de Yukio:

—Sí. Te lo prometo. ¡De acuerdo!

Por fin sonríe y me salta al cuello. Lo estrecho con fuerza entre mis brazos.

Cuando llegamos a casa de Mariko, Yukio ya duerme como un lirón sobre mi espalda. Mariko le prepara la cama en el acto. Yo me tumbo a descansar en los tatamis. Ella trae unas tazas de té.

Digo:

—Yukio te quiere mucho. Me da envidia. Envidio la relación estrecha que tiene contigo, su madre.

Ella dice:

—Espero que sus palabras no te ofendan demasiado. Me dejó estupefacta lo que te dijo en el templo S.

Me levanto.

—¡No, en absoluto! De hecho, quisiera adoptarlo lo antes posible.

Ella baja los ojos. Tomo sus manos. Me mira. Le acaricio el pelo, la cara, el cuello. Tengo sus hombros entre mis manos. Nuestros labios se unen. Mi lengua busca su lengua. Mi respiración se acelera.

—¡Te deseo! Ya no puedo contenerme.

Le desabrocho la camisa. Ella me deja hacer. Toco su amplio pecho, cálido y sedoso. Chupo un pezón y me quedo quieto unos instantes, como un niño. Ella toma mi cabeza entre sus brazos y la acaricia. Recuesto a Mariko sobre los tatamis. La beso en la frente, los ojos, la nariz, las orejas, el cuello. Le quito la falda y las bragas. Ella me ayuda a desvestirme. Toco su sexo caliente y mojado. Cuando entro en ella, siento cómo su sexo abraza al mío. Los dos se adhieren por completo, como *hamaguri*.

Gimo:

—¡Ah, Mariko, te quiero!

Nuestros labios vuelven a unirse. Movemos nuestras nalgas cada vez con más fuerza. Ella emite unos gemidos y grita:

—¡Córrete, Kenji!

Llegamos al orgasmo al mismo tiempo. Me corren lágrimas por las mejillas. Mientras me calmo, la rodeo con mis brazos.

Por la mañana nos despierta el canto de un gallo ruidoso. Me voy enseguida, pues debo cambiarme en casa antes de ir a trabajar. Camino pensando en los acontecimientos de ayer. «¡Señor Takahashi!» Aún tengo en los oídos el sonido de la voz de Yukio. Su rostro cándido me sonríe.

No puedo concentrarme en mi trabajo. La imagen de Mariko invade todo el tiempo mi cabeza. Su cuerpo me obsesiona por completo desde la primera vez que hicimos el amor. Recuerdo el tacto suave de su piel. En mi cabeza vuelvo a besar su rostro, su cuello, su pecho...

Estoy celoso de su pasado. Estoy celoso de todos los hombres con los que se ha acostado. ¿Cómo habrá reaccionado ante esos hombres? No puedo imaginarla gozando con nadie que no sea yo. Ver a Yukio me atormenta. Pienso en su padre, que hizo el amor con su madre. «¿Quién será?» Me gustaría preguntarle directamente a Mariko sobre su pasado, pero al mismo tiempo creo que las respuestas me atormentarían aún más. Trato de calmarme.

Debo presentar a Mariko y Yukio a mis padres, que ya habrán recibido mi carta anunciándoles nuestro compromiso. Sé que no será fácil para ellos, que son los responsables de la familia, aceptar que mis segundas nupcias sean con ella. Sin embargo, no importa lo que me digan, dar marcha atrás está fuera de discusión. Intentaré convencerlos de la mejor manera posible. En mi carta les explicaba también que Mariko nació en una familia cultivada y que su desgracia se debió simplemente al terremoto, que a tanta gente afectó en ese momento.

Lamento que Sono no haya regresado todavía.

Hoy llevo a Mariko y Yukio a casa de mis padres. Mariko está muy nerviosa, me pregunta qué debe ponerse.

—No tengo kimono —dice.

Yo contesto:

—Hace calor. Ponte la camisa blanca de verano y la falda beis que te gusta. Estás elegante con eso.

Tomamos el autobús y el tren. Desde la estación hay que caminar veinte minutos hasta el barrio de Chivoda, cerca del palacio imperial, donde viven mis padres. Yukio no habla durante el viaje. Mira el paisaje por la ventana agarrado a la mano de su madre.

—Hemos llegado, Yukio —digo.

Estamos ante la puerta principal de la casa de mis padres. Yukio alza los ojos. Lo único que ve son las altas cercas de madera que rodean la casa. Por primera vez me pregunta:

—¿Nació usted aquí?

—No. Nací en la casa de Kamakura.

Abro la puerta y los hago pasar al jardín. Mariko exclama:

—¡Qué casa tan grande!

Yukio me mira:

—El jardín está oscuro. Tengo miedo.

Le acaricio la cabeza.

—Es por los pinos, que lo cubren todo. La ventaja es que en verano hace fresco.

Kiyo nos recibe en la entrada de la casa y nos conduce a la sala. Nos trae unas tazas de té y sale sin decir nada. Pasan veinte minutos.

—Voy a buscar a mis padres —le digo a Mariko.

En el momento en que me levanto, oigo pasos en el pasillo. Mi padre entra por fin en la sala, seguido por mi madre. Se sientan a un extremo de la mesa. Les digo de inmediato:

—Ellos son Mariko Kanazawa y su hijo, Yukio.

Mariko hace una inclinación profunda y Yukio la imita torpemente. Mi padre mira a Mariko.

—Usted sabe que nuestro hijo es el heredero de la familia Takahashi.

Ella alza los ojos, completamente pálida. Le digo a mi padre:

—Ya se lo he explicado.

Mi padre no contesta. Bruscamente, mi madre le dice a Mariko:

—Tiene usted un origen dudoso, ¿verdad?

Ofendido, miro a mi madre y pregunto:

—¿Qué has dicho?

Con la cabeza baja, Mariko permanece inmóvil. Yukio toma la mano de su madre. Tiene una mirada triste. «¡Qué humillación!» Siento que toda la sangre me sube a la cabeza. Grito a mis padres:

—¡Ya basta! ¡Se me acaba la paciencia!

Están muy sorprendidos, pues nunca he gritado de ese modo. Continúo:

—¿Otra vez pretendéis impedirme que tome una decisión que atañe a mi vida?

Mi madre me dice:

—El matrimonio es un asunto de familia. No eres solo tú el que debe decidir.

Mi padre me dice:

—Reflexiona, hijo mío.

Vuelvo a gritar:

—¡Qué manera de hablar, qué grosería! ¡Delante de mi prometida y su hijo! ¡No lo soporto más! ¡Disculpaos!

Mi madre me contesta con frialdad:

—Eres tú el que pierde la compostura con nosotros.

Mariko se levanta. Su mano sigue agarrando la de Yukio. Me mira, perpleja.

—Nos vamos.

—¡No, Mariko! ¡Espera!

Mi padre me detiene tomándome de un brazo. Mariko y Yukio se van de la sala.

—Deja que se vayan. Hay algo que debes saber sobre esa huérfana y su hijo ilegítimo —dice mi padre.

No entiendo lo que quiere decir. Él prosigue:

—Contratamos a un detective privado para que investigara a la familia de Mariko Kanazawa.

«¿Un detective privado?» No doy crédito a lo que oigo.

—Según él —dice mi padre—, en Tokio no hay ninguna señora Kanazawa que haya sido profesora de enseñanza doméstica en un colegio para muchachas. Tampoco hay ningún señor Kanazawa que haya sido periodista y escritor. En el *koseki* solo se encontró el nombre de Mariko. Ningún rastro del nombre de sus padres. ¿Sabes, Kenji, que su *koseki* se tramitó justo después del terremoto de 1923? Me parece extraño. Nunca he oído una historia semejante. ¿Cómo puede perderse toda huella del pasado en un solo día?

No contesto. Mi madre dice con aire satisfecho:

—Mariko es una mentirosa. No podemos aceptar que te cases con una mujer semejante. ¡Solo le interesa tu dinero!

Mi padre se calma.

—Sé realista, Kenji. Eres un heredero, es algo muy importante. Olvida todo.

Mi madre continúa:

—Realmente has hecho que nos preocupáramos. Pero te perdonamos, pues no sabías nada de todo esto.

Ellos se callan, yo me levanto.

—Me voy —digo.

Sorprendidos, los dos me preguntan al mismo tiempo:

—¿Adónde vas?

—Voy a buscar a Mariko y Yukio.

—¡Estás loco! —grita mi madre, histérica.

Mi padre levanta la voz, amenazante:

—Puedes ir a buscarlos, pero la familia Takahashi no puede aceptarlos.

—¡Entonces abandonaré esta familia!

Mi madre repite:

—¡Estás loco!

Salgo de la sala. Me apresure a ponerme los zapatos. Me tiemblan las manos. Corro a toda velocidad rumbo a la estación. Recuerdo la cara asustada de Yukio. Sé que no ha entendido lo que mis padres intentaban decirle a su madre. Sin embargo, debió de sentir su maldad por la manera en que hablaban. «Tiene usted un origen dudoso, ¿verdad?» Son las mismas palabras que mi madre le dijo a Sono. Corren lágrimas por mis mejillas. Odio a muerte a mis padres.

Veo a lo lejos a Mariko y Yukio. En el mismo momento vuelvo a ver la imagen del hombre que rema a contracorriente. En el bote van sentados una mujer y un niño pequeño. La mujer lleva en los brazos un ramo de florecillas azules. El bote se bambolea con violencia. Grito: «¡Esperad!». Los tres vuelven la cabeza hacia mí. Ahora puedo reconocer sus rostros: el de Mariko, el de Yukio y el mío.

II

Una tarde de mayo.

Mi mujer y yo estamos solos en casa. Mi hijo está trabajando, su mujer está haciendo la compra y sus hijos, en la escuela. Yo preparo el juego de *shôgi* en la habitación de los tatamis que da al jardín. Hoy es el día en que mi amigo, el señor Nakamura, viene a casa.

Abro todos los vidrios corredizos. El cielo está límpido. Siento el olor de la renovación primaveral. Las hojas del kaki se ponen cada vez más frondosas con los días. Las yemas amarillas empiezan a abrirse. Una pareja de golondrinas pasa por encima del árbol. La brisa sopla. Tilín..., tilín..., tilín... El *fûrin* tintinea.

Mariko está sentada en el sillón de bambú ubicado ante el parterre. Teje, bien apoyada. Por un momento deja de mover las manos y mira los pájaros que vuelan entre los cables de electricidad. Su pelo blanco, ligeramente ondulado, brilla bajo los rayos del suave sol. Me echa un vistazo y sigue tejiendo. Por un momento veo su imagen de antaño.

Está barriendo en el jardín de la iglesia. Lleva una camisa de verano blanca y una falda beis. Su largo pelo negro. Su pecho amplio. Su cintura ajustada. Me atrae inmediatamente con su mirada nostálgica.

Recuerdo el día en que hicimos el amor por primera vez. Nunca había conocido a una mujer tan sensual. Me llevó tiempo superar los celos que me provocaba su pasado.

Sé que aceptó mi propuesta de matrimonio por su hijo, Yukio. Era el único lazo de sangre que tenía, y yo entendía perfectamente los sentimientos de una madre que deseaba que su hijo natural pudiera tener un padre que le diera una buena educación. Jamás pensé que le interesara el dinero, como imaginaban mis padres. Mariko y Yukio llegaron a mi vida para salvarme de la depresión y la soledad. Yo necesitaba una motivación decisiva para irme del lugar donde no me sentía cómodo.

Mariko sigue tejiendo en el jardín. Deposito un *zabuton* sobre el *engawa*. En el momento en que me recuesto, siento un dolor en el corazón. La imagen de mis padres cruza por mi mente. Respiro profundamente mientras me froto el pecho.

Nunca lamenté haberme casado con Mariko. Sin embargo, sigo sintiéndome culpable con mis padres. No cumplí con mis obligaciones de heredero de una familia con más de tres siglos de tradición.

Cierro los ojos. El suave calor del sol me cubre la piel. Me adormezco escuchando el canto de los pájaros en el árbol. Tilín..., tilín..., tilín... Me duermo.

De pronto, oigo la voz del señor Nakamura:

—¡Buenos días, señora Takahashi! ¡Hermoso día!

Me levanto. Veo a mi amigo, que saluda a Mariko quitándose el sombrero. Le da una maceta con flores. Mariko exclama:

—*Wasurenagusa!* ¡Qué bonitas! ¡Gracias!

Llevamos cuarenta y seis años casados.

Adopté a Yukio cuando nos casamos y nos mudamos juntos a Nagasaki, donde la empresa tenía una sucursal. Allí, tranquilos, formamos una familia agradable. Me puso feliz que Yukio me dijera: «Mi madre ha dejado de llorar. Ahora sonríe». De vez en cuando le enviaba al cura una carta con un poco de dinero. Siempre parecía ocupado con el trabajo y los niños. Sus cartas eran breves, y sin embargo me daban a entender que se sentía muy feliz por Mariko y Yukio.

Sono regresó de Manchuria justo antes de nuestra partida a Nagasaki, en 1933. Había caído enferma en Harbin. A su regreso tuvo que ser ingresada en el hospital. Solo pude volver a verla una vez. Fui con Mariko y Yukio. Eso la puso contenta. Le prometí que un día volvería a buscarla para que pudiéramos vivir juntos en Nagasaki. Desgraciadamente murió ese año.

Una década más tarde, en 1943, me trasladaron a Manchuria. Trabajaría seis meses en un hospital, investigando sobre medicamentos de guerra. Mi colega, el señor Horibe, acudió con su familia a reemplazarme en Nagasaki y yo me fui. Pero tuve que quedarme en Manchuria más de un año. La situación de Japón en las islas del Pacífico se deterioraba cada vez más. Y poco antes de la guerra fui capturado por los rusos cuando visitaba un pueblo muy cerca de la frontera. Me enviaron a un campo de trabajos forzados cerca de la ciudad de Omsk, en Siberia. Allí me enteré de la terrible noticia: una bomba atómica había caído en Nagasaki. La bomba, además, había explotado sobre la región de Uragami, donde seguían viviendo mi familia y la del señor Horibe. Me sentía deprimido, pues no podía saber si estaban a salvo. Sufría hambre, frío, malnutrición. Pasé dos años sintiéndome más muerto que vivo.

Regresé a Japón en 1947. Qué feliz me sentí al saber que Mariko y Yukio habían sobrevivido a la catástrofe. Me recibieron en la estación de Nagasaki, muy sorprendidos por mi aspecto avejentado y enflaquecido. Nos abrazamos llorando. Habían estado yendo a la estación cada vez que se enteraban de que llegaban repatriados de Siberia. Mariko me dijo que la mañana en que cayó la bomba estaba en el campo, adonde había ido a canjear uno de sus vestidos por arroz. En realidad, era la señora Horibe quien la había invitado a ir, pues conocía a una pareja de granjeros que buscaba ropa occidental para su hija. Yukio había ido al hospital universitario con uno de mis colegas, que necesitaba ayuda. Me sentía muy agradecido, aunque todo hubiera sucedido por casualidad, con la señora Horibe y mi colega, que habían salvado a Mariko y a Yukio. Desgraciadamente, el señor Horibe falleció en su casa con la explosión. Su mujer y su hija Yukiko regresaron a Tokio unas semanas después de la bomba. Sentí compasión no solo por ellas, sino también por la amante del señor Horibe y su hijo.

La sucursal de la empresa seguía estando allí, en Nagasaki. Tras un mes de descanso, empecé a trabajar de nuevo.

Mis padres también sobrevivieron a los bombardeos de los B-29 refugiándose en el campo. Cuando regresé de Siberia, me pidieron que volviera a Tokio con Mariko y Yukio. Fue algo totalmente inesperado, pero decidí quedarme en Nagasaki. Ya ancianos, vendieron todos sus bienes inmuebles y se mudaron a una residencia para personas mayores.

En 1951, Yukio terminó sus estudios universitarios en Nagasaki y se fue a Tokio a buscar trabajo. Consiguió un buen puesto de químico en una empresa de productos alimenticios. Trató de encontrar la iglesia de su infancia, pero ya no existía. No pudo dar con el cura ni con la señora Tanaka. Puede que murieran durante los bombardeos.

Mi padre falleció en 1955. Mi madre, al año siguiente. Conforme a la ley, su abogado se puso en contacto conmigo para resolver la sucesión. Viajé a Tokio y recibí el dinero que tenían en el banco. Luego fui al templo M. a pagar los gastos de mantenimiento de la tumba de nuestros antepasados. Y después fui al ayuntamiento a informarme sobre todos los orfanatos de la ciudad. Los visité uno por uno y repartí el dinero de mis padres. Cuando regresé a Nagasaki, Mariko me dijo: «Esté vivo o no, el cura valora lo que has hecho. Gracias, querido».

Yukio se casó en 1964, a los treinta y cinco años. Su mujer también es una víctima de la guerra: perdió a sus padres en los bombardeos de Yokohama. La pareja tuvo tres hijos. Hace cuatro años compraron una casa en Kamakura y nos invitaron a Mariko y a mí a vivir con ellos. En realidad, estaban preocupados por mi salud. Los trabajos forzados en Siberia me debilitaron mucho.

El señor Nakamura se sienta frente a mí en la mesa de *shôgi*. Mientras coloca las piezas, me dice:

—Qué afortunados somos de tener nietos.

Contesto:

—Ciertamente.

Él viene de ver a su hijo, nuestro vecino, que tiene dos hijos y un tercero en camino, al que su mujer dará a luz muy pronto. El señor Nakamura y su mujer viven en otro barrio. Conozco a esta familia desde que Mariko y yo nos mudamos a Kamakura.

El señor Nakamura dice:

—Ayer fui a visitar a mi hija a Tokio, y en la calle me crucé con un bonzo que era amigo de mi padre. Iba camino de la cárcel.

—¿La cárcel? ¡Dios mío! ¿Cometió un crimen?

Él ríe:

—Es capellán. Iba a rezar por un condenado a muerte.

—¿Un condenado a muerte?

—Sí —dice, adelantando una pieza—. Este bonzo me dijo algo interesante.

—¿El qué?

—En las ejecuciones, a los que no tienen hijos les cuesta más encontrar consuelo por su muerte que a los que tienen hijos.

Mi corazón se sobresalta. Él ignora que no tengo hijos propios y que he adoptado a Yukio. Trato de imaginar el momento de mi muerte pensando en mi familia: mi mujer, Yukio, nuestra nuera y nuestros tres nietos. No creo que me cueste dejar este mundo.

El señor Nakamura continúa:

—Tal vez tener o no un sucesor no sea el problema. Tal vez el problema sea el estado de ánimo en el momento de morir. Los que no tienen hijos están tristes porque su estirpe se extinguirá.

Me quedo callado. Él sigue contándome lo que le dijo el bonzo. Según este, lo importante para el condenado a muerte es que su alma llena de ira y de odio se purifique antes de la ejecución. Para purificarla hay que confesarse desde el fondo del corazón. Si no, el alma vagabundea y renace, lo que significa que el crimen se repetirá. El cuerpo se puede borrar por completo, pero el alma no.

Lo escucho con curiosidad y pregunto:

—¿A qué templo pertenece ese bonzo?

Él contesta:

—Al templo M.

«¿El templo M.? Allí están enterrados mis padres y nuestros antepasados.» De hecho voy allí de visita, solo, dos veces por año. Se me acelera el corazón. Estoy seguro de que mis padres murieron enfadados conmigo. Cierro los ojos un instante.

El señor Nakamura me mira:

—Parece usted ausente. Hoy ganaré yo.

El señor Nakamura se ha ido. Tenía razón. Desorientado, he perdido la partida de *shôgi*. Se ha ido contento, pues últimamente él había perdido varias veces seguidas.

Bajo al jardín. En un rincón del parterre, Mariko está trasplantando las flores que le trajo mi amigo. Me acerco mientras riega el pie de la planta. Me atraen los pequeños pétalos azules.

Me siento en el sillón de bambú. Le pregunto a Mariko:

—¿Recuerdas a esa mujer que se llamaba Sono?

—¿Sono?

Me mira un instante. Reflexiona. Yo agrego:

—Mi niñera. La conociste en el hospital en Tokio, poco antes de que nos fuéramos a Nagasaki.

—¡Ah, ella! Estaba gravemente enferma del corazón, y su médico nos permitió verla como una excepción, ya que estábamos a punto de dejar la ciudad.

—Sí, eso es.

—Solo hablé con ella unos minutos, pero nunca olvidaré lo que me dijo.

Pregunto:

—¿Qué te dijo?

—«Mariko, gracias por aceptar ser la mujer de Kenji. Usted y su hijo le han dado una gran felicidad.»

Estoy sorprendido.

—¿Y qué le contestaste?

—Nada. No sabía qué contestar, pero sus palabras me hicieron llorar. Me habló como si fuera tu verdadera madre. Me recordó al cura extranjero del orfanato, que actuaba como si fuera mi verdadero padre.

Me quedo callado. Mariko añade:

—Nunca olvidamos las cosas amables que nos dicen.

Recoge la maceta vacía, el trasplantador y la regadera. Mientras se levanta, me pregunta:

—¿Por qué de pronto me has hablado de Sono?

—Las flores me hicieron pensar en ella. Eso es todo.

Ella entra en casa.

Miro de nuevo las flores y me digo: «Tampoco olvidamos las cosas crueles que nos dicen». Sé que Mariko se acuerda de las que dijo mi madre: «Tiene usted un origen dudoso, ¿verdad?». Sono me repetía a menudo: «Kenji, no hay que decir cosas hirientes a nadie». Tenía razón.

Conservo aún el señalador que Sono me envió desde Harbin. En el hospital le dije: «Lo guardaré con mucho cuidado pensando en ti, y lo llamaré *niezabudoka*». Ella sonrió y me dijo: «Pero yo no conozco el nombre japonés de esas flores. Es raro». Le dije: «En japonés se llaman *wasurenagusa*». «¿*Wasurenagusa*? ¡Qué hermoso nombre!» «A decir verdad, yo tampoco lo conocía. Me lo dijo Mariko la primera vez que conversamos en la iglesia.» Sono exclamó: «¡Suena muy simbólico para vosotros!».

El señalador viajó conmigo por todas partes, incluso hasta Siberia. De hecho, vi flores de *niezabudoka* en el campo de trabajos forzados, en la región de Omsk. En primavera recubrían el campo como una inmensa alfombra azul. Un día vi, al otro lado de la verja de hierro, a una joven que recogía flores y hacía con ellas una guirnalda. Un niño pequeño corría a su alrededor. Los miré pensando en Mariko y Yukio.

—Jinmu, Suizei, Annei, Itoku...

El señor Nakamura se pone a pronunciar el nombre de los sucesivos emperadores de Japón. Lo escucho mientras dispongo las piezas de *shôgi*.

Antes de la guerra, los estudiantes tenían que aprendérselos de memoria. Recuerdo que Yukio se quejaba: «En total son ciento veinticuatro. ¡Es demasiado!». Por lo general, no era bueno en las materias que exigían aprender de memoria. Pero el problema no era solo la cantidad. Me preguntó: «Papá, ¿cómo es posible que una familia conserve durante tanto tiempo su estirpe sin interrupciones?». Él sabía que yo era el último heredero de la familia Takahashi, y que nuestro linaje se extinguiría porque yo no tenía hijos. Le di una respuesta evasiva: «No pienses demasiado en eso. Es un simple ejercicio de recitado». Obviamente, aquello no lo dejó conforme.

—... Meiji, Taishô ¡y finalmente Shôwa! —dice el señor Nakamura.

—¡A su edad, qué memoria!

Las piezas ya están todas dispuestas sobre la mesa. El señor Nakamura las mira con gran entusiasmo. Empezamos a jugar.

—A decir verdad —dice—, tuve que ayudar a mi hijo a memorizarlos. Le costaba mucho recitar. Conclusión: yo los memoricé, pero mi hijo no.

Me río. Él prosigue:

—Es increíble que tengamos una familia imperial tan antigua. La más antigua del mundo. ¡Ahora tenemos al emperador número ciento veinticuatro!

—Sin embargo —digo—, no será fácil en el futuro conservar solo el linaje paterno. La culpa es del Código de la familia imperial que se aplicó en la era Meiji y después de la guerra. De hecho, entre la época de Asuka y de Edo reinaron ocho herederas.

—Tiene razón. Por eso hasta la era de Taishô, el heredero cuya esposa era estéril o que solo tenía hijas mujeres podía disponer de concubinas para tener hijos varones. Pero ahora esa costumbre ha dejado de practicarse.

—Entonces —digo— habría que modificar el Código para que las mujeres pudieran ser herederas.

—Muy bien —conviene.

Tiene la mirada fija en las piezas. Yo prosigo:

—Si le damos importancia a la continuidad del linaje paterno o materno, habrá que considerar todas las posibilidades de hacer hijos. Por ejemplo, la mujer de un hombre estéril podría tener concubinos.

El señor Nakamura me mira desconcertado:

—¿Qué? ¿Qué ha dicho?

—Concubinos para las mujeres. ¿Por qué no? No solo las mujeres son estériles. También pueden serlo los hombres, y a veces ambos.

—No estoy seguro de poder hacerme a esa idea, incluso en el caso de que fuera estéril. Preferiría no tener hijos antes que ver a mi mujer acostándose con otro.

Parece incómodo. Digo:

—Yo también. Los hombres son muy egoístas.

Sonrío con amargura mientras recuerdo la época en que el pasado de Mariko me agobiaba de celos.

Hoy hemos terminado en empate. El señor Nakamura parece satisfecho de todos modos. Bajamos al jardín. Mientras se despereza, me pregunta:

—¿Ha pensado alguna vez en el *kaimyô*?

Contesto:

—No. ¿Por qué?

—Una vez viajé a Vancouver por negocios y tuve allí la oportunidad de visitar un cementerio protestante. Sentía curiosidad por leer lo que escribían en las lápidas.

—Interesante. ¿Con qué se encontró?

—Con una fórmula muy sencilla con el nombre del difunto, el año de su nacimiento y el de su muerte.

—¿De veras? ¿Qué escriben, por lo general?

—Yo leí: «In memory of a beloved husband, wife, son, daughter»...

—¿Eso es todo?

—Sí. ¡Ah! Recuerdo que también encontré poemas.

—Qué romántico —digo.

—Entre los budistas, el bonzo elige el *kaimyô* según la suma que ha recibido de la familia. Me parece insípido, sobre todo cuando no conoce al difunto.

El señor Nakamura supone que soy budista, naturalmente. Mis padres y mis antepasados lo eran, pero yo no practico, aunque visite su tumba. Para ser francos, no me gustan los ritos atados a reglas que los templos aplican a su antojo.

Le digo al señor Nakamura:

—Hay demasiada venalidad. Como dice el proverbio: «Incluso en el infierno el juicio depende del dinero».

Él suspira.

—Desgraciadamente.

Yo agrego:

—Se podría inscribir cualquier cosa en una tumba. El nombre de una flor, por ejemplo.

—De hecho —contesta—, el otro día, por pura casualidad, vi una lápida con un nombre de flor en el templo S.

«¿El templo S.?» Me acuerdo en el acto de Kensaku, con quien jugaba en mi infancia. La última vez fui con Mariko y Yukio antes de irnos a Nagasaki. Hace ya cuarenta y seis años. Como no tengo interés, a diferencia del señor Nakamura, por templos o por tumbas, nunca he pensado en volver a ese templo, aun viviendo muy cerca.

Por curiosidad, le pregunto al señor Nakamura:

—¿Cómo se llama esa flor?

Él responde:

—*Wasurenagusa!*

—*Wasurenagusa?*

—Sí. Es hermoso, ¿verdad? Por eso les traje una maceta con esa flor el otro día.

Me quedo callado. Reflexiono. Él me mira.

—¿Qué sucede?

Digo:

—Me ha hecho pensar en algo. ¿Se fijó usted en el nombre del difunto?

—Lo único que se veía era «Sono» en *hiragana*. Debe de ser su nombre de pila.

Exclamo:

—¡Sono! ¡Ahora estoy seguro de que se trata de alguien a quien conocí!

—¡Qué coincidencia! Qué pequeño es el mundo, realmente.

Me explica dónde está la lápida y dice:

—Cuando salí del templo vi a un bonzo que parecía tener su edad.

Ha de ser Kensaku. Siempre recuerdo su rostro. De hecho, su madre decía que nos parecíamos como hermanos.

El señor Nakamura agrega:

—Sus rasgos me recordaron a los suyos.

Pasan unos días. Decido ir hoy al templo S. Quisiera asegurarme con mis propios ojos de que es la tumba de Sono. También siento curiosidad por volver a ver a Kensaku. Me pregunto si se acordará de mí. Teníamos alrededor de diez años cuando nos vimos por última vez.

Voy al templo S. Paso por delante del santuario. No hay nadie. Subo al cementerio. El olor del *senkô* roza mis fosas nasales. Han dejado flores de la estación aquí y allá. Algunas son frescas, otras ya se han marchitado. Recorro todo el lugar con la vista, buscando con los ojos el sitio que me describió el señor Nakamura. La lápida en cuestión debería estar en la esquina opuesta a la entrada. Voy hasta la última hilera y doblo a la derecha.

Llego a la esquina y veo una tumba apartada de las demás, sola, blanqueada por el tiempo. Su superficie, cubierta de liquen seco, es rugosa. Examino de cerca las letras grabadas en la piedra. Las leo deslizando mis dedos por encima. *Wa-su-re-na-gu-sa*. En el lado izquierdo veo: «Sono, nacida en 1871, fallecida en 1933». Me digo: «Sono, me alegra volver a verte. La próxima vez me gustaría traer a Mariko».

Me inclino ante la lápida. Cierro los ojos, con las manos juntas. Me veo de niño, a los cuatro años, corriendo detrás de Sono y gritando: «¡Espérame!». Ella se da la vuelta. Abre los brazos hacia mí. Sonríe: «¡Ven, Kenji, rápido!».

Atrás hay bambúes y camelias. Puedo imaginar lo hermoso que se pone el lugar cuando las flores se abren. Me pregunto quién le habrá levantado esa tumba. Sono no tuvo familia. Además, ella misma me decía: «No tengo tumba familiar, y tampoco la deseo».

—Señor...

Oigo una voz que vacila. Vuelvo la cabeza. Un bonzo con una larga estola negra de verano se acerca a mí lentamente. Me levanto. Veo su cara. Exclamo en el acto:

—¡Kensaku!

—Kenji, ¡realmente eras tú! Me acerqué porque es la primera vez que veo a alguien inclinarse ante la tumba de Sono.

Me mira fijamente, con nostalgia:

—Hace mucho que no nos vemos. ¿Dónde vives ahora?

—Aquí, en Kamakura.

Está sorprendido. Le cuento en qué circunstancias vine a instalarme aquí. Con un deje de emoción, dice:

—Debe de ser obra del *innen* que hayas venido al lugar donde naciste.

Me doy cuenta de que su rostro se parece mucho al de mi padre. Pregunta:

—¿Cómo hiciste para encontrar la tumba de Sono?

Le cuento la historia de mi amigo, el señor Nakamura. Kensaku me escucha, impresionado.

Me invita a beber té. Mientras caminamos, me dice que su padre fue quien levantó la tumba a Sono, de acuerdo con su última voluntad. Ella misma había elegido la palabra *wasurenagusa*. Me enjugo una lágrima en una comisura del ojo. Me digo: «Sono me esperaba».

Kensaku me lleva a su casa, que está cerca del santuario. Me deja en el salón y va a buscar el té. Todas las puertas corredizas están abiertas. El viento entra en la habitación, que da al jardín. Veo macetas con bonsáis dispuestas en el estante inferior. Kensaku entra trayendo él mismo las tazas de té. Se oye a un gato maullar. Miramos hacia el jardín, donde varios gatitos siguen a su madre. Mientras me sirve, Kensaku dice:

—Son gatos vagabundos. Todos los días les doy sobras de comida.

Dice que vive solo. Su mujer falleció hace tres años. Me pregunto si tendrá hijos y quién será el próximo heredero, pero dudo de si hacer esas preguntas. En cambio, digo:

—¿Sabes por qué me fui a Nagasaki?

—Sí, lo sé muy bien. Tras tu partida, tus padres vinieron aquí a pedirle a mi padre que te llamara de inmediato.

—No lo sabía... ¿Y qué les contestó tu padre?

—Simplemente les dijo: «No hay que retener a quienes quieren irse». Tus padres se enfadaron. Desde ese día nunca volvieron al templo.

Veo la imagen de mis padres enfurecidos. Digo:

—A decir verdad, hace años que siento remordimientos por haber renunciado a mis obligaciones de heredero.

Kensaku se queda en silencio. Tiene la mirada fija en la mesa. Alza los ojos y dice:

—No vas a sentirte de ese modo cuando escuches la historia de tus padres.

Lo miro:

—¿A qué te refieres?

—Te hablo con franqueza, Kenji. Fuiste adoptado al nacer.

—¿Adoptado?

Estoy atónito.

—¿Es una broma? Nunca he visto las palabras «hijo adoptivo» en nuestro *koseki.*

Él contesta, serio:

—Porque tus padres declararon tu nacimiento como el de un hijo propio.

—No entiendo. ¿Cómo es posible que hicieran algo así?

—Lo ignoro. Lo que es seguro es que tu padre era estéril.

«¡Mi padre también era estéril!» Incómodo, desvío los ojos. Él prosigue:

—Tu abuelo no creía en la esterilidad masculina y obligó a tu padre a tener varias amantes, una tras otra. Pero eso no resolvió el problema. Un día, mi padre, por entonces el superior del templo, le habló de una mujer embarazada que debía abandonar a su hijo porque sufría una enfermedad cardíaca. Tu padre se abalanzó en el acto sobre esa oportunidad, diciendo que se haría cargo del niño fuera cual fuese su sexo. Mi padre entendía la situación, pues para mis padres tampoco fue fácil tener hijos. Les llevó siete años.

Digo:

—Creo que mis abuelos nunca supieron esa historia.

—Probablemente. El arreglo fue entre tus padres y mi padre.

Tomo mi taza de té. Me tiemblan las manos. Vuelvo a ponerla sobre la mesa. Con la cabeza baja, intento calmarme. Me falta el aire. Me froto el pecho. Respiro profundamente.

Pregunto:

—Así que tu padre conocía a mis verdaderos padres, ¿verdad?

—Conocía a tu verdadera madre, por supuesto, pero no a tu padre.

—¿No?

—Eras hijo natural —dice.

«¿Hijo natural?» La imagen de Mariko y de Yukio cruza por mi mente. Me repito: «No solo era hijo adoptivo, también hijo natural...».

Pregunto:

—¿Quién era mi verdadera madre?

Él contesta con tono sereno:

—Era tu niñera.

Lo miro atónito.

—¿Sono?

—Sí.

Bajo la cabeza. Nos quedamos callados un momento.

—No la culpes por haberte abandonado —dice—. En esa época estaba en una situación difícil. Mi madre también la conocía muy bien, e incluso la ayudó a dar a luz. Yo me enteré de todo esto más tarde.

No contesto. Veía de nuevo una escena de mi infancia: Sono canta frotándome la espalda y yo me voy quedando dormido. Los gatitos maúllan en el jardín. Los miro mientras me acuerdo de los huérfanos de la iglesia.

Kensaku dice bruscamente:

—Yo no tengo hijos.

«¿Él tampoco?» No me esperaba en absoluto que estuviera en la misma situación que yo.

Pregunto:

—¿Qué harás, pues, con el templo?

—Pronto pasará a otras manos —contesta—. Es una historia larga, que te contaré en alguna otra ocasión.

Vuelve la cara hacia el jardín. Los gatitos juguetean alrededor de su madre, que está acostada en el suelo y bosteza. Kensaku dice con alegría:

—Sono era muy activa, a pesar de su mala salud. ¡Hizo tantos viajes!

Por fin sonrío.

—Tienes razón. Su último viaje la llevó hasta Harbin.

Él pregunta:

—¿Sabes por qué fue allí?

—Creo que quería a toda costa volver a ver a alguien que vivía allí.

—A su enamorado ruso —dice.

Repito:

—¿Su enamorado ruso?

—Sí. ¿Recuerdas que en los años veinte muchos músicos rusos vinieron a Japón y enriquecieron el campo de la música clásica? En Tokio, Sono conoció a un violonchelista de la orquesta sinfónica de Harbin. Volvió varias veces a Japón. En 1933, Sono fue a Harbin creyendo que era la última oportunidad que tendría de volver a verlo. Da la impresión de que vivió su vida lo mejor que pudo.

Antes de irme del templo, vuelvo a la tumba de Sono.

Miro de nuevo las letras grabadas en la piedra. «*Wasurenagusa*, Sono, nacida en 1871, fallecida en 1933». No hay apellido. Me inclino ante la lápida y rezo largamente. Mientras me incorporo, digo:

—Sono, quienquiera que seas, mi niñera, mi madre o mi amiga, fuiste una persona maravillosa. Me alegra haberte conocido en este mundo.

Mi mujer teje en el jardín.

Tumbado en el *engawa*, veo a las golondrinas revolotear en el cielo azul. Este año, una vez más, una pareja se instaló en nuestra casa y puso varios huevos. Según mi mujer, esos pájaros crían juntos a los pequeños. Se turnan para incubar los huevos, buscan insectos para alimentar a los pichones, limpian de guano el nido. Es algo que me maravilla.

Mi mujer dice que las golondrinas le recuerdan al cura extranjero, que se ocupaba de los huérfanos como si fuera su verdadero padre. Las palabras que me dijo antes de casarme con Mariko eran las de un padre que quisiera proteger a su hijo de sus desgracias pasadas y le deseara felicidad desde el fondo de su corazón.

Los rayos del sol son cada vez más fuertes. Pronto llegará el verano. Cierro los ojos. Por un momento me pregunto si la esterilidad y la adopción existen entre los animales.

Reflexiono sobre la historia de mis padres que me contó Kensaku. Al principio me impactó, pero a medida que pienso en ello, más tengo la sensación de que solo eran víctimas de una tradición familiar. Para mi padre, saberse estéril fue una humillación. Y para mi madre fue una catástrofe no poder quedarse embarazada y que la juzgaran estéril en lugar de a mi padre.

Mis padres, de todos modos, no se llevaban bien. Yo no fui feliz en mi infancia. Cuando me casé con Mariko, tomé la firme decisión de fundar una buena familia protegiendo a mi mujer y a su hijo Yukio.

Tilín..., tilín..., tilín... El *fûrin* tintinea bajo la brisa. Miro el cielo de mayo, clarísimo. En el jardín, Mariko sigue tejiendo.

—¡Buenos días, señora Takahashi!

Es la voz del señor Nakamura. Me levanto pensando que hoy no es día de *shôgi*. Bajo al jardín. Nos trae noticias.

—Mi nuera dio a luz ayer y mi mujer ya se ha ido al hospital. Yo voy de camino para reunirme con mi hijo. El bebé y su madre están muy bien.

Ambos decimos:

—¡Enhorabuena!

Mi mujer le pregunta:

—¿Es un varón o una niña?

Él sonríe:

—¡Una niña! Mi hijo y su mujer ya eligieron el nombre del bebé.

Mariko pregunta otra vez:

—¿Qué nombre eligieron?

Contesta, excitado:

—¡Sono! Bonito, ¿no?

Ella me mira.

—¿Sono? ¡Qué coincidencia! Es el nombre de tu niñera.

El señor Nakamura nos dice:

—En realidad, mi hijo y su mujer no sabían qué nombre elegir si era una niña. Cuando les sugerí ese nombre, lo aceptaron en el acto. Discúlpenme. Mi hijo me espera. Tengo que irme. ¡Hasta pronto!

El señor Nakamura se aleja a paso rápido. Guardando el ganchillo en una bolsa, mi mujer dice:

—Acabo de terminar.

—¿Qué has tejido?

—¡Una manta para el bebé, Sono!

Mariko y yo paseamos por el camino del dique. Delante de nosotros se extiende un gran río. El agua es profunda, la corriente rápida. El viento sopla contra nosotros.

Mariko empieza a canturrear en voz baja. Los rayos del sol iluminan su pelo blanco, recién lavado. En el momento en que siento el olor del jabón, una impresión de *déjà-vu* me invade. Me detengo.

Ella me pregunta:

—¿Qué sucede?

Balbuceo:

—No, nada.

Seguimos caminando. Está tranquilo. No hay nadie. Solo se oye el ruido de la corriente. Mariko dice bruscamente:

—¿Conoces la historia de la *wasurenagusa*?

Repito:

—¿La historia de la *wasurenagusa*?

—Sí. ¿Sabes por qué esa flor se llama así?

—No. ¿Por qué?

Ella cuenta:

—En la Edad Media, un caballero se paseaba con su dama a orillas del Danubio. Se llamaba Rudolf, y ella Berta. La muchacha vio en la orilla unas pequeñas flores azules y las quiso. Rudolf bajó. Al recogerlas cayó en la rápida corriente. Se debatió, desesperado, pero fue en vano. Berta entró en pánico. Él gritó, lanzando las flores hacia ella: «¡No me olvides!», y desapareció en el agua...

Al escucharla recuerdo el río Irtych que vi en la región de Omsk, donde se abrían las flores de *niezabudoka*. Una joven baila con una guirnalda en el pelo. Un niño pequeño corre a su alrededor. Oigo el sonido de una balalaika.

Le digo a Mariko:

—¡Qué historia tan triste!

Nos sentamos en un banco de madera y miramos el río.

Mariko permanece en silencio. Su mirada flota en el aire, distraída. No sé en qué está pensando, pero sé que hay muchos recuerdos de su vida anterior a mí de los que no quiere hablar con nadie. Tiene los ojos levemente humedecidos. La tomo por los hombros con suavidad. Ella se aprieta contra mí. Le acaricio el brazo. Nuestras rodillas están pegadas. Me digo: «Mariko, yo también tengo un origen dudoso». Siento el calor de su piel propagándose en mí.

Cierro los ojos. Remo contra la corriente rápida. En el bote están sentados Yukio y Mariko con un ramo de flores en la mano. Veo a la gente de la iglesia que me llama desde la orilla: «¡Señor Takahashi!». Agitan las manos. Los huérfanos, el cura extranjero, la señora Tanaka... Veo a otra mujer que se acerca a ellos. Lleva un kimono con flechas de color violeta. Un niño pequeño la sigue corriendo. Enseguida grito: «¡Sono!».

Hotaru

I

Unos enormes cumulonimbos ascienden en el cielo.

Asomada a la ventana, miro las nubes, inmóviles como rocas gigantescas. Sobre mi cabeza, las cigarras estridulan ruidosamente. El calor es agobiante. La época de lluvias acaba de terminar.

Me preparo para salir. Esta tarde voy a casa de mis padres, donde me espera *obâchan*. Guarda cama durante casi todo el día. Mis padres dicen que no resistirá hasta el otoño.

Vivo en Tokio. Soy estudiante universitaria. Estamos en el período de vacaciones de verano. Todas las mañanas de la semana trabajo en una floristería. Por la tarde estudio en la biblioteca de mi barrio, pues en mi apartamento hace demasiado calor. Debo preparar los exámenes de septiembre. Los fines de semana voy a la casa de Kamakura a echar una mano a mis padres, que se ocupan de *obâchan*. Los aliento a salir juntos. Mi hermana y mi hermano mayores también viven en Tokio. En estos días, como están muy ocupados trabajando, no pueden ir a visitar a *obâchan* con tanta frecuencia como yo. Mis padres aprecian mucho mi ayuda.

Obâchan tiene ahora ochenta y cuatro años. Su mala salud se debe al accidente que tuvo el pasado diciembre. Resbaló sobre la escarcha, en el jardín, y se golpeó la cabeza y fracturó la pierna. Estaba demasiado débil para operarse, y tuvo que tomar analgésicos para el dolor. Su apetito disminuyó rápidamente y se quedó un poco sorda. Día a día fue debilitándose. Lo que nos entristeció no fue solo su estado físico, sino también su estado mental: empezó a tener alucinaciones, que persistieron durante unas semanas.

Recuerdo muy bien la primera vez. Fue tres días después del accidente.

Obâchan estaba despierta en su cama. Yo doblaba ropa sobre la mesa que está en un rincón de la habitación. De pronto me llamó: «Tsubaki, ¡mira!». Señalaba con el dedo los vidrios corredizos que daban a la huerta. Vi copos de nieve que revoloteaban al viento. «¿Qué sucede, *obâchan*?» Articulando, dijo: «Ho-ta-ru». Contesté en el acto: «¡No es posible!». Ella, sin embargo, hablaba en serio: «¡Mira bien!». Quedé desconcertada. Ella exclamó: «¡Qué hermoso!». Luego se puso a canturrear una canción para niños: «Ho... ho... hotaru koi». «¡Venid, luciérnagas! El agua de aquel lado es salada, el agua de este lado es dulce. ¡Venid, luciérnagas!» Se detuvo y me dijo: «¡Qué canción cruel! ¡Es una trampa! Tsubaki, ten cuidado de no caer en el agua dulce».

Unos días después, mi padre oyó que *obâchan* gritaba: «¡Allí está ella!». Le preguntaron: «¿Ella? ¿Quién?». Sin prestarles atención, *obâchan* continuó: «Está pasando por delante de casa. ¿Adónde va tan temprano esta mañana?». Mi padre bajó de todos modos al jardín, pero no había nadie. Esto también les sucedió a mi hermana y a mi hermano. Oían las palabras de *obâchan* y buscaban a la persona en cuestión, pero siempre en vano. «¡*Obâchan*, es tu imaginación!», le dijeron.

Mi madre mantuvo la calma. Escuchó con paciencia todo lo que contaba *Obâchan*. Nos explicó que eran alucinaciones, y que lo mismo le había sucedido a su abuela, a la que había cuidado. «Dejadla hablar y no discutáis con ella», nos dijo mi madre. «Ella ve lo que nosotros no vemos. Oye lo que no oímos. De todos modos, no puede moverse por sí misma. No hay peligro.» Pese a ese consejo, que me sonaba razonable, yo sentía curiosidad por saber lo que ocurría en la cabeza de *obâchan* y le hice preguntas sobre sus alucinaciones. «¿Ella? ¿A quién te refieres? ¿Es una mujer o una niña?» Con los ojos perdidos, me miraba como si no entendiera de qué le estaba hablando.

Han pasado siete meses desde el accidente. Sus alucinaciones se han hecho menos frecuentes. Eso nos tranquiliza. Pero noto que sus recuerdos, sobre todo los recientes, están desordenados. Me pregunta: «Tsubaki, ¿cuándo te vas a Nueva York?». Contesto: «No soy yo, es Natsuko». Mi hermana trabaja como intérprete para una gran empresa. Suele ir a Los Ángeles y a Nueva York por trabajo. Le digo a *obâchan* que Natsuko vendrá a verla después de su viaje. Sonríe débilmente y me hace otra pregunta que ya me ha hecho varias veces: «¿Qué estás estudiando?». Le digo, articulando: «Ar-queo-lo-gí-a». Sé que no recordará la palabra. Sin embargo, estoy contenta de que siempre responda a lo que le digo. Mi madre me dice que, pese a su estado de salud, *obâchan* se acuerda muy bien de mi infancia. «Parece feliz cuando tu padre y yo hablamos de eso. Siempre espera tus visitas con impaciencia.»

Mientras cierro la ventana de mi apartamento, echo un vistazo a los cumulonimbos. A *obâchan* no le gustan esas nubes típicas del verano. Creo que le hacen pensar en la imagen del *kinokogumo*. Ella y mi padre fueron víctimas de la bomba atómica que cayó en Nagasaki. Escaparon a la muerte de milagro. Estos días oigo que *obâchan* murmura: «Pronto se cumplirán cincuenta años. Nunca pensé que viviría tanto...».

Siento mucho cariño por *obâchan*, más que mi hermana y mi hermano. Quizá porque siempre he estado a su lado. Nací el año en que mis abuelos se mudaron a casa de mis padres.

Obâchan es la primera persona con la que hablé de mis asuntos íntimos. Como era discreta, yo le confiaba mis problemas y secretos. Me escuchaba sin criticarme, y cuando le pedía consejo me decía que yo era sabia como mi madre, y que encontraría por mí misma una buena solución. Rara vez me daba su opinión. Pero a mí me tranquilizaba hablar con ella.

Una vez tuvo una reacción muy enérgica a algo que le dije. Fue poco antes de su accidente. Le dije que el profesor H., que daba cursos de inglés como materia de enseñanza general, me había invitado al café. Me dijo en el acto: «¡No, no! No debes aceptar». Sorprendida, repuse que era un hombre franco y abierto. Ella, con aire contrariado, no contestó. Me vi dos veces con ese profesor, y tuvimos conversaciones agradables. Habló bien de mi inglés y me dijo que iba a organizar un club de inglés. Me alegró mucho, porque yo lo admiraba desde su primer curso, en el que había hablado con gran interés de una novela inglesa. Era apuesto, y yo sucumbí a su encanto. El club empezó rápidamente con una decena de estudiantes. Me pidieron que hiciera de mensajera. Cuando le mencioné esa actividad a *obâchan*, ella no entendió de qué se trataba. Ya estaba confundida por el accidente.

Para ser francos, el profesor H. me llamó ayer por teléfono. Estaba en el café cercano a mi apartamento. Acudí pensando que tenía mensajes que transmitir a los miembros del grupo. Pero el encuentro no tenía nada que ver con el club. Me dijo: «Estoy enamorado de ti, quisiera verte a solas de vez en cuando». Había seriedad en su mirada. Me sorprendió, y al mismo tiempo me puso muy contenta saber que él también me quería. Sin embargo, cuando agregó que su matrimonio no funcionaba bien desde hacía mucho tiempo, me quedé estupefacta. Ni siquiera sabía que estuviera casado. Él esperaba mi respuesta. Le pedí un poco de tiempo para reflexionar. Tomándome de la mano, dijo: «Entiendo. De todos modos, que esto quede entre nosotros».

Lamento no hablar más con *obâchan* como antes. Si todavía tuviera buena salud, me diría: «¡Lo sospechaba, Tsubaki! Desconfía de los hombres casados». A ella, que vivió una vida agradable con *ojîchan,* le resultaría penoso enterarse de una historia de esta clase, sobre todo viniendo de su nieta. Pero no puedo evitar reconocer que ya me siento demasiado atraída por el profesor H. para rechazar su proposición.

Salgo de la estación de Kamakura.

El sol pega fuerte contra la tierra. Hago visera con la mano, lamentando no haber traído mi sombrero. El calor sofocante es insoportable.

Veo a dos chicas de pie a la sombra de un árbol. Parecen tener dieciséis o diecisiete años. Son estudiantes de secundaria. Charlan sobre lugares que visitar mientras estudian un mapa turístico de la ciudad. Noto que tienen acento de Kyushu. Me pregunto si serán de Nagasaki y si sus padres o abuelos habrán sido víctimas de la bomba atómica, como mi padre y *obâchan*. Al cabo de un momento empiezan a caminar en dirección al *daibutsu*.

Me dirijo hacia la casa de mis padres. Está en un barrio tranquilo, al que los turistas rara vez van. Para llegar hay que caminar quince minutos. Paseo buscando la sombra.

Paso delante del templo S. Es el lugar donde está enterrado *ojîchan*. Hace trece años que falleció. *Obâchan* venía a traerle flores todas las semanas. Yo la acompañaba a menudo. La tumba de *ojîchan* siempre está limpia. *Obâchan* rezaba largamente, con las manos juntas. Un día me dijo: «*Ojîchan* nació aquí, en Kamakura, y creció en Tokio, donde nos conocimos. Varias veces visitamos la ciudad de Kamakura con tu padre, a quien le gustaba ver el mar y el *daibutsu*. Después de casarnos nos fuimos de Tokio para instalarnos en Nagasaki. *Ojîchan* y yo vivimos allí cuarenta y dos años. Yo nunca había pensado que volvería a Kamakura después de una ausencia tan larga. *Ojîchan* estaba muy encariñado con esta ciudad. Debe de estar feliz por haber sido enterrado aquí». Persiste en mi memoria una hermosa imagen de mis abuelos: caminaban por una playa tranquila, tomados de la mano. Según mis padres, era una pareja cuya unión despertaba envidia. Siento que se me encoge el corazón, pienso que *obâchan* ya no está en condiciones de venir aquí. Soy yo, ahora, la que trae flores en su lugar. Siempre que vuelvo a Tokio hago una parada aquí.

Pienso en *ojîchan*, a quien quise mucho. Me divertía con él. Era un hombre muy paciente. Me enseñó a jugar al *shôgi*. Murió poco antes de que yo comenzara la escuela primaria. Cuando aún estaba en forma me acompañaba andando al jardín de infancia. Mientras caminaba me hablaba de sus recuerdos de la época en que había conocido a *obâchan*. Me repetía: «Tsubaki, tú también encontrarás a alguien especial. Ojalá yo viva lo suficiente para conocerlo». La dulzura de su mirada vuelve a mi mente. Por un momento me pregunto cómo reaccionaría si supiera de mi historia con el profesor H.

Camino bordeando el arroyo que discurre delante del templo S. Los sauces llorones lo siguen. En verano hay muchas luciérnagas. Veo entre los árboles el techo de la casa de mis padres.

Mi padre está en la huerta, en el patio trasero. Recoge judías verdes. Noto que lleva el sombrero de paja de *ojîchan*.

—¡Papá!

Vuelve la cabeza. Tiene la cara muy tostada. Sonríe.

—Ah, Tsubaki. Llegas temprano hoy. Apenas son las tres.

—No he ido a la biblioteca —digo.

—De hecho, *obâchan* murmuraba esta mañana que volverías antes de lo acostumbrado. ¡Tenía razón!

—Siempre tiene buenas intuiciones.

—Bueno —dice—, podremos salir esta noche. Tu madre se muere por ver la película *La promesa*.

Es una película de amor de la que se habla mucho en los periódicos.

—Está bien. ¡Divertíos!

Mi padre está jubilado. Trabajó como químico en una gran empresa de productos alimenticios de Tokio. Ahora tiene sesenta y seis años, y yo solo diecinueve. Nos confunden con un abuelo y su nieta. Me siento incómoda cuando se lo presento a mis compañeros.

Por un momento, mi mirada se clava en sus ojos nostálgicos, que recuerdan a los de *obâchan*. Mi padre no tiene el menor parecido con *ojîchan*, no es su verdadero hijo. *Ojîchan* lo adoptó cuando se casó con *obâchan*. Era estéril.

—¡Qué calor! —dice mi padre—. Tomemos algo fresco. Tu madre está en la cocina, preparando un tentempié para *obâchan*.

Entra en casa. Mientras lo sigo me pregunto si alguna vez habrá engañado a mi madre.

Después de cenar, mis padres han ido al centro a ver la película *La promesa*. Termino de fregar los platos y entro en la habitación de *obâchan* con ropa limpia. El climatizador sigue encendido. *Obâchan* está sentada en su cama, la espalda apoyada contra unos almohadones. Me instalo ante la cómoda del rincón. Empiezo a doblar su ropa interior.

Obâchan murmura:

—Qué tranquilidad...

Echo una rápida mirada a su rostro. Su mirada flota en el aire. Me pregunto en qué pensará tendida en la cama casi todo el día. Aquí no hay televisor ni radio. Ella lo decidió así, no le gusta el ruido.

Es la única de todos nosotros que no duerme en los tatamis. Tras la muerte de *ojîchan*, hizo que los quitaran y luego se compró su cama y su mesa redonda, al estilo occidental, lo que nos sorprendió mucho, sobre todo a mis padres. Cuando le preguntaron por qué había eliminado los tatamis, contestó: «Extraño demasiado a *ojîchan*, hay que cambiar de atmósfera».

Miro otra vez el rostro de *obâchan*. Es hermosa. Pese a su edad y su estado de salud, su piel sigue siendo como la seda. Su pelo completamente blanco le da una gracia particular. Sus rasgos son regulares y distinguidos. *Ojîchan* decía: «Con *obâchan* tuve un flechazo. Era reservada pero atractiva, como las flores de *wasurenagusa*». Es fácil imaginar su belleza de antaño. Aun ahora la azuzo: «De joven debías de gustar a muchos hombres». Ella contesta sonriendo: «No lo sé. Para mí, *ojîchan* fue el mejor de todos». Le creo. *Ojîchan* era activo y sociable, mientras que ella no lo es en absoluto. Él era el sol y ella la luna. Se llevaban muy bien.

Según mi padre, *ojîchan* renunció a su herencia para casarse con *obâchan*. Sus padres ricos no aceptaban a *obâchan*, que ya tenía un hijo, mi padre. Además, era huérfana. Mi padre me dijo: «*Ojîchan* se mantuvo fiel a su decisión, no importaba lo que sus padres dijeran contra *obâchan*. Era un heredero. Debió de ser difícil para él abandonar a su familia. Siento gran admiración por su valor. Era un hombre sincero».

Cae la noche. Hace menos calor. Apago el climatizador. *Obâchan* me pregunta:

—¿Puedes abrir los vidrios corredizos?

—¡Por supuesto!

El aire tibio entra en la habitación. Bruscamente, *obâchan* grita:

—¡Mira, Tsubaki!

Me señala con el dedo la huerta.

—¿Qué ocurre?

Ella articula:

—*Ho-ta-ru!*

Mi corazón se sobresalta. Ella insiste, repitiendo: «¡Allí!». Abro mucho los ojos y detecto en la oscuridad varias luciérnagas que vuelan de derecha a izquierda. ¡Esta vez tiene razón! Bajo la luz de la habitación. *Obâchan* canturrea: «Ho... ho... hotaru koi...». Yo canto con ella.

—Yukio era tan pequeño... —dice—. Delante de la casa corría un arroyo por donde volaban muchas luciérnagas. Salíamos juntos a pasear: *ojîchan*, Yukio y yo. Era feliz. Teníamos una vida tan apacible...

Son recuerdos de la época en que mis abuelos y mi padre se instalaron en Nagasaki. Me cuenta la misma historia desde hace semanas. Yo la escucho sin interrumpirla. Se detiene y alza los ojos. Tiene la mirada distraída.

—¿Qué ocurre?

—Cuando *ojîchan* regresó de Siberia —dice—, había adelgazado tanto que ni Yukio ni yo lo reconocimos. Se había arruinado la salud. Los trabajos forzados, el rigor del frío, el hambre, la soledad... Las condiciones de vida debieron de ser terribles allí. Si no hubiera ido, habría vivido más tiempo. Pobre *ojîchan*. Fue culpa de...

Baja la cabeza. Me acuerdo de que *ojîchan* fue trasladado a Manchuria durante la guerra y luego enviado a Siberia. Una vez mi padre me dijo: «Si *ojîchan* se hubiera quedado en Nagasaki, podría haberlo matado la bomba atómica. ¡Nunca conocemos realmente nuestro destino!». Mientras le acaricio la espalda, le digo a *obâchan*:

—Fue culpa de la guerra. Por suerte regresó a Nagasaki, donde lo esperabais mi padre y tú, ¿verdad?

No contesta. Las luciérnagas han desaparecido. Ella pregunta con aire ausente:

—¿Me esperará *ojîchan* en el otro mundo?

—¡Por supuesto! —digo sin pensar. Agrego enseguida—: Pero ¡tienes que vivir mucho en su lugar!

Sonríe.

—Eres tan buena conmigo, Tsubaki... ¡Qué afortunada soy de tener una nieta como tú!

Las luciérnagas parpadean en la oscuridad. Hace un rato he cogido dos cuando cruzaba el jardín. Las guardo en mi pequeña pecera, que está vacía desde el año pasado. Reptan lentamente sobre las hojas de helecho. Una sigue a la otra, como una pareja. Voy a llevármelas a mi apartamento.

Tumbada en el futón, pienso en *obâchan*, que parece deprimida. Me pregunto por qué lamentará ahora que *ojîchan* se fuera a Siberia. ¿Qué será lo que la perturba? Siento que está atormentada, y eso me entristece.

Recuerdo el momento de la muerte de *ojîchan*. Estaba rodeado de todos nosotros: *obâchan*, mis padres, mi hermana, mi hermano y yo. No me acuerdo de los detalles, pues entonces solo tenía seis años. Pero en mi corazón infantil sentía que descansaría en paz. Tenía una mirada dulce. Según mi madre, *ojîchan* le dijo a *obâchan* mientras le sostenía la mano: «¡Qué vida feliz! Qué afortunado soy de tener una familia tan buena». Nosotros éramos su única familia. Tenía setenta y nueve años cuando murió. Sufría del corazón.

Las luciérnagas siguen parpadeando. Fijando los ojos en sus luces, me acuerdo de una conversación remota con *ojîchan*.

—*Ojîchan*, ¿por qué las luciérnagas emiten luz?

Él contesta:

—Para atraer a las hembras.

Estoy sorprendida.

—¿Entonces las luciérnagas son machos?

—Sí. Las hembras también emiten luz, pero no vuelan. Al parpadear se envían mensajes de amor.

Exclamo:

—¡Qué romántico!

—Sí —dice *ojîchan*—. Al menos para nosotros, los japoneses.

—¿A qué te refieres?

—En Francia hay una extraña superstición: esas luces serían las almas de niños que murieron sin ser bautizados. Para los que creen en eso, las luciérnagas son insectos muy siniestros.

La palabra «siniestro» me hace pensar en la escena de la noche de la bomba atómica que me contó una vez *obâchan*: «Vi luciérnagas que volaban sobre un arroyo aplastado por escombros de edificios. La luz de los insectos flotaba en la oscuridad, como si las almas de las víctimas no supieran adónde ir». Me pregunto adónde irá el alma de *obâchan*. ¿Deambulará para siempre entre este mundo y el otro? Tiene los días contados. Espero que encuentre la calma y pueda morir en paz, como *ojîchan*.

Hoy es sábado.

Son las dos de la tarde. Mis padres han ido al centro a hacer la compra. Entro en la habitación de *obâchan* con una revista que compré ayer en el kiosco de la estación de Tokio. *Obâchan* está despierta, la espalda apoyada contra unos almohadones.

Le digo:

—Me gustaría leer esto. ¿No te molesta?

Ella sonríe:

—Tú nunca me molestas, mi pequeña.

Tacatacataca... Sacude algo con torpeza.

—¿Qué es eso?

Me muestra el objeto. Es una gran concha. Es vieja. Tiene defectos en la superficie.

—*Hamaguri* —dice.

—¿Qué hay dentro?

—Una piedra.

Sonrío. Tacatacataca... La sacude de nuevo, como una niña. Me recuerda la época en que *obâchan* y yo paseábamos por las playas de Yuigahama y de Shichirigahama. Juntos recogíamos conchas que yo usaba para jugar.

Obâchan deja de mover la mano. Me siento a la mesa. La habitación está tranquila. Solo se oye el tictac del reloj. Al cabo de un momento, *obâchan* se adormece con la concha todavía en la mano.

Abro la revista. La compré solo por el titular de la portada: «¿Dónde estaba usted la mañana del 9 de agosto?». Se trata del día en que la bomba atómica cayó en Nagasaki, en 1945. El titular me hizo pensar en *obâchan*, que se niega a hablar de ese acontecimiento. Lo único que sabemos es que esa mañana estaba comprando arroz en el campo con su vecina. Cuando le pregunté a mi padre por qué no hablaba del asunto, él dijo: «No es fácil para las víctimas contar lo que vieron. La atrocidad de la bomba atómica excede nuestra imaginación. Si fuera posible, querríamos olvidarlo todo. A mí me llevó años superar el dolor de mis recuerdos. *Obâchan* también fue víctima del terremoto de 1923, en Tokio, donde perdió a su madre y a su tío. Era demasiado. Por suerte pudo llevar una vida apacible con *ojîchan*. Déjala tranquila».

Trato de leer la historia de un sobreviviente de la bomba. Pero tengo problemas para concentrarme. Mi cabeza está ocupada por la imagen del profesor H. Sus últimas palabras me perturban: «Que esto quede entre nosotros». Todavía no sé qué contestarle. Miro distraídamente el titular: «¿Dónde estaba usted la mañana del 9 de agosto?».

Unos minutos más tarde, oigo a *obâchan* que murmura algo. Sus ojos siguen cerrados. Debe de estar soñando. Curiosa, aguzo el oído. Dice cosas sueltas: «No, no..., no hay que...». Y de golpe grita: «¡Allí está ella! ¡Allí está ella!». Me invade el espanto. «¡Han vuelto sus alucinaciones!» Respira aceleradamente. Inquieta, me acerco a ella. Está sudorosa. Tiene la cara completamente pálida, como un fantasma. Me siento en la silla que está a su lado.

—*Obâchan?*

Le seco la frente con una toalla. Se despierta.

—¿Estás bien? Debes de haber tenido un mal sueño —digo.

Ella no contesta, pero tiene los ojos muy abiertos.

—¿Quieres un poco de agua?

Sacude la cabeza.

—Pareces atormentada. ¿Qué sucede?

Permanece en silencio, la mirada clavada en la pared. Me callo. Decido no hacer más preguntas. Me levanto de la silla. Ella dice bruscamente:

—Fui testigo de un envenenamiento.

«¿Testigo de un envenenamiento?» Mi corazón se sobresalta. Pienso enseguida que se refiere a su sueño. Digo con tono compasivo:

—¡Qué pesadilla!

Ella me mira muy seria:

—No es una pesadilla, Tsubaki. Es un hecho.

Me noto incómoda. «¿A qué se refiere?» Vuelvo a sentarme.

—¿Cuándo sucedió?

—Temprano por la mañana, el día en que...

Se interrumpe. Yo prosigo:

—¿En que...?

—En que cayó la bomba atómica.

«¿Qué me va a contar?» Estoy confundida.

—Papá me dijo que esa mañana estabas en el campo con tu vecina.

—Tiene razón.

—Entonces ¿dónde fuiste testigo del envenenamiento?

—En casa de esa vecina.

—¿Qué?

Me quedo boquiabierta unos instantes. Reflexiono. No veo relación entre las dos imágenes: *obâchan* que presencia el envenenamiento en casa de su vecina y *obâchan* que va al campo con ella. Confundida, miro a *obâchan*, que empieza a describir la escena como si se hablara a sí misma.

Fue hacia las siete de la mañana. Se disponía a salir. Debía reunirse con su vecina, que la esperaba en el centro. De pronto oyó un ruido que venía de la casa de al lado, como el estallido de un vidrio. Luego, alguien golpeó la pared medianera gritando dolorosamente: «¡Socorro!». Era una voz de hombre. Ella tenía miedo, pero aun así acudió. La puerta no estaba cerrada con llave. Encontró al marido de su vecina caído en el suelo de la cocina. Había vidrios desparramados a su alrededor. Ya estaba muerto. Tenía los ojos abiertos. De su boca chorreaba un líquido blanco...

«¡Qué horror!» Me estremezco.

—¿Quién lo envenenó?

—Su hija —dice ella sin vacilar.

—¿Su hija? ¿Cómo supiste que había sido ella?

—Encontré una nota sobre el escritorio de su habitación: «Adiós, mamá. No me busques».

—Dios mío...

Me quedo pensando un momento y prosigo:

—¿Por qué no llamaste a la policía?

Ella alza los ojos, clava la mirada en el techo y se queda así largo rato. Yo espero.

—Porque... —dice—, porque la hija hizo lo que quería hacer yo.

Estoy asombrada.

—¿A qué te refieres?

—Yo también —dice— quería matar a ese hombre. Él fue quien planeó que enviaran a *ojîchan* a Manchuria y le impidieran volver a Japón. Era el colega de *ojîchan*.

—¡Es terrible! ¡Qué hombre!

Se queda callada. Por un momento me invade una sensación extraña. Pregunto:

—¿Por qué la hija mató al padre?

Obâchan sacude la cabeza:

—No lo sé. Sigue siendo un misterio para mí. Pero si hubiera querido matarme a mí en lugar de su padre, la habría entendido sin problemas.

—¿Qué quiere decir eso?

—Yo tenía una relación con su padre mientras *ojîchan* estaba en Manchuria.

Estoy atónita. Jamás hubiera imaginado que oiría de su boca una historia semejante. Con la cabeza baja, ella dice:

—Había sido su amante en Tokio hasta que conocí a *ojîchan*.

Clavo mi mirada en su rostro pálido. La sangre me sube a la cabeza. Balbuceo:

—Quieres decir... ¿El colega de *ojîchan* era el verdadero padre de mi padre?

—Sí. Él es tu verdadero abuelo.

Estoy devastada. *Obâchan* continúa, con los ojos húmedos:

—Engañé a mi marido, que me quería con todo su corazón. Cuando volvió de Siberia se puso a llorar mientras me estrechaba con fuerza entre sus brazos. Me repetía: «¡Ah, estás viva, y Yukio también! ¡Qué felicidad!». Yo hubiera querido morir.

Entiendo ahora lo que me decía ayer: «¿Me esperará *ojîchan* en el otro mundo?». Veo sus lágrimas correr. Me digo: «Pobre *obâ-*

chan...». Ella se pone a canturrear: «Ho... ho... hotaru koi...». Escuchándola, me acuerdo de sus alucinaciones tras el accidente: «¡Allí está ella! Está pasando por delante de casa. ¿Adónde va tan temprano esta mañana?».

—Era demasiado ingenua —dice *obâchan*—. Estaba atrapada en la manipulación del padre de mi hijo, y la única manera de dejarlo que se me ocurría era matarlo. Mi ingenuidad y mi ignorancia me ocasionaron muchos problemas, y también, indirectamente, se los ocasionaron a mi marido.

Se calla largamente. Ya no hago más preguntas. Todavía estoy perturbada. Trato de calmarme. *Obâchan* me mira con una sonrisa débil. Sus lágrimas casi se han secado. Dice:

—Tsubaki, ahora voy a contarte la historia de una luciérnaga que cayó al agua dulce...

II

Cuando tenía quince años conseguí un trabajo a través del cura extranjero del orfanato donde vivía. Alquilé un pequeño apartamento. Ya tenía el dinero que mi madre le había confiado al cura, junto con su diario. Empecé a trabajar como mensajera y mujer de la limpieza en una gran empresa de productos farmacéuticos de Tokio. Fue allí donde conocí al padre verdadero de Yukio.

Entregaba cartas y documentos. Hacía té para todo el mundo tres veces al día y limpiaba la oficina después del cierre. Cuando volvía a casa ya eran las siete de la tarde.

En el terreno de la empresa había tres edificios: la oficina, la fábrica y el laboratorio. Yo estaba todo el tiempo en los dos primeros. Jamás ponía un pie en el tercero, que era donde llevaban adelante sus investigaciones los farmacólogos. De vez en cuando venían a la fábrica y a la oficina para ver a los directores. Al principio yo creía que eran médicos, pues llevaban uniforme blanco. Se les trataba con mucho respeto.

Las mujeres de la oficina se excitaban mucho con su presencia. Los miraban todo el tiempo, sobre todo a un hombre, el señor Ryôji Horibe. Decían que era alguien muy especial. Hablaba varios idiomas, tocaba el piano y el violín. Siendo estudiante había ido a Europa y a América del Norte. A diferencia de los demás farmacólogos, él no tenía problemas en hablar con los empleados de la oficina. Las mujeres repetían: «¡Qué encantador es! Y encima soltero. ¿Quién tendrá la suerte de ser su esposa?». También decían que tenía veinticuatro años y que estaba terminando su doctorado. Además, era hijo del presidente de un banco importante que financiaba a la empresa. Yo las escuchaba pensando que aquel hombre debía de vivir en otro mundo.

Yo no hablaba con la gente de la empresa. Tampoco salía con ellos, nunca. Siempre estaba sola. No tenía amigas. Pasaba mi tiempo libre en el apartamento, cosiendo vestidos occidentales que me gustaban. Me distraía de mi sensación de aislamiento.

Trabajaba con seriedad y, como confiaban en mí, me permitían llevar documentos importantes. A fines de ese año me dieron una bonificación. Aquello me puso muy contenta.

Así el primer año pasó rápido.

Un día me crucé con el señor Horibe en el pasillo de la oficina. Me incliné al pasar. «¡Señorita!», dijo. Y luego me preguntó mi nombre. Cuando le contesté: «Me llamo Mariko Kanazawa», me miró fijamente. Aquello me avergonzó mucho. Bajé la cabeza. Empezó a hacerme preguntas, quería saber dónde vivía. Yo estaba tensa. Nunca había hablado con alguien tan educado y cultivado.

A partir de ese momento me saludaba con frecuencia. Nadie lo sabía: siempre me hablaba cuando estábamos solos. Un día me dijo: «¡Eres hermosa! Los hombres se pondrían celosos de mí si me encontraran contigo». Yo creía que bromeaba, pero me atraían sus modales suaves y corteses. Me recordaba a mi difunto tío. Tenía la cara blanca, el cuello largo, dedos delgados. Su imagen se superponía a la de mi tío.

Fue a principios del verano. Una noche, alguien llamó a la puerta de mi apartamento. Me preguntaba quién podría ser, pues, salvo la mujer del propietario, que venía a cobrar el alquiler, nunca había recibido visitas. Cuando abrí, me quedé muy sorprendida. El señor Horibe estaba de pie en la oscuridad. Entró rápidamente y cerró la puerta. «No tengas miedo», me dijo. «No quiero que me vean. Eso es todo.» Yo no sabía cómo reaccionar ante su inesperada visita. Me quedé muda. Me sonrió y me dio una caja de medicamentos cuya tapa estaba perforada. Pregunté: «¿Qué es?». Él dijo: «Es una luciérnaga. La capturé para ti». Esas palabras me relajaron. Y él preguntó: «Me gustaría verte aquí, sola. ¿Estás de acuerdo?». Asentí con la cabeza. Me acarició el pelo suavemente. Repitió: «¡Eres hermosa!». Cuando me besó en la frente, sentí en su camisa el olor de los medicamentos.

Se quedó en mi casa solo media hora. Antes de irse, me hizo prometer algunas cosas importantes: «No hay que decirle a nadie nada de nuestro encuentro. Tienes que seguir tratándome de usted y dirigirte a mí como señor Horibe, nunca por mi nombre de pila, Ryôji». Lo acepté todo, dado que él era alguien especial para la empresa y yo apenas una mensajera.

El señor Horibe empezó a venir a mi casa todas las semanas. Venía después de la caída del sol y se iba poco antes de medianoche. Yo lo esperaba con impaciencia. Solía traerme pasteles que nunca había probado en mi vida. Me hablaba de sus pasatiempos, de su trabajo y de los viajes que había hecho al extranjero. Yo no tenía gran cosa que decir. Pero su presencia me alegraba, como si mi tío hubiera regresado a mí. En la empresa ya no me saludaba, y yo trataba de ignorarlo, como me había pedido.

Una noche llovía a cántaros. El señor Horibe llegó a casa todo mojado. Fui de inmediato a buscarle una toalla. Cuando volví, estaba completamente desnudo. Enrojecí de vergüenza. Sonriendo, el señor Horibe me dijo: «No hay nada de que avergonzarse. Desvístete. Me gustaría ver tu cuerpo». La proposición me sorprendió. Él dijo: «Sabes cuánto te adoro. Quiero acariciar esa piel tan sedosa que tienes». Avanzó hacia mí y yo retrocedí. Estaba a punto de llorar. Me tomó de la mano y repitió: «No tengas miedo. No te haré daño». Empezó a desvestirme lentamente. Oculté mi cara con las manos. Cuando estuve completamente desnuda, exclamó: «Mariko, ¡qué hermosa eres!». Permanecí inmóvil, con los ojos cerrados. Sentí sus dedos deslizarse suavemente sobre mi cuerpo. El señor Horibe repitió: «¡Tú cuerpo es bello!». Me acariciaba la nuca, los hombros, los senos, el vientre, los muslos... Poco a poco empecé a experimentar una sensación agradable. Él dijo: «Sienta bien, ¿verdad?». Luego me tendió sobre la toalla. Él también se acostó sobre los tatamis y siguió acariciándome la cara, el cuello, los senos... Rozó con un dedo mis piernas juntas, como si dibujara. Cuando se distendieron, preguntó: «¿Ya has hecho el amor?». Sacudí la cabeza: «Todavía soy joven para eso». Sonrió: «¡No! Ya eres una mujer, tu cuerpo está listo». Tomó mi mano y la puso sobre su sexo, duro y cálido. Muy incómoda, intenté retirar la mano, pero él la sujetaba con firmeza. «Tengo miedo, no quiero quedarme embarazada.» Me susurró: «No tengas miedo. Me controlaré». No entendí a qué se refería. Empezó a acariciarme. Movía su lengua alrededor de mis senos y bajó hasta mi sexo. Mi cuerpo temblaba. Se subió sobre mí. Yo sentía su sexo entre mis piernas. Tenía mucho miedo. Me besó en los labios y entró en mí lentamente. Yo toleraba el dolor. Se agitó con fuerza y salió de mí en el momento en que eyaculaba. Había manchas de sangre en la toalla.

La estación de las luciérnagas terminó.

Nuestros encuentros secretos continuaban. Nadie sabía lo que sucedía entre nosotros. El señor Horibe venía a casa todas las semanas después de la puesta de sol y se iba poco antes de medianoche, sin excepción. En cada encuentro me acariciaba suave y largamente, como la primera vez. Me repetía: «¡Eres tan sensual!». Poco a poco yo iba despertando a la sexualidad.

Ya no podía vivir sin él. Hubiera querido quedarme a su lado todo el tiempo, pero ni siquiera sabía dónde vivía.

Fue a principios del año siguiente. Algo grave me sucedió.

Una mañana fui citada por mi superior, que era el jefe de oficina. Me dijo:

—He recibido una carta sobre ti de uno de tus vecinos. Ha visto que un hombre te visita por la noche, tarde.

Me quedé impactada. Temblaba. Me preguntó con aire curioso:

—¿Quién es ese hombre? Tú no tienes familia.

Yo callaba. Él prosiguió:

—¿Es alguien de nuestra empresa?

Sacudí la cabeza. Él sonrió.

—¡Bien! Ya sabía yo que no era posible.

Yo seguía muda, con la cabeza baja.

—Sabes bien —dijo— que soy responsable, no solo del trabajo de todos mis subordinados, sino también de su disciplina. La empresa tiene una buena reputación por la calidad de sus productos y por el comportamiento de sus empleados, que están orgullosos de nuestra firma. No hay que corromper nuestras buenas costumbres. ¡No quiero volver a recibir una carta como esta!

Al escucharlo me ruboricé, muy avergonzada. Quería irme lo antes posible, pero el jefe de oficina siguió sermoneándome.

—Solo elegimos a gente de familias de confianza. Tu caso es una excepción. Fuiste contratada gracias a uno de nuestros directivos, que conoce al cura extranjero del orfanato. ¡Tuviste mucha suerte! Habría que recompensarle por su generosidad. Pero ¡tú haces exactamente lo contrario!

Pasó una hora. Por fin me dejó salir de su oficina, agregando:

—No vuelvas a aceptar las visitas de ese hombre. De lo contrario, ¡te irás a la calle!

Me precipité al baño. Lloré, conmocionada por las últimas palabras de mi superior. No podía dejar mi trabajo, pero tampoco podía dejar de ver al señor Horibe. Pensé: «Debo hablar con él antes de que vuelva a visitarme. Encontrará una buena solución». Me tranquilicé un poco. Recobré valor y salí.

Eran casi las once. Tenía que preparar té para todos. Fui de inmediato a la cocina de la oficina y me centré en mi tarea.

Cuando estaba poniendo las tazas de té en la bandeja, dos mujeres entraron charlando. Una exclamó: «¡Qué lástima!», y la otra contestó: «¡Ay, sí!». Yo me preguntaba de qué estarían hablando. La primera dijo: «Dicen que su novia es de abolengo. Es la hija de un médico muy conocido de Tokio». La otra dijo: «No me sorprende, pero nunca pensé que el señor Horibe se casaría tan pronto». Yo no podía creer lo que oía. Sentía que la sangre me subía a la cabeza. Me temblaban las manos. Una taza cayó con estrépito. Las mujeres me miraron. Un segundo después me desvanecí. Las oí gritar a lo lejos.

Desde entonces, el señor Horibe no acudió más a mi apartamento. Tampoco tuve oportunidad de volver a verlo en la empresa. Debía de pasar todo el tiempo en el laboratorio. Mi corazón estaba profundamente desgarrado.

Ha llegado la época de las flores de astrágalo.

Una noche, hacia la medianoche, oí que alguien llamaba a la puerta. Era el señor Horibe. Yo estaba muy sorprendida. Habían pasado cuatro meses desde su última visita. Tenía miedo de que el vecino volviera a denunciarme a la compañía. Ignorando mi preocupación, el señor Horibe entró y trató enseguida de tenerme otra vez en sus brazos. Yo estaba confundida. Rechazando su cuerpo, dije: «¿Qué quiere, ahora?». Volvió a abrazarme por la fuerza. Me resistí: «¡Basta!». Me debatí, pero él no me soltó. Ya en el límite de mi resistencia, dijo: «¡Te echaba mucho de menos!». Yo estaba aún más confundida. Dije: «Usted está casado. Tiene que dejar de venir a verme». Sentía en su camisa el olor de los medicamentos, del que me acordaba bien. Cansada, me quedé quieta en sus brazos.

«Mi matrimonio —dijo— es solo una cuestión de conveniencia. Soy el heredero de una familia ilustre. Mis padres eligieron a mi esposa.» Las palabras «mi esposa» me provocaron una punzada en el corazón. Dije: «Pero usted se acuesta con ella...». Estaba a punto de llorar. Me acarició el pelo. «¿Ella? No es alguien de quien debas estar celosa. ¡Solo te quiero a ti! Me ha resultado muy difícil no verte durante estos meses, ¿entiendes?»

Yo seguía de pie. Besó mis labios y mis mejillas mojadas de lágrimas. Mientras me besaba en la cara y el cuello se puso a respirar cada vez más fuerte. Me desvistió brutalmente y siguió besándome los senos, los pezones, el vientre, el sexo. Yo tenía su cabeza entre mis manos. Gemí: «¡Ay!». Me acostó en el futón. Tras haberse desvestido él mismo, entró en mí enseguida. Su cuerpo estaba muy caliente. Movió las nalgas con fuerza y terminó sin siquiera controlarse.

Estábamos tumbados de espaldas. Pregunté:

—¿Qué opinión tiene de su mujer? ¿Es bonita?

—¿Ella? —dijo—. Sí, lo es, pero es orgullosa. Y no es una persona independiente.

—¿Qué significa eso?

—Es incapaz de quedarse sola, necesita a gente que la escuche todo el tiempo. En casa se aburre con facilidad e invita a su familia o sus amigas para matar el tiempo. Yo dejo que haga lo que quiera. Dicen que soy un marido generoso. En realidad, no soporto su parloteo fútil con toda esa gente. Cuando se va de la casa me siento aliviado.

Esa noche, antes de irse, el señor Horibe me prometió que buscaría un apartamento para nosotros, un lugar discreto.

Unas semanas más tarde, en la empresa, el señor Horibe me dio un papel con la dirección del apartamento que había encontrado. Fui allí apenas terminé de trabajar. Era un edificio al final de la calle. La entrada común estaba en el medio; la nuestra, en cambio, se hallaba en la esquina, y era invisible porque la ocultaba un árbol. Yo estaba satisfecha. Me mudé al mes siguiente.

El señor Horibe venía a «nuestra casa» con mayor frecuencia. Se quedaba más tiempo y hasta cenaba conmigo. Yo estaba muy feliz. Él decía que su mujer viajaba mucho. Lo que no cambiaba desde nuestro primer encuentro era que jamás pasaba la noche allí ni salía conmigo.

Ese mes no me vino la regla. Estaba desorientada. Me sentía demasiado avergonzada para decírselo al señor Horibe. Al tercer mes se dio cuenta de que estaba embarazada. Decía con aire abochornado: «¿Fue la única vez que no me controlé? ¡Es increíble!». Yo lloraba sin saber qué hacer. Me dijo que podía tener el bebé, pero que él no podía legitimarlo. Yo no entendía la palabra «legitimarlo». Me explicó que su nombre no debía quedar inscrito en mi *koseki* ni en el suyo como el padre del niño. «¿Entiendes?», dijo. «Es algo normal en esta situación.» Y me pidió que dejara la empresa de inmediato, sin decir nada a nadie.

Hice lo que el señor Horibe me había pedido. Muy enfadado, mi superior me dijo: «¡Esta es la razón por la que no me gustaba la idea de contratar a una huérfana!». Al día siguiente, el cura extranjero del orfanato vino a mi apartamento. Se quedó muy sorprendido cuando le confesé que estaba embarazada, y me preguntó de quién era el niño. Yo no podía decírselo. «Quienquiera que sea —dijo—, el niño nacerá. Habla con la señora Tanaka, ella conseguirá una partera.» La señora Tanaka era una persona mayor que trabajaba en el orfanato. El cura se fue, asegurándome que podía volver a la iglesia en cualquier momento.

Llegó el año nuevo y en marzo di a luz a Yukio. Tres meses más tarde, la señora Horibe dio a luz a su hija, Yukiko. Los dos nombres fueron elegidos por el padre. El apellido de mi hijo seguía siendo Kanazawa, como quería su padre.

El señor Horibe continuó viniendo a «nuestra casa» a ver a Yukio, que pronto pasó a llamar a su padre *ojisan*.

Cuando Yukio tenía tres años nos mudamos a una pequeña casa que había encontrado el señor Horibe. Él quería que sus hijos jugaran juntos. Los llevaba al parque que estaba entre las dos casas. Yo no me quedaba con ellos. El señor Horibe temía que sus vecinos me vieran.

Me parecía que los niños se llevaban bien. Yukio decía: «Mamá, la quiero mucho. Es buena». No sabía el nombre de su amiga, pues el señor Horibe y yo nunca lo pronunciábamos en su presencia. Yo no le dirigía la palabra a Yukiko, pero tenía la impresión de que era inteligente. Le enseñaba palabras nuevas a Yukio. Tenía ojos límpidos.

El tiempo pasaba tranquilamente. Pero yo estaba deprimida por la situación en la que me había puesto. Me sentía completamente aislada del resto del mundo. El señor Horibe comía a menudo con nosotros, con Yukio y conmigo. Pero no quería salir con nosotros. Cuando me ponía a llorar, me decía: «¿Qué más quieres? Tienes una casa y comida suficiente. Me ocupo de Yukio más que otros padres». Salvo Yukiko, Yukio no tenía amigos. Los vecinos prohibían a sus hijos que jugaran con él y hablaban mal de mí: «¿Será una amante o una prostituta?».

Fue poco después del cuarto aniversario de Yukio. Fui al orfanato. El cura extranjero se alegró de la inesperada visita. Le pregunté si podía trabajar allí cocinando y cosiendo para los niños. Aceptó de muy buen grado. Yukio jugaba con los huérfanos mientras yo estaba ocupada.

Poco tiempo después conocí en la iglesia a un hombre, el señor Takahashi. Salía de trabajar y ayudaba al cura extranjero. Para mi sorpresa, también era farmacólogo, y trabajaba en la misma empresa que el señor Horibe. Además, eran amigos y colegas desde la época de los estudios universitarios. De modo que me sorprendió mucho cuando el señor Takahashi me pidió en matrimonio sin conocerme demasiado. Incluso me confesó su esterilidad. El cura insistió: «Acepta. Es un hombre sincero. Os hará feliz a ti y a Yukio. ¡Estoy seguro!».

El señor Horibe me dijo: «Entonces ¿te ha pedido en matrimonio? No es realista. Conozco bien a su familia. Él también es heredero de una familia tradicional. Es demasiado ingenuo». Pero el señor Takahashi hablaba en serio. Después de tanta reflexión decidí casarme con él, sobre todo por Yukio. Como sus padres ricos se oponían a nuestro matrimonio, el señor Takahashi los abandonó y decidió aceptar un puesto en la sucursal de Nagasaki para rehacer su vida con nosotros. No me hizo preguntas sobre mi pasado y adoptó a Yukio cuando nos casamos. El señor Horibe no estaba contento. Con tono airado, me dijo: «Adoptado o no, Yukio sigue siendo mi hijo. Siempre estaré a su lado cuando me necesite».

A principios del verano de 1933, mi marido, Yukio y yo nos instalamos en Nagasaki. Fue el año en que Japón se retiró de la Sociedad de las Naciones.

Vivíamos en un pueblito del valle de Uragami. Alquilábamos una casa doble. La otra estaba ocupada por la vieja pareja de propietarios. Originalmente, de hecho, era un solo edificio. La pareja lo había remodelado para alquilar una mitad. Las estructuras de las casas eran exactamente simétricas. Eran las últimas dos casas del pueblo.

Delante de la nuestra corría un arroyo que desembocaba en el Uragami. Había veinte metros de sauces llorones. Al otro lado del arroyo había un bosque de bambúes. Era un lugar tan tranquilo que uno podía olvidarse de lo que sucedía en el resto del mundo.

Mi marido organizaba salidas familiares. Íbamos al río, al mar, al campo. También visitábamos lugares históricos en Nagasaki. La vieja pareja de propietarios nos decía: «¡Qué bonita familia!».

Por las tardes dábamos paseos por la orilla del arroyo. Yukio se divertía capturando luciérnagas. Yo pensaba en el señor Horibe. Lo veía jugar con Yukio y Yukiko. Lo había dejado de golpe para casarme con un colega suyo. Yo no sabía si esa era una buena solución para Yukio, pero no podía vivir. Quería que mi hijo olvidara a «ojisan» y a «su amiga» lo antes posible. De hecho, en Tokio, había donado al orfanato todas las cosas que el señor Horibe había comprado para Yukio. El único objeto del que no pude desprenderme era de la *hamaguri* que Yukio había recibido de Yukiko antes de irnos de Tokio. En Nagasaki la tenía escondida en mi cómoda, junto con el diario de mi madre.

Mi marido veneraba a Yukio. Lo presentaba a sus colegas y a gente de nuestro entorno diciendo: «Es mi hijo». Le enseñaba ciencias y practicaba deporte con él. Con el tiempo, Yukio se encariñó mucho con su padre adoptivo.

Mi marido siempre respetaba el hecho de que yo no fuera sociable. Rara vez invitaba a sus colegas a casa, salvo al señor Matsumoto. Él y su mujer vivían en el mismo pueblo que nosotros. La pareja no tenía hijos. A mi marido le gustaba jugar al *shôgi* con él. Era cortés y discreto. Su presencia no suponía una molestia.

Yo no tenía amigas, pero había conocido a una aldeana, la señora Shimamura. Era una persona sencilla y simpática, que me enseñaba las costumbres del pueblo. Había tareas comunes para las mujeres en las que debía participar. La señora Shimamura tenía dos hijos, un varón y una niña. Yukio solía jugar con su hija, que se llamaba Tamako. Tenían la misma edad.

Así, el tiempo pasaba con una dulce tranquilidad.

Mi vida había cambiado por completo. Siempre había paz. Estaba acompañada por la sinceridad y la bondad de mi marido. Sin embargo, tenía miedo de que esa vida no durara mucho tiempo.

La única incomodidad para mí llegó cuando Yukio, de pronto, me preguntó por «ojisan» y «su amiga», con la que solía jugar. Fue el día de su séptimo aniversario. Intuyó que eran su verdadero padre y su hermana. Yo estaba impactada, pero como ya no podía guardar silencio, lo confesé todo, exigiéndole que jamás se lo dijera a su padre adoptivo. Le repetí: «Olvida esa historia. Todo ha terminado entre ellos y nosotros». Yukio no volvió a hablar del asunto, pero estoy segura de que pensaba en ello todo el tiempo y yo me sentía culpable.

Nueve años después de nuestra llegada, la mujer del propietario murió y el marido se mudó a otro pueblo, donde vivía la hija. Sin vecinos, nuestra vida se volvió más tranquila.

En la primavera de 1943, mi marido recibió la orden militar de pasar seis meses en Manchuria. Le pedían que trabajara en un hospital investigando sobre medicamentos de guerra. Estaba sorprendido, porque había ido a Nagasaki debido a la falta de farmacólogos. No entendía por qué la sede principal no había elegido a alguien de Tokio en su lugar. Mi marido me dijo que uno de sus colegas de Tokio había llegado para reemplazarlo.

Su partida me inquietaba. La guerra se intensificaba. Acabábamos de enterarnos del *gyokusai* de un batallón en la isla de Attu. No era el momento de ir al interior del país, sobre todo a un territorio de ultramar. Mi marido también estaba preocupado por nosotros. Si los norteamericanos desembarcaban en Japón, decía, desembarcarían en el Kyushu, justamente allí donde vivíamos. No quería dejarnos solos. No teníamos familia, y nos quedaríamos en un lugar aislado.

Un día me dijo con aire aliviado:

—El compañero de Tokio se mudará con su familia a la casa de al lado. Ahora están instalados en el centro.

Pregunté:

—¿Quién es?

—No lo conoces. En realidad, fue también amigo mío en la universidad de Tokio. Es el señor Horibe.

«¿Qué? ¿El señor..., el señor Horibe?» No podía creer lo que oía. «No es verdad...» Estaba conmocionada. Sin advertir mi turbación, mi marido prosiguió:

—Es un tipo único entre mis colegas. Habla varios idiomas y toca muy bien el piano y el violín. Ha hecho varios viajes al extranjero. De joven tenía mucho éxito con las chicas. Como es obvio, su matrimonio supuso una decepción para las mujeres que lo rodeaban.

Se me congeló la sangre. Me quedé sin habla. Hacía todo lo posible por conservar la calma, como si nunca hubiera conocido a ese tipo. Mi marido dijo:

—Él y su mujer tienen una hija que se llama Yukiko. Creo que es de la misma edad que Yukio.

Quería huir a algún lado, lejos de allí. Le pregunté:

—¿No podríamos acompañarte a Manchuria, Yukio y yo?

—No —dijo—. Pasaré allí solo seis meses. ¡Ten paciencia!

Traté de tranquilizarme:

—Tu colega y su familia regresarán a Tokio apenas tú vuelvas, ¿verdad?

—Creo que sí —contestó.

Yo callaba pensando: «El verdadero padre de Yukio será nuestro vecino. ¡Qué catástrofe! ¿Cómo puedo salir de una situación tan embarazosa?».

Mi marido dijo:

—Espero que te lleves bien con la señora Horibe. Es una persona a la que le gusta ocuparse de los demás.

No contesté. Él añadió:

—Entre nosotros, mi colega tiene una amante y un hijo en Tokio.

Yo estaba a punto de desmayarme.

Era también la estación de las luciérnagas. Finalmente llegó el día de la mudanza de la familia Horibe. Un mes más tarde, mi marido se fue a Manchuria dejándome un consejo: «Si tienes problemas, sobre todo con Yukio, no dudes en consultar con el señor Matsumoto o el señor Horibe».

Mi vida de tranquilidad, que había durado diez años, se derrumbó por completo. Nunca más pude conservar la calma, y no sabía cómo comportarme con la familia Horibe. Evitaba verlos todo lo posible. Afortunadamente, el señor Horibe estaba muy ocupado trabajando y ni siquiera tenía oportunidad de verlo. Pero la señora Horibe empezó a venir a casa a averiguar cosas sobre el pueblo. Como no podía negarme, yo trataba de ayudarla. Lo que me molestaba mucho era su cháchara y su jactancia. Ya en su primera visita habló sin parar:

—Mi padre es un médico muy conocido en Tokio. Mi madre es profesora de música en un colegio para chicas. Mi tío es juez. En Nagasaki tengo una prima cuyo marido es cirujano en el ejército...

Luego, al enterarse de que yo también venía de Tokio, empezó a hacerme preguntas sobre mi pasado. Me aterraba la idea de que sospechara de mí. Me preguntaba: «¿En qué barrio nació?», «¿A qué escuela iba?», «¿A qué se dedica su padre?», etcétera. Yo no quería revelar mi lugar de nacimiento, que era uno de los más pobres de Tokio. No había ido a la escuela. No tenía padre. Era hija natural. De modo que solo le daba respuestas vagas. La señora Horibe me miraba con desconfianza.

No era fácil evitarla, siendo su única vecina. Cuando se ausentaba de su domicilio me sentía aliviada, igual que su marido. Me parecía que iba a menudo a casa de su prima, en el centro. Pero mi efímera tranquilidad pronto se vio alterada. Un día me dijo:

—Señora Takahashi, me he enterado de que mi prima conoce a los padres de su marido en Tokio. ¡Qué pequeño es el mundo!

Mi corazón se sobresaltó. Con tono irónico, ella agregó:

—Tiene usted suerte de ser la mujer de un hombre de buena cepa como el señor Takahashi.

Seguro que también se había enterado de que era huérfana y que Yukio era hijo natural. Me aterró, temía que la prima de la señora Horibe supiera la verdad: yo había sido la amante del señor Horibe y Yukio era su hijo. Si la señora Horibe descubría esa verdad, sería realmente una catástrofe. Me atormentaba la pesadilla de que la señora Horibe, histérica, me colmara de injurias.

De vez en cuando la señora Horibe me traía bizcochos y chocolate que les enviaban sus padres, o verduras que le proporcionaban los suegros de su prima. Yukio estaba encantado. Era muy difícil conseguir dulces. Él creía simplemente que nuestra vecina era generosa. Pero lo que quería, en realidad, era charlar conmigo, aun si despreciaba mi pasado. No tenía amigas en Nagasaki y cotilleaba con facilidad: «No entiendo el dialecto de estos brutos y no quiero acostumbrarme a una lengua tan fea. Quisiera regresar a Tokio lo antes posible. De todos modos, mi marido ha venido aquí a evaluar la calidad de las investigaciones de la sucursal. Si todo va bien, no tendremos necesidad de esperar a que su marido regrese».

Además de las indiscreciones de la señora Horibe, otra preocupación me asaltó: ¡Yukio empezó a frecuentar a los vecinos! «Mamá, el señor Horibe me invitó a jugar al *go*.» «Mamá, el señor Horibe me llevará mañana a su laboratorio para mostrarme las instrucciones.» «Mamá, el señor Horibe me prestó unos libros científicos.» Yo me sentía mal cuando le oía decir «señor Horibe». No quería que Yukio tuviera demasiada intimidad con él, pero era incapaz de limitar sus visitas. No hacía más que tener paciencia y repetirme: «Seis meses pasan rápido».

En cuanto a Yukiko, Yukio no hablaba de ella. Un día me dijo que le parecía un poco huraña. Yo nunca los había visto juntos. Para mí era una chica educada y discreta. Su mirada siempre era límpida. A diferencia de su madre, no era en absoluto charlatana. Yo notaba que estaba muy unida a su padre. Los veía hablar con alegría. Tenía la impresión de que se parecían más que antes. «¡Papá, espérame!» Su voz tierna me hacía recordar la época en que Yukio jugaba con ella en el parque. Me decía: «Es buena. ¡La quiero mucho!». Tenía catorce años, como Yukio. Me conmovió volver a verla después de una ausencia tan larga. Me preguntaba si se acordaría de la *hamaguri* que le había dado a «su amigo» de Tokio.

Sentía que mi corazón se encogía, pensaba en Yukio, que no sabía que el señor Horibe y Yukiko eran las mismas personas que «ojisan» y «su amiga» de Tokio.

Era el final del verano. Habían pasado tres meses desde la partida de mi marido.

Una mañana estaba barriendo delante de la casa. Reinaba la calma. Todos habían salido: Yukio y Yukiko se habían ido a la escuela, el señor Horibe al trabajo. En cuanto a la señora Horibe, acababa de irse al centro de compras y ver a su prima. Su vida privada no me interesaba, pero cada vez que se ausentaba de su domicilio me decía adónde iba y cuándo estaría de regreso, y me pedía que le informara si veía a algún desconocido. Creía que había ladrones en el pueblo. «Seguimos siendo *yosomono*. Hay que tener cuidado», decía. Yo no era de la misma opinión. Jamás había tenido problemas. Estaba contenta cuando se ausentaba.

Entré en casa. Estaba limpiando la cocina cuando oí que alguien llamaba a la puerta. Bajé hasta la entrada. ¡Era el señor Horibe! Desconcertada, me quedé muda unos instantes. Él me miraba fijamente. Balbuceé:

—¿No ha ido al laboratorio?

Era la primera vez que hablaba con él desde su mudanza.

—Iré esta tarde —dijo.

Me incliné.

—Le agradezco su generosidad para con mi hijo.

Él dijo:

—No te andes con cumplidos: ¡también es hijo mío!

Yo callaba. Me dio un frasco con hojas. Lo miré. Sonrió.

—Es para ti. Anoche capturé una luciérnaga a orillas del arroyo. El verano casi ha terminado. Será una de las últimas.

Me sorprendió su gesto, que me hacía pensar en la primera vez que había venido a mi casa en Tokio. Dije:

—Gracias, pero tengo mucho que hacer esta mañana. Debo disculparme.

Intenté cerrar la puerta. Me tomó bruscamente de los brazos y me empujó hacia dentro. Conmocionada, grité en voz baja:

—¡Suélteme!

Retiró las manos.

—Escucha —dijo—, quiero decirte algo sobre nuestro pasado.

Le contesté enseguida:

—No se preocupe. No lo sabe nadie.

—¡No es eso, Mariko!

—Entonces ¿qué va a decirme?

—Lamento mucho lo de mi boda. Después de que te fueras a Nagasaki me di cuenta de cuánto te quería.

Yo estaba atónita.

—¿Y con esas me viene ahora?

No contestó. De pronto echó el cerrojo a la puerta. Yo estaba aterrada.

—No tiene derecho. ¡Es mi casa!

Intenté quitar el cerrojo. El señor Horibe tomó mi mano y la apretó muy fuerte contra su corazón. Me debatí mientras repetía:

—¡Suélteme!

Pero esta vez no retiró los brazos. Agotada, me resigné. Estaba pasmada por su comportamiento tan agresivo. Él callaba. Atrapada entre sus brazos, yo sentía un leve olor a medicamentos en su camisa de verano. Él dijo:

—¡Te he echado mucho de menos!

De golpe se puso a besarme como un loco. Vi cómo sus ojos se llenaban de lágrimas. Desorientada, me quedé inmóvil. Me desabrochó la camisa y me acarició los pechos. Me desvistió por completo y exclamó:

—¡Ah, qué belleza, tu piel sigue siendo tan sedosa! ¡Tu cuerpo me pertenece!

Hizo que me tumbara en los tatamis. Yo cerraba los ojos. Sus dedos rozaban mis pechos, mi vientre, mis piernas... Hacía los mismos gestos que antaño. Mi cuerpo empezó a reaccionar al movimiento de sus dedos. Me pidió con mucha suavidad:

—Por favor, déjame tocar tu cuerpo hasta que tu marido regrese. Como sabes, volveré a Tokio dentro de tres meses. Después ya no volveré a molestarte.

Así, nuestra relación se reanudó tras diez años de interrupción.

Por supuesto, yo sentía remordimientos al pensar en mi marido, que era sincero conmigo y debía permanecer en un lugar muy alejado para prestar servicio al ejército. Yo sabía que lamentaría todo lo que hacía a sus espaldas. Pero había sucumbido al deseo del señor Horibe, que conocía mi cuerpo mejor que nadie. Al ver sus lágrimas pensé que seguía queriéndome. Me convencí de que esa sería realmente la última vez entre nosotros.

Pasaron seis meses sin que mi marido regresara a Nagasaki. Me escribió una noticia inesperada: debía quedarse en Manchuria más tiempo de lo previsto, y no sabía con exactitud cuándo terminaría su misión. Confundida, le hablé de ese cambio al señor Horibe. Él se limitó a contestar: «Es otra orden del ejército. Tiene que obedecer».

Pasaron meses desde entonces. Entramos en el año 1945. La guerra se intensificaba. El combate tendía a ser desfavorable para Japón en todas partes. Ya no había clases en la escuela. Yukio y Yukiko tenían que trabajar en la fábrica requisada por el ejército.

En todo febrero no recibí cartas de mi marido. Me preocupé, pues solía escribirme cada dos semanas, sin excepción. A principios de marzo, el laboratorio de Nagasaki me hizo saber una noticia angustiante: «Su marido ha desaparecido». Yo estaba perturbada. «¿Desaparecido? ¿Cómo es posible?» Luego corrió el rumor de que mi marido había participado en actividades del Partido Comunista. Yo no podía creer lo que oía.

Desesperada, le pregunté al señor Horibe qué debía hacer. Él dijo: «No te preocupes. Conozco a alguien importante en el hospital donde estaba tu marido. Voy a comunicarme con él. Al menos sabremos la verdad».

Una noche, la señora Horibe vino a mi casa. Tenía una mirada ansiosa. Por un momento creí que se había enterado de la relación entre su marido y yo. Me dijo: «Esta tarde Yukio fue citado por la policía». Me estremecí. Me explicó que alguien de la fábrica lo había denunciado a la policía diciendo que era miembro del Partido Comunista, como su padre. Grité: «¡Es imposible!». «Lo sé», dijo ella. «En todo caso mi marido fue a buscarlo, porque Yukio le dio al oficial de policía el número del laboratorio y el nombre de mi marido. No se preocupe. Mi marido es respetado por las autoridades locales. Pronto su hijo estará de regreso con él.»

El sueldo de mi marido fue confiscado. Yo estaba aterrorizada. Había que pagar el alquiler y la comida. No podría contar con nuestros ahorros durante mucho tiempo. Tenía que buscar un trabajo enseguida. «¿Qué puedo hacer?» Después de casarme nunca había trabajado fuera. Lo único que se me ocurrió fue la costura. Así que ofrecí mis servicios a varias fábricas de indumentaria militar. Desgraciadamente, todos los puestos estaban ocupados por estudiantes jóvenes.

Pasaron algunas semanas sin progreso alguno. Muy deprimida, fui al banco a retirar dinero y me dirigí a ver al dueño de nuestra casa. Para mi sorpresa, me dijo: «Su alquiler ya está pagado». No entendí. Me explicó que lo había pagado el señor Horibe, diciendo: «El señor Takahashi es mi colega y mi amigo. Quisiera pagar por él hasta que regrese». Me sorprendió. El propietario exclamó: «¡Qué hombre generoso! ¡Es usted afortunada, señora Takahashi!». Y cuando volví a casa encontré ante la puerta un gran paquete. El remitente era una de las fábricas a las que había ido a buscar trabajo. Dentro había mangas y cuerpos de camisas para hombres, con una prenda ya acabada como modelo. Se trataba de una subcontratación. Pensé en el acto que el señor Horibe también se había encargado de ese asunto. Cuando se lo agradecí sinceramente, me dijo: «No es nada. Siempre estaré dispuesto a ayudarte en caso de necesidad». Me conmovió. Él añadió: «Mariko, a partir de ahora, tutéame».

Los días pasaban, yo seguía sin noticias de mi marido.

Estábamos en abril.

Los norteamericanos habían desembarcado en la isla de Okinawa. Las tropas de la guardia japonesa habían hecho *gyokusai*. En Nagasaki empezó a sonar la alerta. Cazas enemigos daban vueltas sobre la ciudad. Y un día atacaron los depósitos del astillero. De regreso de la fábrica, Yukio me contó un terrible rumor: «Hay cianuro de potasio circulando por la ciudad. Es para suicidarse antes de que te capturen los norteamericanos».

Pese a todo, nuestro pueblo, aislado, seguía en calma. La relación con el señor Horibe continuaba. Tenía lugar siempre por la mañana. Él arreglaba nuestros encuentros enviando a su mujer de compras al centro. De todos modos, la señora Horibe estaba ocupada ayudando a su prima, cuyos suegros estaban enfermos y cuyo marido cirujano había sido trasladado a Taiwán. El señor Horibe no entraba en casa por la puerta principal sino por el pequeño agujero que había hecho en la pared medianera de los *oshiire*. Pasaba una hora conmigo antes de ir al laboratorio. Finalmente empecé a tutearlo, como me había pedido.

Yo seguía cosiendo para ganar dinero. Los fines de semana, alguien de la fábrica venía a casa a buscar la ropa que había terminado.

Un día recibí la visita de la señora Shimamura, a la que no había visto en mucho tiempo. Ya no vivía en el mismo pueblo que yo. Para mi sorpresa, también ella trabajaba para esa fábrica. La invité a tomar el té. Me contó la triste noticia de su hijo: los norteamericanos lo habían capturado en Saipán, donde había muerto. Se ignoraba la verdadera causa de su muerte, dijo, pero la gente censuraba a su familia diciendo que debería haberse suicidado, que su muerte era una vergüenza. Yo sentía mucha compasión por su familia. La señora Shimamura también habló de su hija Tamako, que había pasado a ser obrera.

Me dijo, con aire alegre:

—Tamako se ha hecho una nueva amiga que viene de Tokio. Se llama Yukiko Horibe.

Yo no sabía que Yukiko y Tamako trabajaran en la misma fábrica. Dije:

—Es la hija de mis vecinos...

—¿De veras? ¡Entonces la conoce bien!

—Sí...

La señora Shimamura dijo:

—Según mi hija, Yukiko es alumna de la escuela N. Una escuela muy selectiva. Debe de ser inteligente.

—En efecto...

Dije lo menos posible. No quería hablar de la familia Horibe con ella. No obstante, ella continuó:

—¿Qué hace su padre?

—¿Qué padre?

Yo estaba desorientada. Ella sonrió.

—¡El padre de Yukiko, por supuesto!

Desvié los ojos.

—Es farmacólogo, como mi marido.

—¿Él también? ¡Qué coincidencia!

Yo callaba. Ella siguió hablando de su hija. Cuando se terminó el té, me mostró un pequeño envoltorio de papel blanco plegado.

—¡Esto es cianuro de potasio! —dijo.

—¿Qué?

Por un momento pensé que era una broma. Ella dijo:

—Los americanos desembarcarán en el Kyushu pronto. Hay que estar preparados. Lamento que mi hijo no hubiera tenido un poco de esto encima cuando lo capturaron.

Puso el envoltorio de veneno ante mí. Mirándome a los ojos, dijo:

—¡Es para ti!

No me atreví a rechazarlo, pues lo decía muy en serio.

Se fue con una caja llena de ropa que yo acababa de coser. El rumor del que me había hablado Yukio tenía fundamento. Yo no sabía dónde esconder el veneno. Terminé metiéndolo en la caja de madera donde guardaba la *hamaguri* de Yukio.

Una noche paseaba sola a lo largo del arroyo. Había luna llena, la del principio del verano. Me senté en un tronco que habían dejado al lado del camino. Cuando vi las luciérnagas volando sobre el agua, bajé casi hasta la orilla.

Mientras miraba esos insectos pensaba en mi marido, que había desaparecido en Manchuria. «¿Dónde estará ahora?» Vi su imagen sonriente. Un sentimiento de culpa y de nostalgia me invadió, encogiéndome el corazón. Estaba confundida por mi proceder: como seguía creyendo que mi marido regresaría, había continuado indefinidamente la relación con su colega.

—¡Eres demasiado ingenua, Tamako!

De golpe oí la voz de una muchacha que venía del camino más alto. Me di cuenta de que era la de Yukiko. Caminaba con la hija de la señora Shimamura. Hubo un momento de silencio. Me parecía que se habían sentado en el tronco.

Yukiko dijo:

—Déjalo ahora, antes de que sea demasiado tarde. Además, ¡solo tienes dieciséis años!

Tamako exclamó:

—¡No es posible!

Yo escuchaba, curiosa por averiguar de qué estaban hablando. Agucé el oído. Yukiko dijo:

—Debes ser realista.

—¿Qué quiere decir «realista»?

—Que tiene en cuenta la realidad.

Tamako callaba. Yukiko prosiguió con voz clara:

—¡Piensa bien! Está casado, y hasta tiene hijos. No creo que vaya a dejar a su familia fácilmente.

Sentí el golpe. Era como si Yukiko hubiera criticado mi relación con su padre.

Tamako repuso:

—Pero me dice que ya no soporta a su mujer, y que tarde o temprano se divorciará. Lo dice en serio.

—No le creo en absoluto. En primer lugar, no parece sincero.

Tamako levantó la voz:

—¡Eres malvada, Yukiko! Él me quiere y me necesita. ¡Eso es seguro!

—¿Te necesita? Si te quedas embarazada, tendrás problemas.

Yo temblaba al escuchar las palabras de Yukiko. Volvía a ver mi situación de antaño, cuando estaba ciegamente enamorada de su padre. Yo también tenía dieciséis años. Tamako se echó a llorar. Yukiko continuó:

—No olvides que es tu superior. Abusa de su poder. Además, eligió a una chica joven e ingenua como tú para satisfacer sus necesidades. ¡Qué individuo repugnante!

Tamako sollozó. Repetía: «Eres malvada, Yukiko». Con tono enojado, Yukiko dijo:

—Escucha, tú me has pedido consejo y yo te he dicho lo que sería mejor para ti. Si no te gusta, ¡pregúntale a otro!

Tamako no contestó. Se hizo el silencio. Vi un grupo de luciérnagas atravesando el arroyo. Yukiko gritó:

—¡Luciérnagas!

Yo tenía miedo de que bajaran. Sería incómodo para ellas que
supieran que alguien había escuchado su conversación. Por fortuna,
no se movieron.

—*Ho... ho... hotaru koi...*

Yukiko empezó a cantar. Yo la escuchaba, distraída. En mi cabeza, mi marido me decía: «Mariko, regresaré pronto. ¡Aguanta!». Las
lágrimas me nublaban la vista.

Yukiko dijo:

—Creo que esta canción la creó un hombre para seducir a mujeres.

Tamako se rio, por fin:

—¡No es cierto! Es una canción para niños.

Yukiko dijo:

—Todavía somos jóvenes. Hay que tener cuidado de no caer en
el agua dulce.

Tamako, tranquila, contestó:

—Tienes razón. Reflexionaré.

Se fueron del lugar, el sonido de sus pasos se alejó poco a poco.
En el silencio total, yo lloraba sofocando mis sollozos.

Un día Yukio recibió una invitación a cenar del señor Matsumoto, que había venido a casa a jugar al *shôgi* con mi marido. Vivía
con su mujer a la entrada del pueblo. Su casa estaba frente a la
parada del autobús. Le propusieron a Yukio que pasara la noche
con ellos, pues así sería más simple ir a la fábrica al día siguiente.
Yukio no tendría que levantarse temprano. Aceptó la invitación
con placer.

Esa tarde, la señora Horibe había ido al centro a ver a su prima.
El señor Horibe vino a casa por el agujero de la medianera. Dijo que
Yukiko dormía en su habitación. Yo tenía miedo de que despertara.

Apenas me vio, me besó. Me mantuve pasiva. Con los ojos cerrados, pensaba en la conversación entre Yukiko y Tamako. «¡Eres
demasiado ingenua, Tamako!» La voz clara de Yukiko seguía reso-
nando en mi cabeza.

El señor Horibe me dijo:

—Hay que buscar un lugar para encontrarnos.

Contesté vacilando:

—Déjame pensar. Estoy confundida. Mejor terminar...

Sorprendido, me miró un instante, pero enseguida intentó con-
vencerme:

—No podría vivir sin ti. ¡Te necesito! Me ocuparé de vosotros, de Yukio y de ti. Olvida a tu marido, jamás regresará.

Me besaba en la oreja. Su lengua cálida se movía en mi nuca. Mi cuerpo se estremeció. Me puse de lado y me atreví a decir:

—Y tú te divorciarás de tu mujer, ¿no es cierto?

Él contestó sin mirarme:

—Como sabes, ese matrimonio no significa nada. De modo que el divorcio no cambiaría nada entre tú y yo.

Yo callaba. Pensaba en Tamako, que lloraba al escuchar el consejo de Yukiko.

El señor Horibe volvió a besarme. Yo seguía pasiva, lo dejaba desvestirme. Ya no sabía si lo quería o no.

Una hora después, se fue diciéndome:

—Vendré también mañana por la noche. Mi colega Matsumoto me pidió que te diera un mensaje: Yukio pasará otra noche en su casa.

Al día siguiente estuve deprimida todo el día, mi trabajo no avanzaba bien. Reflexionaba constantemente. Al final decidí romper con el señor Horibe. Pensaba en la primera consecuencia: tendría que mudarme. «¿Cómo se lo explicaré a Yukio?» Vivíamos en ese barrio porque era uno de los más seguros de Nagasaki. Pensaba en otra consecuencia, más grave aún: tendría que ganar dinero suficiente para pagar el alquiler de la nueva casa.

Esa noche, el señor Horibe volvió. Me negué en el acto a que me tocara. Le dije, convencida:

—Quiero terminar con nuestra relación. Quiero a mi marido. Me avergüenza lo que hago a sus espaldas.

Muy tranquilo, me contestó:

—No se sabe si tu marido volverá o no. Puede que ya esté muerto. Me necesitas, sobre todo por Yukio, nuestro hijo. Debes pensar en su futuro. Es un chico inteligente, que merece una buena educación, pero tú sola no estás en condiciones de asegurársela.

—Trabajaré duro, y Yukio también. Y digan lo que digan, seguiré esperando el regreso de mi marido.

Fue entonces cuando me confesó algo terrible: era él quien se las había ingeniado para que trasladaran a mi marido a Manchuria y hasta para postergar su regreso. En realidad, le habían pedido a él que fuera. Me dijo que era lógico que se quedara en Nagasaki, puesto que era el padre de los niños. «Pero —agregó— la desaparición de tu marido no tiene nada que ver conmigo. Deben de haberlo deportado los chinos o los rusos. Me enteré de que en ese momento había ido a pasear solo muy cerca de la frontera. Si volviera, ¡sería un milagro!» Yo insistí: «¡Mi marido volverá con vida!». Él dijo con frialdad: «Si vuelve, le diré que Yukio es mi hijo». Le grité: «¡Estás loco!». Se fue diciendo: «Sé razonable conmigo. ¡Es por tu bien!».

Al día siguiente me quedé en la cama. Tenía fiebre. Ni siquiera me encontraba con fuerzas para comer.

Con los ojos cerrados, pensaba en las palabras del señor Horibe. Nunca había imaginado que pudiera hacerle algo así a mi marido. Siempre había creído que había venido a Nagasaki para reemplazarlo. Me había ayudado pagándome el alquiler y consiguiéndome trabajo, y yo le había agradecido su generosidad. «¡Eres ingenua, Tamako!» La voz de Yukiko resonaba en mi cabeza.

Esa tarde, Yukio no volvió a casa a la hora habitual. Pensé que primero tenía que pasar por casa del señor Matsumoto. Cuando cayó la noche salí a pasear, pensando que quizá vería a Yukio en el camino. Anduve hasta el lugar donde había oído la conversación entre Yukiko y Tamako. Me senté en el tronco y esperé la llegada de mi hijo, que seguía tardando. El claro de luna era hermoso, como la otra tarde. Bajé hasta el borde del arroyo. Oía el rumor suave del agua. Vi una luciérnaga emitiendo luz en una mata de hierba. Me senté en una piedra. Mientras fijaba la mirada en la superficie del agua, pensaba distraídamente: «Si el agua fuera lo suficientemente profunda, podría arrojarme...».

Se oyó la voz de Yukio. Me levanté, preguntándome con quién estaría hablando. Eran el señor Matsumoto y su mujer. Quería saludarlos, pero no tenía el valor de hacerlo. Permanecí al borde del agua, más abajo. Sus pasos se acercaban cada vez más. Cuando llegaron cerca del tronco, Yukio les dijo:

—¡Muchas gracias! ¡Buenas noches!

Ellos dijeron:

—¡Buenas noches, Yukio!

Yo esperaba que se fueran. La señora Matsumoto exclamó:

—¡Mira, querido! ¡Hay luciérnagas!

No se movieron. Me pareció que se habían sentado en el tronco. La señora Matsumoto dijo:

—¡Es un buen chico!

El señor Matsumoto contestó:

—Sí, por supuesto. Pobre Yukio, todavía no se sabe dónde está su padre ahora. Espero que el señor Takahashi siga con vida.

—Debe de ser difícil para la señora Takahashi. Podríamos ayudarla invitando a Yukio a casa. Creo que tu colega, el señor Horibe, y su mujer, también la ayudan.

Los dos callaron unos instantes. La señora Matsumoto prosiguió:

—Nuestras vecinas dicen que el señor Horibe tiene un aire seductor. ¡Debe de gustar a muchas mujeres!

El señor Matsumoto contestó:

—No me sorprende. De hecho, en Tokio tiene una amante con la que tiene un hijo.

—¿De veras? ¿La señora Horibe lo sabe?

—Creo que no.

—Dios mío. ¡Es terrible!

—¿Qué es lo terrible?

—Todos conocen el secreto menos ella. ¡Qué humillación! Sabes bien que mi padre tenía una amante y que mi madre estaba al tanto. Cuando la amante tuvo un hijo de mi padre, mi madre incluso le dijo a mi padre que le diera su apellido al bebé, pensando que sería mejor para su futuro.

El señor Matsumoto dijo:

—Cada uno reacciona de manera diferente. No creo que la señora Horibe aceptara esa situación como lo hizo tu madre. Es una persona orgullosa. Si lo supiera, se divorciaría de inmediato.

Yo los escuchaba temblando. Veía la imagen de la señora Horibe, histérica, insultando a su marido. El señor Matsumoto continuó:

—Entre nosotros, acabo de enterarme de otra historia sobre el señor Horibe.

—¿De qué se trata?

—Hace unos años, en Tokio, sedujo a una joven empleada, que pronto se quedó embarazada.

Yo estaba estupefacta. «¿Qué? ¿Repitió lo que hizo conmigo?» La señora Matsumoto dijo:

—¿De veras? ¿Entonces ella pasó a ser su segunda amante?

—No, se suicidó. Su bebé murió también. Solo tenía diecisiete años.

«Dios mío...» Casi me desmayo. La señora Matsumoto gritó:

—¡Pobre chica! ¡El señor Horibe abusó de su poder!

—En efecto.

Estremecida, ya no podía seguir escuchándolos. Unos minutos más tarde se alejaron del lugar hablando. Una luciérnaga pasó frente a mí. De pronto caí presa de una ira violenta. Odié a muerte al señor Horibe. Tuve incluso intenciones asesinas. Mirando la luciérnaga, me acordé del cianuro de potasio que me había dado la madre de Tamako.

Nagasaki fue bombardeada dos veces hacia finales de julio. El blanco eran los astilleros navales. Habían suspendido el tranvía. Le rogué a Yukio que no fuera a la fábrica, pues todavía era estudiante. Se negó: «Debo ir. Si no, me acusarán de ser comunista, como a mi padre. No tengo opción».

El tercer ataque se produjo el primero de agosto. Al día siguiente me enteré por la señora Horibe de una triste noticia: «La hija de la señora Shimamura murió durante el bombardeo. Se dirigía a la oficina del centro. El jefe de su fábrica le había ordenado que llevara unos documentos». La voz de Tamako volvió a mi memoria. Me pregunté si habría podido poner fin a su relación con su superior. Mi corazón estaba desgarrado.

La señora Horibe dijo: «Realmente no quiero que mi hija vaya a la fábrica, pero ella no me escucha. Salió temprano esta mañana». La señora Horibe parecía querer seguir hablando conmigo. Le dije: «Discúlpeme, pero ahora debo trabajar». Ella insistió: «¿Se ha enterado de lo de la fábrica de ropa para la que está trabajando?». Yo no entendía a qué se refería. Me explicó que la compañía siderúrgica de M. había sido bombardeada la víspera, y que la fábrica de al lado también había sido destruida. Me puse pálida, estaba a punto de llorar. La señora Horibe reflexionó un segundo y dijo: «A propósito, mi prima conoce a una pareja de granjeros que quisieran intercambiar arroz por vestidos occidentales. ¿Le interesa?». Acepté la propuesta, aunque estaba indecisa. Ella sonrió: «Venga a casa de mi prima la semana que viene. Yo estaré ya allí». Escribió en una hoja de papel la fecha y la dirección de su prima. «El jueves 9 de agosto a las nueve y media, 2-3-2, S-machi.» Añadió que era una casa grande rodeada de pinos, y que en el barrio todos la conocían.

Era el lunes 6. Por la tarde, Yukio llegó gritando: «¡Mamá! ¡Es horrible! Hiroshima ha sido atacada esta mañana por una bomba muy poderosa, algo que nadie ha visto antes. ¡Toda la ciudad se ha incendiado, y casi todo el mundo ha muerto al mismo tiempo!».

Era la víspera del día del viaje al campo con la señora Horibe. Yo estaba sola en casa. Yukio había ido a casa del señor Matsumoto. Al día siguiente tenía que ir directamente al hospital universitario. Ayudaba al señor Matsumoto a buscar libros en la biblioteca médica.

Esa noche temía que el señor Horibe viniera a casa. Su mujer no estaba: había ido esa mañana a ver a su prima. Antes de acostarme, puse cajas llenas de libros contra la pared donde estaba el agujero. Yukiko debía de estar en su habitación. Pensé que su padre no se atrevería a hacer ruido empujando el obstáculo.

Me costaba dormir. Pensaba en mi salida con la señora Horibe. Sabía que hablaría sin parar y me haría más preguntas sobre mi vida privada. Lamentaba haber aceptado su proposición, pero tenía que ir: necesitaba arroz.

Era casi la una de la mañana cuando logré dormirme.

En la oscuridad, Yukiko y Tamako cantan: «Ho... ho... hotaru koi». Tamako le dice a Yukiko: «¡Tienes razón! He decidido cortar todo contacto con mi superior». Yukiko sonríe: «¡Muy bien!». Tamako cruza la calle con unos documentos de la fábrica. Una bomba explota de pronto. Ella cae al suelo, muerta. La señora Shimamura grita al superior: «¡Usted mató a mi hija! ¿Por qué la envió al centro en circunstancias tan peligrosas? ¡Está loco!». Miro el cuerpo de Tamako en el ataúd. Yukiko me dice: «Señora Takahashi, debe ser realista. Mi padre abusa de su poder. El que la quiere no es él, sino su marido». Me levanto para ir a la cómoda. Abro el cajón donde escondo el cianuro de potasio. Abro la caja y miro el pequeño envoltorio con el veneno que dejé sobre la *hamaguri*. Oigo la voz de la señora Shimamura: «¡Úselo, señora Takahashi!». El señor Horibe me dice con una sonrisa irónica: «Me necesitas. Piensa en el futuro de nuestro hijo». Me digo: «Quiero matarlo. Mañana, sí, mañana antes de encontrarme con su mujer...». Mi mano tiembla. En el momento en que tomo el envoltorio, mi marido grita: «¡No lo toques, Mariko!».

Al día siguiente me desperté cuando todavía estaba oscuro. El despertador marcaba las cinco y cuarto. Traté de dormir un poco más, al menos hasta las seis y media. Pensaba irme a las siete y media para encontrarme con la señora Horibe. Tenía que tomar el autobús hasta el centro, luego iría a casa de su prima caminando. El tranvía no funcionaba desde el bombardeo del 29 de julio.

Todo estaba tranquilo. Al cabo de unos instantes oí un ruido débil procedente de la casa de los vecinos. Era el ruido de la puerta corrediza de la entrada. Se deslizaba muy lentamente. Me pregunté: «¿Quién será, tan temprano?». El señor Horibe y Yukiko se iban a trabajar apenas pasadas las siete. Por un momento tuve miedo, pensando que podía ser un ladrón. Me levanté para mirar fuera. Por entre las cortinas vi a Yukiko pasar delante de mí. Caminaba a paso apurado. «No era un ladrón.» Estaba aliviada, pero tenía una sensación extraña. «¿Adónde irá, a esta hora?» Volví a acostarme.

Me levanté otra vez a las seis y media. Me preparé el desayuno. Mientras comía oí de pronto un ruido de vidrio haciéndose añicos. El ruido se había producido en la cocina del otro lado, la de los vecinos. Enseguida alguien golpeó varias veces la medianera, gritando: «¡Socorro!». Era la voz del señor Horibe. «¿Qué es lo que sucede?»

Y de pronto el silencio volvió. Tenía miedo. Me quedé inmóvil largo rato. Finalmente decidí ir a casa de los vecinos.

La puerta no estaba cerrada con llave.

—¿Hay alguien en casa?

Me temblaba la voz. Nadie contestó. Subí con miedo y me dirigí a la cocina. Apenas llegué, se me congeló la sangre de espanto: el señor Horibe estaba tumbado en el suelo. De su boca semicerrada chorreaba un líquido blanco. Tenía los ojos abiertos. «¡Está muerto!» Había pedazos de vidrio desparramados a su alrededor. Me di cuenta enseguida de que había una caja de medicamentos sobre el fregadero. Al lado había un papel de celofán desplegado. «¡Debe de haber tomado un medicamento envenenado!»

Entré en la habitación que estaba frente a la cocina. Había una cómoda con artículos de maquillaje. Todo estaba perfectamente ordenado. Fui a la habitación de al lado, donde vi un uniforme escolar de marinera sobre el respaldo de una silla. Era la habitación de Yukiko. No había nada extraño. Luego vi una hoja de papel sobre su escritorio. Me acerqué y encontré una nota: «Adiós, mamá. No me busques. Yukiko». Me dije: «Entonces ¡ha sido Yukiko!». Con todo, yo no entendía por qué había matado a su padre. Estaba atónita. Me repetía: «¿Por qué? ¿Por qué?». Cogí la nota y volví a mi casa. Quemé de inmediato el papel en la cocina.

Era hora de irme. Traté de calmarme. Tenía que preparar los vestidos occidentales para la pareja de granjeros. De pronto tuve un mal presentimiento. Saqué de la cómoda todo el dinero y mi libreta de ahorros. También me llevé la caja con la *hamaguri* y el envoltorio con el veneno. Después de guardar todo en mi mochila, recordé otra cosa importante: el diario de mi madre. Lo busqué rápidamente y lo enterré en el fondo del bolso.

Salí de la casa y caminé a paso apurado. Me temblaban las piernas. La cabeza me daba vueltas. Veía la imagen del señor Horibe. Los ojos en blanco, la boca abierta, el líquido blanco... Por poco vomito.

Seguía preguntándome por qué Yukiko habría matado a su padre. Siempre había creído que se llevaban bien. El señor Horibe nunca había mencionado que tuviera problemas con su hija. Al contrario, estaba orgulloso de ella, de su inteligencia y su discreción. «¿Dónde estará Yukiko ahora? Si realmente ha desaparecido, las sospechas recaerán sobre ella... ¿Pensará acaso en suicidarse?» Me juré que nunca le diría a nadie lo que había visto esa mañana.

Llegué al barrio donde vivía la prima de la señora Horibe. Me di prisa, llegaba media hora tarde. Siguiendo el camino que me había indicado la señora Horibe, busqué una casa grande rodeada de pinos. Cuando la encontré, vi a la señora Horibe sentada en un banco delante de la cerca. Sentí alivio: no quería ver a su prima, que conocía a los padres de mi marido. Como tenía la cabeza vuelta hacia el otro lado, la señora Horibe aún no me había visto.

Llamé, indecisa:

—Buenos días...

Sorprendida, me contestó:

—¡Ah..., señora Takahashi!

No me atreví a mirarla a los ojos. Me incliné profundamente.

—Disculpe que la haya hecho esperar.

Ella dijo de inmediato:

—¡No es nada!

Se levantó. Eché un vistazo a su rostro. Me impresionó. Estaba completamente crispado. Parecía incluso enfadada. Sin mirarme, me dijo:

—¡Vamos!

La seguí. Caminábamos en silencio. Era extraño. La señora Horibe no hablaba como de costumbre. Llegamos al pie de la montaña, de donde salía el camino que llevaba a la casa de los granjeros. Se detuvo. Yo estaba detrás de ella.

Bruscamente me preguntó:

—¿Su marido nunca la engañó?

«¿Qué?» Yo estaba estupefacta. No entendía por qué me hacía semejante pregunta. Abrió mucho los ojos. Por un momento vi la imagen del cadáver de su marido. Desvié mi mirada. Ella insistió:

—Contésteme, por favor.

Bajé la cabeza y dije:

—No, nunca.

Ella exclamó:

—¡Tanto mejor!

«¿De qué está hablando?» Yo estaba confundida. Ella dijo:

—Pronto volveré a Tokio con mi hija.

Balbuceé:

—Lo siento, pero no entiendo lo que quiere usted decir...

Ella levantó la voz:

—¿No entiende? ¡Qué gracioso! ¡Todo el mundo está al tanto menos yo, y usted no sabe de qué se trata!

Por un momento me acordé de la conversación entre el señor Matsumoto y su mujer que había oído al borde del arroyo. La mujer había dicho: «¡Qué humillación! Todo el mundo sabe el secreto menos ella». Palidecí, pensando que la señora Horibe había descubierto algo sobre nosotros, su marido y yo. Ella prosiguió:

—Acabo de enterarme por mi prima de que mi marido tiene una amante en Tokio. Tuvo un hijo con ella, la conoció antes de que nos casáramos. Estoy casada con él desde hace diecisiete años y nunca me lo había dicho, ¡y a mi alrededor todo el mundo lo sabe! ¡Hace tanto que soy el hazmerreír de todos!

Al oírla me di cuenta de que la prima de la señora Horibe no sabía todavía que la amante y el hijo de Tokio éramos nosotros, Yukio y yo. Por un momento me sentí aliviada, pero me dije que algún día la prima acabaría enterándose de la verdad en algún lado. Tarde o temprano, tenía que marcharme de Nagasaki.

Poniendo cara de pocos amigos, la señora Horibe preguntó:

—¿Realmente no estaba al tanto?

—No.

Quería irme de allí enseguida, pero no me atrevía.

Ella dijo con tono airado:

—¡Voy a insultar a mi marido! Y voy a revelarle todo a mi hija. ¡Quedará muy impactada!

Siguió hablando. Me volvía a la mente la escena de esa mañana. Yukiko pasaba con premura por delante de mi casa. Yo oía el ruido de un vaso haciéndose añicos contra el suelo. Miraba al señor Horibe tumbado en el suelo. Sus ojos blancos. Su boca, de la que chorreaba un líquido blanco. Me repetía en el fondo de mí misma: «¡Está muerto!».

Como si se hablara a sí misma, la señora Horibe dijo:

—He decidido divorciarme. A decir verdad, ¡me gustaría mucho matar a mi marido antes de divorciarme!

Me daba vueltas la cabeza. Pronto encontraría a su marido envenenado. La veía corriendo a la comisaría, luego a la fábrica, buscando a su hija en vano.

La señora Horibe reanudó la marcha. Subíamos por una pendiente estrecha. Me dijo que era el atajo para ir a casa de los granjeros y que llegaríamos al cabo de una hora. Yo la seguía en silencio. Por suerte había dejado de hablar.

Después de una cuesta pronunciada, descansamos unos minutos. El paisaje era muy hermoso. El cielo estaba límpido. Sentadas en un grueso tronco, mirábamos a lo lejos el valle de Uragami, donde vivíamos. Era muy pequeño. Resultaba difícil creer lo que había sucedido esa mañana. Para mí, era una pesadilla. Había querido envenenar a ese hombre en sueños, y mi deseo se había realizado.

La señora Horibe y yo llegamos por fin a casa de los granjeros. El marido barría el jardín. La mujer nos llevó dentro. Extendí sobre los tatamis los vestidos que había traído. La hija de los granjeros entró con tazas de té. Apenas vio los vestidos, exclamó: «¡Qué hermosos son!». Su madre la miraba sonriendo.

Y de pronto oímos a su marido gritar: «¡Vengan todas aquí!». La mujer se levantó:

—¿Qué sucede, querido?

Él volvió a gritar:

—¡Vengan todas aquí!

Bajamos al jardín. Él señalaba el norte. Enseguida vimos una nube blanca muy densa sobre el valle de Uragami. Era como una enorme masa de algodón. «¡Dios mío! ¡Qué horror!» Todos palidecimos. La nube se agrandaba cada vez más y se convertía en un hongo inmenso. El marido murmuró:

—Debe de ser una bomba parecida a la que cayó sobre Hiroshima hace tres días.

La señora Horibe me dijo:

—¡Bajemos enseguida! Hay que buscar a los chicos.

Tenía razón. Volví a la casa para recoger mi mochila. Dejé mis vestidos allí. Me daba cuenta de la gravedad de la situación. Me estremecía, rezaba en voz baja: «Yukio, Yukiko, ¡seguid con vida!».

La señora Horibe y yo empezamos a bajar la cuesta a toda velocidad. Los granjeros nos gritaban: «¡Sean prudentes!».

Por fin llegamos al pie de la montaña. La señora Horibe decidió ir primero a la fábrica a buscar a Yukiko. Yo sabía que sería inútil, pero no dije nada. En realidad, no tenía idea de dónde estaba su hija. Dejé a la señora Horibe y me dirigí hacia el hospital universitario, al que Yukio debía ir esa mañana con el señor Matsumoto.

La ciudad de Nagasaki era el infierno en la tierra. Yo caminaba esquivando los cadáveres deformados, ensangrentados, quemados. Un olor espantoso flotaba en el aire. Los moribundos pedían agua gimiendo de dolor. Todas las casas de madera estaban destruidas. Cuanto más avanzaba hacia el norte, peor era. Estaba aterrorizada. Gritaba: «¡Yukio! ¡Yukio!».

Cuando reconocí a Yukio entre las ruinas del hospital, no pude creer lo que veía: estaba indemne. El señor Matsumoto también estaba sano y salvo. Los dos trataban de asistir a los heridos. El señor Matsumoto me pidió que buscara a su mujer en nuestro pueblo; él no podía alejarse. Me fui de inmediato y dejé con él a Yukio, que quería ayudar a otras víctimas.

En el camino me enteré de que nuestro pueblo había sido completamente destruido por la onda expansiva de la bomba, y que todos los que se habían quedado allí esa mañana habían perecido.

Llegué al pueblo en ruinas. La casa del señor Matsumoto ya no existía. Pensé que la señora Matsumoto no había podido escapar a la muerte. De lo contrario, habría ido a buscar a su marido al hospital universitario. A menos que estuviera herida. Veía su rostro sonriente, seguía oyendo sus palabras: «Nuestras vecinas me dicen que el señor Horibe tiene un aire seductor. ¡Debe de gustar a muchas mujeres!».

Caminaba por el borde del arroyo, que estaba oculto bajo los escombros. Los sauces llorones habían desaparecido. El camino estaba cubierto de cenizas y piedras. Ante mí no había más que cascotes. Pese a todo, seguí avanzando. Por fin llegué hasta nuestro edificio. Todo estaba en ruinas. Sería imposible encontrar el cuerpo del señor Horibe. Aun en caso de que lo encontraran, nadie sabría que lo habían envenenado. Sentí un gran alivio por Yukiko.

Me quedé clavada en el lugar un rato largo. Cuando vi una tabla ardiendo, me acordé del cianuro de potasio que llevaba en mi mochila. Saqué el envoltorio con el veneno de la caja y lo arrojé al fuego. El papel empezó a arder lentamente. Me puse a canturrear: «Ho... ho... hotaru koi...».

Unos días más tarde, me enteré por el señor Matsumoto de que Yukiko estaba viva, pero que la prima de la señora Horibe y sus suegros habían muerto.

Tres semanas después de la bomba atómica, la señora Horibe y su hija volvieron a Tokio.

III

Obâchan me dice con una sonrisa débil:

—Tsubaki, esta es la historia de una luciérnaga que cayó en el agua dulce. Gracias por haberla escuchado hasta el final.

—Debió de ser duro para ti no haber podido confiarle a nadie, durante tanto tiempo, un acontecimiento tan grave.

Me siento pesada. Sentía curiosidad por su pasado misterioso, pero jamás había imaginado una historia semejante en mi propia familia.

Obâchan murmura:

—Pobre *ojîchan*...

Baja la cabeza. Yo pienso en mi padre, que tiene los ojos nostálgicos de su madre. Pregunto:

—¿Le contarás alguna vez a mi padre la historia de Yukiko y el envenenamiento?

Ella piensa y sacude la cabeza:

—Nunca, sin duda.

Mira hacia la huerta con aire distraído. Me pregunto por un momento si seguirá teniendo alucinaciones con esa muchacha, Yukiko.

Obâchan dice:

—Sigo sin entender por qué Yukiko mató a su padre.

—Es posible que su padre la hiriera gravemente, como te hirió a ti.

—No. Hasta donde yo sé, siempre fue tierno con su hija.

—Entonces es un verdadero misterio.

—Sí. A menos que mi demonio se haya apoderado de Yukiko...

Se calla unos instantes. Le asoman lágrimas a los ojos. Murmura:

—Qué difícil debe de ser la vida de Yukiko con semejante carga. Me gustaría decirle que yo soy tan culpable como ella.

Cierra los ojos. Las lágrimas le mojan las mejillas. Yo no sé qué decir. Callamos. Me doy cuenta de que sigue teniendo la *hamaguri* en la mano. La sacude. Tacatacataca... Me sorprende mucho que haya conservado ese objeto durante tanto tiempo. Estoy segura de que mi padre ya no lo recuerda. Pregunto:

—¿Qué sucedió con el diario de tu madre?

Deja de mover la mano. Su rostro se ensombrece rápidamente.

—Lo quemé hace años —dice—, porque me recordaba su desaparición y la de mi tío.

Me callo. Veo su rostro. Las lágrimas le caen sobre la mano, la que tiene la *hamaguri*.

—Estoy cansada —dice—. Quisiera descansar un poco.

La ayudo a acomodar su manta. Me estrecha la mano.

Esta noche, mis padres y yo cenamos juntos.

Mi madre habla de la película que vio ayer con mi padre. Es una historia de amor prohibido. Un chico y una chica se enamoran sin saber que son medio hermano y medio hermana. Se comprometen uno con el otro antes de que sus padres los separen. Los años pasan. Cuando el joven va a buscar a su amor, ella ha muerto de una enfermedad incurable. Emocionada, mi madre dice: «¡Qué triste!». Mi padre sonríe: «Es una historia que muy rara vez sucede en la realidad».

Me quedo en silencio. Pienso en el profesor H., que quiere verme a solas después de haberme confesado que su matrimonio no marcha bien desde hace mucho. Ahora entiendo por qué *obâchan* se opuso con tanta firmeza a que me encontrara con él.

—¿Qué sucede, Tsubaki? Pareces desanimada —dice mi padre.

Levanto la cabeza. Sus ojos nostálgicos me miran. Contesto:

—Nada. Estoy cansada. Eso es todo.

Mi madre me dice:

—Es muy amable de tu parte venir todos los fines de semana a ver a *obâchan* y ayudarnos, pero tómate tiempo también para divertirte. ¿Todavía no hay nadie especial en tu vida?

Parece curiosa. Mi padre sigue mirándome. Les sonrío.

—No, todavía no. No os preocupéis. Algún día encontraré a alguien como *ojîchan*.

Mi madre exclama:

—*Ojîchan?* ¡Qué sorpresa! Pensé que no te acordabas bien de él. Solo tenías seis años cuando falleció.

Mi padre me dice:

—¡Es un buen modelo!

Después de cenar, mi padre ha salido a comprar una revista científica a la librería que está cerca de la estación de Kamakura. Mi madre y yo bebemos té. Ella coge el periódico de la tarde. Miro su rostro. Tiene doce años menos que mi padre.

Pregunto:

—¿Por qué mi padre se casó contigo tan tarde? Tenía treinta y cinco años por entonces, ¿verdad?

Mi madre está sorprendida:

—¿Por qué esa pregunta, de pronto?

—Simple curiosidad.

Calla un momento. Piensa, con el diario en la mano.

—Tu padre —dice por fin— tenía a alguien en Nagasaki, alguien con quien se sentía comprometido.

—¿De veras? ¿Qué sucedió, entonces?

—Un buen día su novia desapareció y, cuando averiguó su nueva dirección, ya estaba casada.

—Dios mío... Qué triste debe de haberse puesto mi padre.

Pienso en *obâchan*, que se desmayó al oír la noticia del matrimonio del señor Horibe.

—En efecto —dice mi madre—. Por eso debió pasar mucho tiempo antes de que pudiera pensar en casarse con otra persona. La novia debía de tener una razón de peso para no cumplir con su promesa, como en la película de anoche. Hay cosas que uno no puede decirle a nadie... Tu padre me habló del asunto una sola vez antes de que nos casáramos. Guárdate esta historia para ti, por favor.

Estoy en la oscuridad. Miro las luciérnagas en la pecera. Siempre hay dos. Reptan sobre las flores de helecho. Abajo queda todavía un poco de agua. Cuando parpadean me acuerdo de que son machos. De modo que están buscando hembras, gusanos de luz, que no están allí.

Veo la imagen de *obâchan*, que se siente culpable por el envenenamiento del señor Horibe. Dice que su demonio debe de haberse apoderado de Yukiko. No sabe de qué otro modo explicar esa coincidencia. Sin ponerse de acuerdo, las dos concibieron una idea espantosa al mismo tiempo: un crimen con cianuro de potasio. Me pregunto cómo obtuvo Yukiko ese veneno. Tal vez a través de Tamako, la hija de la señora Shimamura, que se lo dio a *obâchan*. Veo ahora los rostros de cuatro mujeres que tienen en común el cianuro de potasio: Yukiko, Tamako, la señora Shimamura y *obâchan*.

Me enteré en algún lado, en un libro científico, de que hay luciérnagas que parpadean al unísono, y hasta con un cierto ritmo. Es como una orquesta sin director. Hasta hace poco esa sincronización era un misterio, la gente creía que se producía por casualidad. En realidad, según el libro, el mecanismo del fenómeno es sencillo: cada insecto tiene un oscilador, como un metrónomo, cuya programación se ajusta automáticamente en respuesta a los destellos de los otros. Creo que quizá no haya coincidencias en este mundo. Tiene que existir una relación entre los fenómenos que suceden al mismo tiempo. ¿Cuál es, entonces, la relación que hay entre el móvil del crimen de *obâchan* y el de Yukiko?

Las luciérnagas siguen parpadeando en la pecera. Una repta sobre una hoja de helecho hasta el final, donde encuentra un rinconcito. La otra llega y se detiene detrás de la primera. Las dos permanecen inmóviles, como si ya no supieran adónde ir. Decido liberarlas. Dejo la pecera en el umbral de la ventana y abro la tapa. Las luciérnagas no se mueven. Saco la hoja con ellas encima. Instantes después levantan el vuelo, por fin, y desaparecen en la oscuridad.

Ascienden en el cielo unos enormes cumulonimbos, esas nubes típicas del verano que a *obâchan* no le gustan. «Pronto se cumplirán cincuenta años. Nunca pensé que viviría tanto...», repite estos días. El peso de esas palabras cae gravemente sobre mí.

Es domingo por la tarde. Aunque solo pasé dos noches en casa de mis padres, me siento como si estuviera aquí desde hace más de una semana. Me dispongo a regresar a Tokio. Mañana por la mañana debo trabajar en la floristería. Entro en la cocina, donde mi madre compone un ramo de flores. Iré a dejarlo en la tumba de *ojîchan*, de camino a la estación de Kamakura. Las flores son ásteres de China. El azul de los pétalos recuerda a las *wasurenagusa*. Cuando me da el ramo, mi madre dice: «¡Esperaré hasta que nos presentes a un hombre como *ojîchan*!». Sonrío. Me doy cuenta de que la imagen del profesor H. ya no me perturba. Aunque me siga atrayendo, he decidido rechazar su proposición.

Salgo. Hace calor. Las cigarras chirrían en el kaki. Mi padre está sentado en el sillón de bambú, a la sombra. Lee la revista científica que compró anoche. Ante él hay una mesa de madera con el sombrero de paja de *ojîchan*. Mientras echo un vistazo al rostro de mi padre, pienso que su mirada nostálgica tiene mucho que ver con su pasado perdido. Le sorprendería mucho enterarse del secreto de *obâchan*.

—Me voy, papá.

Se levanta y me acompaña hasta la cerca que rodea el jardín. Cuando lo dejo, me grita: «¡Espera!», y vuelve a buscar el sombrero de paja. Poniéndomelo en la cabeza, me dice con gran seriedad:

—¡Ten cuidado con insolarte!

—Tienes razón.

El sombrero me queda un poco grande. Me lo acomodo de nuevo. El olor a sudor de mi padre roza mis fosas nasales. Pregunto:

—¿Puedo quedármelo?

—¡Por supuesto! —contesta—. ¡Te sienta bien!

—Gracias, y ¡hasta pronto!

Me dirijo a la estación de Kamakura.

No me despedí de *obâchan*, que tras el almuerzo se quedó dormida. Estaba callada esta mañana, con la mirada perdida. Me miraba como si no me hubiera contado nada. Yo limpiaba su habitación sin dirigirle la palabra. De vez en cuando, ella sacudía la *hamaguri*. Tacatacataca... Lo único que me dijo fue: «Tsubaki, ¿*ojîchan* me esperará en el otro mundo?». Contesté dulcemente: «¡Por supuesto, *obâchan*! Pero debes vivir mucho tiempo en su lugar». Sonrió débilmente.

Camino a lo largo del arroyo. Pronto llego al templo S., donde está la tumba de *ojîchan*. Entro en el lugar y paso delante del *hondô*. No hay nadie. Subo la escalera de piedra para ir al cementerio. Siento el olor del *senkô*. La tumba de *ojîchan* está en la esquina opuesta a la entrada. Me acerco.

Miro las letras grabadas en la piedra: «Tumba de la familia Takahashi». Quito las flores marchitas de la vara de bambú que está junto a la piedra. Ahora pongo el ramo de ásteres de China que ha hecho mi madre. El azul de las flores brilla. Cierro los ojos. Veo a mis abuelos paseando por la playa tomados de la mano. Pienso en *obâchan*, que no fue capaz de decirle la verdad a su marido. Rezo: «*Ojîchan*, ven a buscar a *obâchan*. Si no vienes, ella vagará sin rumbo, como una luciérnaga perdida». De pronto, una cigarra se pone a cantar sobre mi cabeza.

Llego a la estación. Al entrar, veo a las dos estudiantes de secundaria que vi la tarde del viernes. Deben de haberse quedado en un hotel de la ciudad. Formamos fila ante la ventanilla. Mientras espero detrás de ellas, escucho su dialecto del Kyushu. Hablan del *daibutsu*. Una tiene una expresión muy ingenua, y la otra muy de alerta. Me digo: «¡Son Tamako y Yukiko!». La que se parece a Yukiko dice con voz clara: «Dos billetes para Nagasaki, por favor». La miro, boquiabierta. Compro mi billete para Tokio. Las estudiantes van directamente hacia el acceso a los andenes.

Levanto la cabeza. Los cumulonimbos se han transformado en cirros. Cierro los ojos. Mis abuelos caminan sobre esas nubes altas en el cielo límpido. Sus manos siguen unidas. Los llamo: «Obâchan!». Ella se detiene. Con aire preocupado, trata de decirme algo. Le digo enseguida: «¡No te preocupes! No caeré en el agua dulce». *Ojîchan* sonríe: «Tsubaki, tú también encontrarás a alguien especial en tu vida». Yo sonrío también: «¡Gracias por tu sombrero!».

Glosario

aka: «rojo», «comunista».

aka-gami: cédula de reclutamiento del ejército. *Aka*: «rojo»; *gami* (*kami*): «papel».

amado: puertas corredizas de madera que se cierran por seguridad o por la lluvia.

«Arirang» o «Ariran»: canción coreana folclórica; nombre de un desfiladero.

baishunfu: «prostituta», «puta».

Bon: fiesta budista de los Muertos que se celebra del 13 al 15 de julio o del 13 al 15 de agosto, según las regiones.

chima-chogori: traje coreano para mujeres. *Chima*: falda larga; *chogori*: chaqueta corta que se lleva sobre la *chima*.

chôsenjin: «coreanos».

daibutsu: gran estatua de Buda.

daikon: rábano blanco japonés.

engawa: veranda oblonga de madera para sentarse que se coloca ante la habitación de los tatamis.

fûrin: campanilla que tintinea al viento.

Fuyuki: «árbol del invierno».

genmai: arroz integral.

go (igo): juego para dos personas en el que se utiliza un tablero con peones negros y blancos. Gana el que ocupa el territorio más grande.

gyokusai: «morir con valor», «pelear hasta la muerte».

hakama: falda larga, con pliegues, que las mujeres se ponen encima del kimono; también designa el pantalón largo que se lleva en algunas ceremonias o para practicar ciertas artes marciales.

hamaguri: almeja japonesa.

hangûl: alfabeto coreano.

hanmun: ideogramas chinos.

hibachi: brasero con carbón de leña.

hikokumin: traidor a su patria.

hiragana: escritura silábica creada a partir de la forma cursiva de los caracteres chinos.

hondô: santuario de un templo budista.

hotaru: «luciérnaga».

ijime: «burlas».

innen: «fatalidad».

jishin: «terremoto».

kaiawase: *kai*: «concha», «molusco»; *awase (awaseru)*: «unir». Juego que consiste en encontrar dos conchas que forman un par original.

kaimyô (hômyô, hôgô): nombre que se da después de la muerte en la religión budista.

Kami-sama: Dios, el Señor en el monoteísmo; dios en el politeísmo.

kanji: ideogramas chinos.

Kanto-daishinsai: nombre del terremoto que se produjo en la región de Kanto en 1923. Seísmo de magnitud 7,9 que causó ciento cuarenta mil muertos y desaparecidos y destruyó las ciudades de Tokio y Yokohama. Aprovechando el desorden y el pánico, el

Gobierno japonés intentó acabar con los socialistas y los coreanos, cuyo país era por entonces una colonia japonesa. Entre cinco y seis mil coreanos fueron masacrados por el ejército, la policía
y los grupos de autodefensa. *Daishinsai*: gran desastre sísmico.

katakana: escritura silábica japonesa utilizada principalmente para
las palabras de origen extranjero.

kika: «naturalización».

kimchi: alimento coreano, verduras marinadas con especias que acompañan al arroz.

kinokogumo: «hongo atómico». *Kinoko*: «hongo»; *gumo* (*kumo*): «nube».

Kirisuto: Jesús.

koseki: estado civil que fija el domicilio legal de la familia cuyos
miembros comparten todos el mismo apellido.

manshukoku: manchukuo.

miso: pasta de soja fermentada.

nagaya: hilera de habitaciones contiguas que comparten el mismo
techo.

natsuko: «hijo del verano».

niezabudoka: pronunciación japonesa de la palabra rusa незабудка,
que significa «miosotis» ('nomeolvides').

niizuma: «nueva mujer».

nisei: segunda generación de inmigrantes.

nori: hojas de algas secas.

obâchan: «abuela», «mujer mayor».

obentô: «tentempié».

ofuro: bañera japonesa.

ojîchan: «abuelo», «hombre mayor».

ojisan: «tío» o «señor».

okusan: «señora», «mujer casada».

onêchan: «hermana mayor». Más cortés que *onêsan*.

onêsan: «hermana mayor».

onigiri: bola de arroz envuelta en alga seca.

oshiire: armario empotrado para ropa y ropa de cama.

Oyayubi-hime: título japonés del cuento «Poucette», de H. C. Andersen. *Oyayubi*: «pulgar»; *hime*: «princesa».

randoseru: maletín con tirantes.

senkô: varilla de incienso.

shamisen: instrumento musical japonés de tres cuerdas que se toca con un plectro.

shinpu-sama: *shinpu*: «padre», «cura», «sacerdote»; *sama* (*san*): sufijo de cortesía para decir «señor», «señora», «señorita», más cortés que *san*.

shôgi: juego de ajedrez japonés.

shôyu: salsa de soja.

tetenashigo: niño sin padre, ilegítimo, bastardo.

Tsubaki: «camelia».

Tsubame: «golondrina».

wagatsuma: «mi mujer».

wasurenagusa: «miosotis» (nomeolvides).

yaoya: tienda comercial japonesa que vende principalmente verduras.

yosomono: «extranjero/a».

yukata: kimono de algodón de verano.

zabuton: almohadón japonés usado para sentarse en los tatamis.

zainichi: residentes extranjeros en Japón.

Índice

Este libro terminó
de imprimirse
en mayo de 2018.

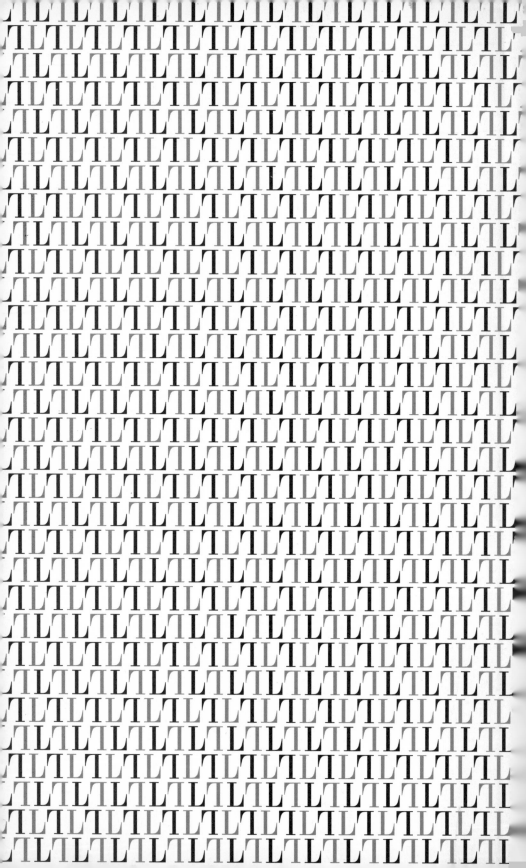